대꽃이 피는 마을까지 백 년

대꽃이 피는 마을까지 백 년

송 은 일 장편소설

문이당

작가의 말

온갖 봄꽃이 피어나는 음력 이월 하순에 일곱 분을 합사合祀한 친
정 제사가 들었다. 이번 봄에도 벚꽃과 개나리와 진달래와 매화와
도화와 동백꽃 등이 구비마다 나타나는 길을 따라 친정 제사를 지내
러 갔다. 기일 하루 전에 간 것이라 여유롭게 모친과 수다부터 떨게
됐다. 여러 얘기를 하던 중에 모친이 말했다.

"열흘 전에, 오수댁이 흰 동백꽃 실컨 따 묵고 좋은 세상으로 훨훨
날아가부렀다."

좋은 세상으로 훨훨 날아갔다는 말은 동네 어른 또 한 분이 돌아
가셨다는 뜻인데 나한테는 오수댁의 죽음보다 모친이 한 죽음을 묘
사한 표현이 크게 들렸다. 모친은 당신이, 이따금 소설 쓰는 딸을 주
눅들게 할 만한 묘사력을 드러낸다는 사실을 의식치 못했다.

"좋은 세상이 무슨 말씀인지는 알겠는데, 흰 동백꽃 따 먹고 가셨
다는 건 뭐예요? 흰 동백꽃 따 먹으면 죽어요? 난 첨 듣는 소린데?"

"만발한 흰 동백꽃 나무 아래서 제초제 마시고 가부렀단 말이다."

"뭐, 제초제? 아니, 왜?"

내가 놀라 묻자 모친이 들려 준 사연은 이랬다.

오수댁은 육십 년 전에 갓 시집와서부터 남편한테 틈만 나면 맞았다. 그 버릇이 여든 살이 넘을 때까지 계속돼 온 것인데 사건이 나기 이틀 전 저녁에 또 그런 일이 벌어졌다. 팔십 중반 남편이 팔십 초반 아내를 패대다 못해서 옷을 홀라당 벗겨 대문 밖으로 내쫓고 안에서 잠가버렸다. 오수댁은 이웃집으로 들어가 밤을 지냈고 새삼스러울 것 없는 소문은 그 밤이 깊기도 전에 온 동네에 퍼졌다. 이튿날 안노인들의 경로당에서 일대 성토대회가 벌어졌다.

'같이 해봐 버리지, 그 나이에 뭐가 무서워서, 여태도 그 꼴을 당하고 사느냐!'

수십 안노인들의 설왕설래 끝에 그렇게 대책 없는 결론이 났을 때 오수댁이 이를 악물 듯 힘주어 말했다.

"다케는 안 당할라고!"

다시는 당하지 않을 거라고 말하고 나간 이튿날 오수댁이 한나절 내내 동네 안에서 보이지 않았다. 안노인들이 왠지 불길하다 수군거리기 시작했고 이장이 오수댁 찾는 방송을 했다. 그래도 오수댁이 나타나지 않자 급기야 119가 출동했다.

오수댁은 마을 뒤쪽 들녘, 자신의 밭 가장이 흰 동백나무 옆 물이 마른 도랑에서 발견되었다. 수령이 백 년은 됐을 동백나무가 하얀 꽃을 주렁주렁 매달아 흰 꽃탑처럼 섰는데 그 밑에 제초제 병이 구르고 있었다.

흰 동백꽃 아래서 영면에 들어버린 오수댁!

모친으로부터 오수댁 이야기를 듣는 동안 나는 출간을 앞둔 『대꽃이 피는 마을까지 백 년』에서 주로 다룬 내용이 '죽음'이라는 사실을 새삼 인식했다. 『대꽃이 피는 마을까지 백 년』에 실리는 이야기 16편이 죄 죽음으로 가는 도정이거나 곁에서 일어나는 죽음을 '내 것'으로 받아들이는 노인들 이야기였던 것이다. 숫제 죽음 이야기를 수집해 놓은 양상이랄까.

2012년 봄부터 광주 원예농협 계간 소식지인 《광주원예》에 소설을 연재하게 됐다. 회당 원고지 60매 분량이라는 조건 앞에서 어떤 이야기를 연이어 쓸까. 길게 궁리하지는 않았다. 그 한참 전부터 친정마을 이야기를 써야 한다는 의무감 혹은 부채의식 같은 게 있었기 때문이다.

의무감이거나 부채감이었을 뿐 나는 친정마을과 그 마을 사람들이 소설 배경이나 소설 주인공이 되기에는 너무 평범하거나 흔해 빠졌다는 생각을 갖고 있었다. 친정마을을 배경으로 연재를 시작하자면 특별한 존재를 만들어야 한다고 여겼다. 그 결과 나온 존재가 『매구 할매』였다.

내 모친을 비롯한 친정마을 할머니들을 『매구 할매』 같은 큰 존재로 상정했다. 그러자 친정마을이 특별한 마을이 됐다. 그 마을에 사는 사람들도 각기 특별해졌다. 아니 그들이 원래부터 소설꺼리였음을 깨달았다고 해야 할 것이다. 이야기가 막 터졌다. 연재 시작과 동시에 소설 『매구 할매』가 시작됐다. 이야기 전개 속도가 계간 소식지에 연재하는 것으로는 감당이 안 됐다. 연재와 별개로 『매구 할매』를 쓸 수밖에 없었다.

이듬해인 2013년 여름에 장편소설 『매구 할매』를 출간했다.

『매구 할매』를 출간하고 2018년 봄까지 매구 할매가 사는 친정마을 사람들 이야기를 《광주원예》에 계속 썼다. 친정에 갈 때마다 이야기를 수집한 셈이었다.

이 『대꽃이 피는 마을까지 백 년』에서 매구 할매는 이야기의 중심이자 배경이며 한 주인공이다. 매구 할매는 내 모친이자 흰 동백꽃 아래서 영면을 선택해 버린 오수댁이다. 내 친정마을에 사는 사람 모두이며, 세상 모든 '친정마을' 사람들이다. 아무리 멋지게 표현하고 싶어도 정말이지 평범한 사람들 이야기이기도 하다.

목숨 있는 것들은 태어나면서부터 죽음을 향해 나아간다고 한다. 죽음을 향해 나아가는 게 삶이라고 치면 죽음은 곧 삶이고 삶은 죽음이다. 그 연장선에서 보자면 임종 즈음이 삶의 극점이라고 볼 수도 있다.

그리하여 이 『대꽃이 피는 마을까지 백 년』은 다시, 삶의 극점에 다다른 사람들 이야기라 할 수 있을 것이다. 마치 '칸칸이 밤이 깊은 푸른 열차를 타고 백 년이 걸려 대꽃이 피는 마을'에 도착한 사람들 같다고나 할까.

여기서부터 멀다
칸칸이 밤이 깊은 푸른 열차를 타고
대꽃이 피는 마을까지
백 년이 걸린다

위 시는 널리 알려진 서정춘 시인의 「죽편」이다. 『대꽃이 피는 마을까지 백 년』이라는 제목을 「죽편」에서 빌렸다. 시인께 미리 허락 받지는 못했다. 책이 나온 뒤에 찾아뵙고 용서와 이해를 구할 참이다.

마찬가지로 내 친정마을 사람들한테도 이해와 허락을 구하지 못하고 이야기 속으로 끌어들였다. 물론 실재 이름과 소설 속 이름을 다르게 했다. 여러 이야기를 뒤섞어 재구성했다. 그럼에도 어떤 대목에서는 영락없이 자신의 이야기라고 여길 만한 분이 계실 것이다.

그럴 경우 화를 내실 어른이 계실지는 알 수 없다. 오히려 나는 이 소설을 읽고 당신 이야기를 발견하는 분이 나타나기를 바란다. 내가 언제 그랬냐고 따지며 화를 내 주시기를.

바람일 따름이다. 내 친정마을 대나무들은 이미 거의 꽃을 피우기 시작했으므로.

2019년 4월
무등산 아래서 송 은 일

차례

작가의 말

외눈이 구암댁과 혹부리 아들

구암댁 혜숙의 친정은 화순 탄광 아랫마을이었다. 땅이 검었다. 검은 땅에서 피어나는 새싹도 검게 보였다. 그런 마을에 첫눈이 내렸다. 여섯 살 때였다. 난생 처음 마주한 첫눈의 흰빛에 홀렸다. 똑같이 눈에 홀린 동네 아이들을 따라 마을 뒤 언덕배기에 올랐다. 눈을 지치다 언덕에서 굴렀다. 눈 속에 숨어 있던 나뭇가지에 오른눈을 찔렸다. 그 길로 혜숙은 눈 하나를 잃었다.

눈 하나를 잃은 탓에 볼 걸 다 못 봤는지 열 살 여름에 지나간 6.25에 대한 기억이나 느낌이 남아 있지 않았다. 6.25와 그 여파에 대해 느끼게 된 건 스물세 살에 혼인해 금당 마을로 들어왔을 때였다.

남편 헌수는 혜숙보다 열다섯 살이 많았다. 헌수는 6.25때 인공 편에 서서 종가의 종부였던 여례당에 맞섰다. 총칼 앞세우고 종가를 침범해 당신네가 가진 걸 내놓으라고 소리쳤던 무리 중의 한 명이었다. 그처럼 여례당에게 맞섰던 사람들은 끝난 인공시절과 함께 동네서 사라졌다. 사라진 사람의 식구들도 거의 떠났다. 홀로 도망쳤던 헌수는 15년 후 외눈이 각시 혜숙을 데리고 금당으로 돌아왔다. 그의 부모는 살던 자리에서 살고 있었다.

혜숙이 금당으로 와서 구암댁으로 불리며 산 지 오십 년이 가까웠다. 그동안 셀 수도 없을 만치 무수한 죽음을 지켜보았고 그들을 잊었다. 셀 수 없이 죽은 많은 사람 중에 한 사람은 이따금 생각했다. 운대학교 선생이었던 유혜국. 혜숙이 혜국을 기억하는 까닭은 아들들이 다닌 학교 선생이어서가 아니라 그 이름 때문이다. 혜숙과 혜국. 이름이 닮았지 않은가.

이름만 비슷했을 뿐 그때 두 여자가 사는 모양은 낮과 밤만큼이나 달랐다. 혜국은 여례당의 손녀딸이었다. 서울에서 대학을 다녔고 고향으로 돌아와 학교 선생을 했다. 혜숙은 학교 근방에도 가보지 못했다. 남들 둘씩인 눈도 하나뿐이었다.

혜국이 아비도 모르는 딸 하나를 남기고 죽었을 때, 마을 뒤뜸에 살던 구암댁 혜숙은 아들 셋을 낳아 기르던 중이었다. 헌수가 죽은 후 아들 셋을 홀로 키워야 했을망정 살아있음이 기꺼웠다. 밤낮 모르게 일하며 아들들을 수발했다. 큰아들이 대학에 들어갔을 때의 기쁨을 어찌 말로 표현하랴. 하지만 혜숙이 누릴 수 있는 기쁨은 그 정도까지였다.

곰처럼 덩치 크면서도 똑똑했던 큰아들은 대학에 입학한 해 동무들과 물놀이 갔다가 물귀신에게 홀로 잡혀갔다. 둘째아들은 어릴 때부터 발길질을 잘해 중학생 되면서 축구부원으로 뽑혔다. 차범근 같은 세계적인 축구선수가 되겠다고 큰소리 탕탕 치더니 세계적인 축구선수는커녕 삼류선수로 살다가 군대에서 총 맞아 죽었다. 남은 아들, 막내가 선섭이다.

선섭은 읍내 종합고등학교를 졸업하기도 전에 서울시 공무원으로 취직했다. 취직해 있던 중에 군대를 무사히 다녀왔고 한국방송통신대학을 다녀 대학졸업장도 땄다. 대학 졸업하고 같은 직장의 공무원과 만나 결혼도 했다. 딸아이 둘을 낳아 키우던 선섭에게 병이 생겼다. 온몸에 말미잘 같거나 따개비 같은 혹이 돋아나는 병의 이름이 통풍이라 했다. 뼈에 바람이 드는 병.

선섭의 통풍은 중증인 데다 희귀증이었다. 전신의 뼈마디, 관절마다 혹이 돋아났다. 직장을 그만둘 수밖에 없었다. 발병한 지 4년째. 외양이 흉측해지니 제 처자식조차도 꼴을 보기 싫어했다. 한 달 전 전화를 해 온 선섭이 말했다.

"엄마, 세상 천지에 내가 있을 곳이 없어요. 나 좀 숨겨 줘요."

저를 숨겨 달라는 마흔 넘은 아들의 말에 구암댁의 마음속 뼈마디마다에서 혹이 돋고 피가 흘렀다.

"싹 다 내불고 집으로 오니라."

구암댁은 그 한마디를 하고 한나절을 외눈으로 울었다. 그렇게 선섭이 돌아왔다. 쌀가루 휘날리는 듯한 첫눈이 사박사박 내리는 참이다. 구암댁이 선섭을 맞이하는 마당 한켠에서는 고양이들이 털을 곤두세운 채 대치하고 있다. 고양이 세 마리가 다 배불뚝이다. 새끼 낳을 헛간을 차지하기 위한 전쟁을 치르느라 고양이들은 사람을 안중에 없어했다. 구암댁이 고양이들을 내쫓는 대신 말했다.

"요새 동네에는 사람보다 나비가 열 곱은 많을 것이다."

예전부터 금당에서는 고양이를 나비라고 칭했다. 어째서 고양이
가 나비로 불렸는지는 알 수 없되 집집마다 고양이 이름이 나비였
다. 지금도 고양이를 나비라고 부르는 구암댁 집에는 군데군데 나비
들의 거처가 있다. 그 중 제일 좋은 곳이 헛간 안의 시렁이라 나비들
이 그 자리를 두고 수시로 다퉜다. 구암댁과 선섭은 나비들이 싸우
게 두고는 뒤란의 동굴로 향한다.

구암댁 네 뒤란 언덕에서 시작되는 동굴은 일제 말엽에 종가인 계
성재에서 뚫었다. 그 무렵 계성재의 외동 종손 유진섭이 일본에 유
학 가 있었다. 거기서 그가 무슨 중죄를 지었다는 소문이 났던가 보
았다. 타국이며 타향에서 죄를 지었으니 집으로 도망을 올 터. 몰래
돌아올 진섭을 위해 종가의 하인들이며 마을 사내들이 밤을 낮 삼아
굴을 팠다.

반년에 걸쳐 팠다는 동굴은 네 귀 반듯한 벽에 판자들을 대고 있
고 북쪽 벽으로 통로가 났다. 직경 일 미터쯤에 백오십여 미터 길이
의 통로는 뒷산 중턱으로 뻗었다. 탈출로였다. 탈출로는 뒷산 중턱
에 있는 산신당 괴연재에서 끝났다. 괴연재 옆 헛간 마룻바닥이 동
굴의 출구였다. 홀로 있던 산신당 옆에 자그만 헛간이 만들어진 이
유였다.

그렇게 은신처는 파 놨는데 일본에서 죄를 지었다는 종손은 일 년
이 지나서야 금당으로 돌아왔다. 해방되던 해 초봄이었다. 종손에

대한 소문은 사실이었으나 약간은 부풀려졌던 것이었다. 종손이 일본에 반대하는 글을 써서 일경에 잡혀간 건 사실이었어도 한 달여 만에 나왔고 학업을 마치고 귀국했다. 그는 본가로 돌아와 삼동네가 떠들썩하게 혼인하고, 자신이 다녔던 순천 고등학교에서 교사생활을 시작했다.

그 덕에 계성재의 영지에 속했던 선섭의 할아비와 할미는 뒤란에다 긴 동굴을 거느린 초가와 함께 해방되었다. 이후 동굴 앞쪽에 판자때기가 세워지고 엉성하나마 문이 달리면서 동굴방으로 불리게 됐다. 동굴방은 동굴과 아울러 선섭 집안 아이들의 방이 되거나 곳간이 되거나 쥐와 고양이의 거처가 되거나 했다.

이십여 년만에 병들어 돌아온 선섭이 동굴 방으로 들어갔다. 일 년 중 밤이 가장 긴 동짓날 오후였다. 구암댁은 아들이 들어간 동굴방의 판자때기 문짝을 여며두고 돌아선다. 찹쌀 새알심을 듬뿍 빚어 넣고 동지죽을 쒀 뒀다. 선섭이 어릴 때부터 동지죽을 유난히 좋아했다. 이제 선섭은 제가 좋아하는 걸 거의 못하게 됐을지라도 저를 싫어하는 사람들을 만나지 않고 살게는 됐다. 그게 늙은 어미 품으로 숨어든 아들에게 구암댁이 해 줄 수 있는 유일한 일이었다.

마을에서 유일하게 슬레이트 지붕을 이고 있는 구암댁의 대문은 낡아빠진 나무 문짝이다. 그나마 사시장철 양쪽으로 열린 채 돌담에 기대 있다. 그 널문 위로 담쟁이 넝쿨이 뻗어 있었다. 마을 사람들은 재 너머 들판을 오가며 뒤뜸에 외떨어져 있는 구암댁 집을 흔히 들여다보곤 했다. 구암댁은 선섭이 돌아온 날 밤부터 사립문짝을 아귀 맞춰 닫았다. 아침에 집을 나갈 때는 닫은 문에 금줄을 치듯 마른 담쟁이 넝쿨을 걸쳐 놓았다.

구암댁이 삼동이면 다니는 유자가공공장은 마을에서 남쪽으로 2 킬로 남짓한 운대오거리, 폐교 인근에 있었다. 선섭이 졸업한 운대학교는 폐교된 뒤 방치되어 있다가 몇 년 전에 민속박물관이 되었다. 선섭은 집으로 돌아온 이튿날 유자공장까지 걸어 출근하는 어미를 폐교 앞까지라도 차로 데려다 주려 했다. 구암댁은 마다했다.

"집에 있그라."

어머니의 그 한마디에 담긴 말이 너무 많아 선섭은 다시 나서지 못했다.

저녁이면 유자향기를 풍기며 들어온 구암댁 손에는 유자속이 든 비닐봉지가 들려 있었다. 유자가공과정의 부산물인 유자속은 공장에서 퇴비용으로 처분하는 것이라 얼마든지 들고 나올 수 있다고 했다. 유자속뿐만 아니라 오가피며 상황버섯, 더덕이며 말린 나무새들이 든 봉지들을 주렁주렁 달고 귀가하는 구암댁은 공들여 저녁을 준비했다. 새로 밥을 안치고 국을 끓이고 고기를 굽고 갖가지 김치를 한 끼 먹을 만큼만 상에 올렸다.

구암댁은 외눈에 허리가 굽었을망정 손끝이 야무졌다. 살림살이는 몇 십 년 전과 별로 다를 것 없어도 살강의 그릇들은 언제나 반짝였다. 행주는 희었으며 수저 짝이 어긋나는 법도 없었다. 음식은 소담하고 정갈했다. 그렇게 차린 모자의 밥상은 방이 아닌 부엌의 아

18

궁이 앞에 놓였다. 모자는 밥상 양쪽에서 도래방석 한 장씩 깔고 앉아 밥을 먹었다. 선섭이 방으로는 들어가려 하지 않기 때문이었다.

구암댁은 아들의 끼니만큼이나 고양이들 먹이에 공을 들였다. 모자가 남긴 음식은 물론 마을 내 두 경로당이며 동각에서 음식 찌꺼기를 수거했다. 장에 가면 생선가게들을 돌며 부산물을 얻어왔다. 일 다니는 곳에서 남은 음식을 챙겨오기도 했다. 그렇게 가져온 것들을 깨끗하게 다듬어 김치냉장고에 갈무리했다가 필요한 만큼씩 꺼내 절구에다 쿵쿵 찧었다. 찧은 것에다 된장을 연하게 풀어 고양이죽을 끓였다.

새벽마다 뒤꼍 화덕에서 고양이죽 끓는 구수한 냄새와 따뜻한 불내가 동굴 방에서 잠든 선섭에게 풍겼다. 그 냄새는 집안 고양이들은 물론 바깥 고양이들도 불러들였다. 구암댁 집에는 종일 고양이들이 끓었다. 구암댁이 한차례 고양이들 밥그릇을 채워 놓고 일을 나가면 선섭은 생각날 때마다 비어 있는 고양이 그릇들에 죽을 채워 놓곤 했다.

선섭은 누워 지내지 않기 위해, 통증을 견디기 위해 동굴 안에서 일을 찾았다. 먼저 통로 안 흙벽에다 몇 개의 고양이 굴을 팠다. 그가 통로를 드나들자니 고양이들이 매번 소스라치는지라 놈들의 피난처가 될 둥우리를 만들어 준 것이었다. 둥우리들이 생긴 뒤 고양이 식구는 선섭이 통로 안으로 기어들면 둥우리 속으로 뛰어들었다가 그가 지나가고 나면 그의 방으로 나와 놀았다. 고양이들을 지나 위로 경사진 통로 끝에 이르면 흙 계단이 나타난다. 계단을 오르면 판자로 된 덮개가 머리에 닿는다. 그걸 밀어 올리면 괴연재 옆 헛간 내부다.

고운 도깨비의 집이라는 뜻을 지닌 괴연재는 매구 할매의 산신당이다. 백 년 전쯤, 매구 할매를 위해 종가의 당주였던 여례당이 지어 준 집이라는 전설을 지니고 있다. 괴연재는 두 사람이 반듯이 눕기도 어려울 만치 자그만 방의 정면 벽에 도깨비 형상의 산신도 한 장 붙이고 그 앞에 촛대 두 개를 놓고 있다. 괴연재라는 현판을 달고 있음에도 도깨비 집이라 불리는 까닭이 도깨비 그림 때문이다. 이따금 매구 할매며 안노인들이 찾아들어 촛불 켜고 비손하지만 괴연재 헛간 아래에 동굴이 있다는 사실을, 그 동굴이 구암댁 집 뒤란에서 시작된다는 걸 기억하는 마을 사람은 이제 없다. 덕분에 선섭은 동굴 안에서 고양이처럼 자유롭다.

시골집으로 돌아오며 선섭은 한 보따리의 약을 버렸다. 몇 년에 걸쳐 복용한 약은 내성만 키웠을 뿐 약발이 전혀 듣지 않았다. 통증을 낮춰 주기는커녕 결절을 더 돋게 하는 것 같았다. 약을 끊기 전이나 후나 통증의 빈도와 강도는 비슷했다. 통증과 대적하기 위해 통로를 기어 다니노라면 통증의 강도만큼 삶이 가벼워지는 듯했다. 삶이 가벼이 느껴질 때마다 선섭은 동굴 방의 낡은 판자벽을 수선했다. 통로를 통해 괴연재를 드나들며 너덜거리는 판자들을 고정시켰다. 헛간의 낡은 마룻바닥 판자를 새것으로 교체해 놓기도 했다. 와중에 수레 한 대를 만들었다.

구암댁을 차에 싣고 읍내 철물점 앞까지 가 자그만 바퀴들을 사게 할 때만 해도 선섭은 자신이 무엇 때문에 수레를 만들려 하는지 몰랐다. 수레란 짐을 옮기기 위한 물건 아닌가. 선섭은 네 발로 동굴을 잘 기어 다닐 수 있으므로 수레에 실릴 물건은 자신이 아니었다. 그렇다면 수레에 무엇을 실을 것인가. 궁리하던 선섭은 수레에다 흙을 실어내기로 결정했다. 굴을 넓히기로 한 것이다.

처음 굴 넓히기는 괴연재 헛간 아래쪽 직경 일 미터 남짓한 공간을 넓히는 것으로 시작했다. 헛간 아래 굴에서 출구까지 높이는 5미터쯤 됐다. 선섭이 주로 쓰는 도구는 호미와 삽과 낫과 도끼와 톱이었다. 삽이나 호미로 흙벽을 허물다가 나무뿌리가 나타나면 도끼로 찍거나 톱으로 썰었다. 뿌리는 땔감으로 쓰기 위해 잘게 잘라 사려 두고 흙은 비료를 비워낸 포대에 담았다. 하루 두세 번, 통증이 심한 날은 종일토록 드나들며 수레에 실을 수 있을 만큼씩의 포대를 채웠다. 그렇게 퍼낸 흙은 구암댁의 마당이나 뒤란이나 텃밭에 뿌려 다졌다. 그 바람에 구암댁의 영토가 온통 붉어졌다.

봄이 되자 구암댁은 겨우내 유자공장에서 번 돈으로 대문을 바꿨다. 널문짝이 떼이고 양쪽 돌담 사이에 쇠로 된 문설주가 박히더니 은색 철문이 달렸다. 동네사람들 시선에서 아들을 지키기 위한 구암댁의 대비였다. 경운기며 오토바이를 타고 재를 넘어 다니던 사람들이 자주 닫힌 대문 앞에 탈 것을 세우고 안을 엿봤다. 구암댁이 대문을 잠그고 나갔으므로 열어보지는 못했다. 문 밖에서 이따금 소리를 낼 뿐이다.

"어이 선섭이. 차 있는 거 봉게 자네 거그 있구만? 아프담서 몸은 잔 어짠가? 에지간하믄 동각에 마실이라도 나오소. 다 한식구 같이 사는디 얼굴이나 봄서 살자고. 어!"

얼굴 한번 보여 주고 나면 다시 보고 싶어 하지 않을 걸 알므로, 보여 주고 다시는 궁금해 하지 않도록 만들까도 싶었다. 그때마다 선섭은 구암댁의 속내를 생각했다. 어머니는 병든 아들을 사람들 앞에 내 놓고 싶어하지 않았다. 선섭 스스로도 나서고 싶지 않았다. 유폐가 길어질수록 자폐도 깊어지는 성싶었다. 집에 없는 사람인 듯, 세상에 없는 사람인 듯 반응하지 않고도 충분했다. 골칫거리가 없지는 않았다. 얼마 전부터 시작 된 동창생 장희의 소란이다.

몇 해 전, 대형 금융 사고를 친 두 은행원에 관한 뉴스로 떠들썩했던 때가 있었다. 13년차 여자 은행원이 직속상관과 함께 은행돈 30억을 외국으로 빼돌렸는데 두 사람은 내연관계였다. 상관은 벌써 돈과 함께 외국으로 달아났고 여자 은행원 혼자 검거됐다. 그 은행원이 장희였다. 장희는 3년 6개월의 실형을 살았다. 출옥 뒤 멍청이가 되어 금당으로 돌아와 있다더니 선섭이 와 있는 걸 알고는 요새 구암댁 대문 앞에 나타나 외치곤 했다.

"야, 유선섭! 너 거기 있는 거 내가 다 알아. 빨갛고 노란 털의 우리 나비, 네 집에 있지? 온 동네 나비들이 전부 네 집에 모인다면서? 문 열어 봐. 빨리! 안 열어? 매구 할매 모시고 쳐들어간다."

제 일생을 떼어먹히고 병들어 돌아와서 고작, 빨갛고 노란 털의 고양이라니. 멍청한 년! 천치 같은 년! 그렇게 터지려는 욕설을 삼키면서 선섭은 움직이지 않았다. 매구 할매가 무서운 존재라도 되는 양 협박해 대는 게 우습기도 했다.

몇 살인지 알 수 없는 매구 할매는 선섭이 초등학교 입학하기 전에 돈이라는 걸 처음 구경시켜 준 할머니였다.

"아이, 학교 들어가면 이 돈으로 연필 사서 공부 열심히 하그라."

그때 매구 할매한테서 받은 돈이 천 원이었다. 연필 한 자루 값이 20원쯤 되던 무렵. 아이였던 선섭은 그 돈으로 천 원 어치의 연필을 샀던 걸 또렷이 기억한다. 연필 한 다스가 열두 자루였다. 네 다스 두 자루에다 덤 한 자루. 그건 선섭이 난생 처음 받은 선물이었다. 그 선물 덕이었는지 선섭은 금세 글자를 익혔고 또래들보다 쉽게 구구단을 외웠다.

매구는 천 년쯤 산 여우가 변해서 된다는 신비한 동물이라는 뜻이다. 매구 할매의 원래 이름이 진녹두라는 걸 동네 사람이 다 아는데도 그렇게 부른다. 매구 할매한테는 그 별명이 안성맞춤이다. 고운 도깨비라고 불렸어도 딱 맞았을 것이다. 그런 할머니가 어찌 무서운 존재이랴. 선섭은 장희한테 다시 멍청한 년이라고 속으로 욕해 주고 동굴로 향한다.

아침부터 비가 억수로 쏟아진다. 선섭이 비를 피해 뜰에서 고양이들의 먹이를 챙기는데 비어 있는 구암댁의 방안에서 전화벨 소리가 난다. 모자에겐 전화로 안부 물어올 사람이 없다. 전화벨은 고집스레 울려대다 멈춘다. 어젯밤에도 왔던 그 전화일 것이다.

간밤에 흙 포대를 내느라 마당으로 나왔을 때 구암댁 방안에서 말소리가 들렸다. 누군가와 통화하는 소리인데 어머니 말은 간결했다.

"그라냐. 오냐. 그라냐. 오냐."

그라냐와 오냐를 반복하며 상대의 말을 듣기만 하는 것 같던 구암댁이 말했다.

"그라고 들응게 늬 사정이 딱한 거슨 같다마는, 어짜냐. 나는 폴아묵을 전답이 원래 한 뙈기도 없는디. 그래갖고 팽생 탈탈 털어 빈손이었단마다. 내가 느그한테 보낸 거? 그것이사 내 몸땡이 꼼박거려서 벌었제. 느그한테 다 줬고. 그렇게 이날 입때껏 하루 벌어 하루때우기 바빴는디, 시방은 더 하제. 벌써 여러 번 한 말이다마는 인자 나는, 내 새끼 말고는 암 것도 뵈는 게 없다. 그랑게, 늬새끼들은 쌀마묵든지 보까묵든지, 늬 알아 하고, 다케는 나한테 전화하지 마라."

선섭이 처음 듣는 어머니의 단호한 어조였다. 구암댁이 그렇게 단호하고 매정했어도 쥐어짜면 나올 게 있으리라 여길 만한 사람이 누구일지, 뻔했다. 이제 전처가 된 아이들 어미다.

아쉽기는 할 터이다. 구암댁은 선섭의 결혼 직후부터 시어미 집에 오기를 저승 가기만큼이나 싫어하는 며느리에게 쌀이며 잡곡을 보냈다. 철철이 된장과 고추장 단지를 부쳤다. 양념거리들과 밑반찬들을 밀봉해 보냈다. 생선이며 나무새들도 철에 맞게, 넘치지 않되 끊이지 않게 꾸준히 부쳤다. 초겨울이면 배추김치, 백김치, 갓김치, 알타리 김치, 파래김치, 동치미 등의 김장을 담구어 보냈다.

선섭의 처는 시어머니 보기는 싫어해도 구암댁이 보낸 것들을 한 점도 버리지 않았다. 한 점도 버릴 것이 없을 만큼 깔끔하고 맛깔나기 때문이었다. 구암댁은 선섭이 입원해 있던 동안에는 다달이 며느리에게 송금도 했다. 한 번도 같은 금액인 적이 없던 그 돈들은 구암댁이 매달 번 전액이었다. 선섭이 동굴로 돌아온 뒤 구암댁은 아들이 버리고 온 것들을 일체 돌아보지 않았다.

선섭은 대문이 잘 잠겼는지 다시 확인하고 빗발 속에서 일을 계속한다. 마당가 화단을 손질하고 고양이가 떼로 드나드는 헛간과 변소를 치운다. 빨래도 정성들여 한다. 노상 흙 범벅이 되는 옷일지라도 제 빛깔이 날 때까지 문질러 헹군다. 맑은 물이 떨어질 때까지 옷을 빨다보면 몸에 엉겨 붙은 이물질들도 떨어져 나가는 착각이 생기곤 했다. 착각일 뿐이다. 선섭의 관절들에서 돋아난 것들은 그가 숨을 쉬는 동안 더불어 움직이다가 그가 무덤에 누울 때 함께 누울 터였다. 빨래를 마친 선섭은 비가 개면 널기로 하고 다시 동굴 방으로 들어선다. 땅 속 세상이나마 그의 영토가 조금씩 넓어져가는 중이다.

아나, 복돈이다

금당 마을 안 곳곳마다 불리는 이름이 있다. 큰뜸, 안뜸, 작은뜸, 잿등, 뒷재, 국새, 사장, 새토구, 안산울, 솔각지 등은 마을 안 지명들이다. 마을을 감싸며 퍼져 있는 외곽의 땅들에는 동정지, 스무실, 안소재, 도투메기, 제비나리, 오종굴, 갯가, 서당골, 붉은데기 등등의 이름이 붙어 있다. 그 이름들의 유래를 제대로 다 아는 사람은 없다. 그저 옛날부터 불려온 대로 무심히 부를 뿐이다.

금당 가운데 등성이로 치올라 있는 곳이 잿등이다. 잿등을 중심으로 동쪽이 큰뜸이고 서쪽이 작은뜸이다. 잿등 아래쪽으로 계성재와 그 집 사당이 있는 안산 숲이 있고 그 앞쪽이 큰뜸으로 꺾여 들어오는 길목인 솔각지이다. 잿등 뒤쪽 맨 위로 남자 경로당인 양사가 있고 그 뒤는 서당골이고 그 위는 산자락 밭들이 모인 도투메기다. 구절산을 등에 진 큰뜸의 중심부가 안뜸이고 안뜸 동남쪽이 새토구다. 안뜸 뒤쪽이 뒷재이고 뒷재 바로 위가 국새다. 국새에 서면 득량만에 이어진 바다가 내려다보이고 바다 건너는 보성군이다.

작은뜸 바깥, 두원면 소재지로 가는 길목 어름이 붉은데기다. 붉은데기는 누구나 뜻을 짐작할 수 있을 만치 흙이 유난히 붉다. 붉은데기에서 면소재지로 뻗은 길에서 오른쪽으로 마을 진입로가 또 나 있는데 붉은데기 길이다. 붉은데기를 들어와 첫 집이 별량댁 네다.

별량댁은 오십여 년 전 음력 시월 하순에 금당의 작은뜸으로 시집왔다. 시집 마당 끝에 있는 유자나무 열매가 노랗게 물들고 있었다. 막 익기 시작하는 유자의 노란빛이 얼마나 어여뻤는지 앞날이 영롱해 보였다.

유자나무는 시아버지가 종가에서 살림을 나면서 심었다. 그즈음 유자나무는 지붕 높이만치 키가 큰 데다 품이 넓었다. 늦가을이면 두어 가마니씩의 유자를 땄다. 별량댁이 아들 둘에 딸 하나를 낳고 막둥이로 장희를 낳는 동안 시부모는 크게 앓지도 않고 차례로 돌아갔다. 장희 열 살 무렵까지 별량댁은 세상천지에 남부러울 것이 없는 아낙이었다.

장희 열 살 여름에 제 아버지가 스무실 콩밭에서 돌아오자마자 쓰러지더니 그 길로 돌아갔다. 둘이 하던 돈벌이를 별량댁 홀로 하자 별수없이 살림이 기울었다. 그래도 유자나무 덕에, 또 마을 뒷재 너머의 너른 갯바닥 덕에 자식들 고등학교까지 마쳐 줄 수 있었다. 장희가 은행에 취직해 집을 떠날 때만 해도 별량댁은 애 시집만 보내면 될 줄 알았다. 그로부터 십여 년, 장희 결혼 늦는 것이 점점 마음 쓰이기는 했을망정 철철이 자식들 식량 대고 김장해 보내면서 동네 아낙들처럼 그럭저럭 살았다.

그러다가 일이 터졌다. 텔레비전 뉴스에 장희가 떠들썩하게 나온 거였다. 장희가 처자식 있는 놈하고 내연관계였다느니. 그놈이 처자식을 데리고 외국으로 도망가 버렸다느니. 장희가 은행에서 훔쳐 그놈한테 보낸 돈이 30억이라느니. 처자식 있는 놈하고 붙어먹었다는 것도 기가 막힐 노릇에 30억이라는 숫자가 하도 어마어마해서 별량댁은 입을 열 수도, 닫을 수도 없었다. 별량댁은 서울 가서 큰딸을 만났다. 큰딸과 같이 장희를 면회했다. 장희가 제 언니한테 간단히 말했다.

"내 방 좀 정리해 주세요. 보증금은 엄마한테 드리고요."

비싼 전세방에 사는 줄 알았더니 달랑 보증금 천만 원에 다달이 돈을 내는 월세 방이었다. 월세 사는 주제에 방은 지나치게 넓고 쓸모없는 건 많기도 했다. 큰딸이 욕심내는 건 줘버리고 시골집에 들여놓지 못할 것은 버렸다. 그러고나니 가방 두 개에 들어갈 만한 짐이 전부였다.

장희 방을 정리해 돌아온 뒤 별량댁은 될수록 마을 사람을 피했다. 평생 이웃 간에 품앗이로 해온 농사일을 혼자 했다. 공장도 마을 아낙들이 멀다고 꺼리는 곳으로 혼자 다녔다. 마을 사람들과 말을 섞는 일이 드물어졌듯 자식들과도 소원해졌다. 두 아들과 큰딸이 장희한테 하는 소리가 듣기 싫었다. 장희가 무슨 짓을 했건 내 새끼고 내 막둥이였다. 자식들은, 저희들끼리는 다른 것 같았다.

'30억이나 해 처먹었다는 년이 멍청하게 1억도, 천만 원이라도 꼬

불쳐놓지 않았단 말이오? 은행 일을 13년이나 한 년이 월세방에 살았다고요? 진짜 암 것도 없다고요? 미친년!'

그 따위 소리 듣지 않고 살려면 만나지 않는 수밖에 없었다. 어미라고 있어봐야 자식들한테 크게 해 준 것이 없고, 해 줄 것은 아예 없었다. 도지 없이 지어먹는 땅이 있기는 해도 시부모 때부터 토지세 한 푼 내본 적 없는, 계성재 것이었다. 팔 수 없는 땅은 담보가 못 돼 자식들한테 빚을 얻어줘 보지도 못했다. 평생 하루도 일하지 않은 날이 없건만 손에 쥔 것이 없었다. 큰자식들한테 막둥이 놓고 그런 소리하려면 전화하지 말고, 찾아오지도 말라고 내쏘았다. 이제 장희 어미 노릇만 할 것이니 그리 알라고 큰소리쳤다.

어미가 그리 해 주기를 바라기나 했던 것처럼 자식들이 발길을 끊었다. 서운할 것도, 괘씸할 것도 없었지만 별량댁은 자식들한테 철철이, 택배비까지 다 내가며 보내던 양식이며 김치 등을 끊었다. 철철이 보내던 걸 보내지 않으면 조금이라도 아쉬워할 줄 알았더니 그도 아니었다. 자식들은 찍소리도 없었다.

그렇게 3년 반을 보내고 장희가 돌아왔다. 집이랍시고 찾아온 게 용하다 싶을 정도로 멍청이가 돼 있었다. 몸만 큰 아이처럼 뵈기도 하고 미친년 같기도 했다. 가만 보니 매구 할매를 졸졸 따라 다니면서 노는 것 같았다. 계성제의 막둥이 은현이 돌아온 뒤로는 계성제에 가서 어울렸다. 대학교 선생하며 책을 쓴다던 은현이 왜 서울로 돌아가지 않는지는 알 수 없지만, 천치 같은 장희를 내치지 않고 무시로 저한테 드나들게 해 주는 것이 다행이었다.

별량댁은 장희가 정신 차리기를 바라지 않았다. 정신 차린들 도둑년 낯짝을 들고 다니며 돈을 벌 것인가, 유부남하고 붙어먹은 몸으로 시집을 갈 것인가. 천하에 쓸데없고 갈 데 없는 년이 장희였다. 멍청이이거나 아이 같은 채로, 미친년인 것처럼 사는 게 나았다. 다행히 아직은 자신의 수족이 멀쩡했다. 두 식구 입에 거미줄 치지 않고 살 만했다. 그렇게 또 3년이 지났다.

지난여름, 장희 뱃구레가 점점 커지기에 젊은 년이 만날 처먹고 놀거나 자빠져 자는지라 살이 쪄서 그러는 줄 알았다. 그런 어느 날 별량댁이 공장에서 일한 날짜와 받을 돈을 적어보려는데 볼펜이 닳아 나오지 않았다. 다른 볼펜을 찾으러 장희 방에 들어가 서랍을 열었을 때 빨간 복주머니가 나왔다. 매구 할매가 임신한 젊은 아낙이나 손자 기다리는 늙은 아낙들한테 '아나, 복돈이다' 하며 주는 복주머니였다.

마을 사람들은 매구 할매의 나이를 정확히 모른다. 할매보다 오래 산 사람이 없기 때문이다. 할매가 매구 할매로 불리기 시작한 게 언제부터인지 아는 사람도 없다. 마을 안에 백 살 넘고 백 살 가까운 노인이 여럿이어도 모른다. 궁금해 한 적이 없으므로 기억하지도 못한다.

마을 사람들이 자신들 나이 먹느라 바빠 노인의 나이 세기를 잊어버린 사이에 매구 할매는 마을의 당산나무이거나 서낭당인 양 귀물 아닌 귀물이 되었다. 매구 할매가 여느 노인들과 달리 해년이 지날

수록 귀한 노인으로 대접받는 까닭은 할매의 복주머니 덕분이다.

노인은 자그만 몸피에 쪽진 머리를 하고 치마저고리를 입고 그 치맛자락 속에다 붉은 복주머니를 차고 다녔다. 손수 만들어 달고 다니는 주머니에는 언제나 새돈처럼 빳빳한 1000원짜리 지폐가 고이 접힌 채 들어 있다. 1000원짜리가 든 게 20년 전쯤부터이고 그 앞에는 500원이었고 그 전에는 100원이었다.

전해온 말로 10원부터 시작됐다는 그 주머니 속 돈을 마을 사람들은 '아나 복돈'이라 불렀다. 노인은 사장이나 동각이나 숭모당이나, 고샅이나 논밭 언저리, 혹은 어느 집 마당에서 아낙들을 향해 불쑥 주머니를 내밀며 말하곤 했다.

"아나, 복돈이다!"

매구 할매의 주머니 속 돈이 복돈으로 불리는 이유는 그 주머니에 담긴 의미 때문이다. 노인의 복돈은 새 생명에 대한 예시이자 축원이다. 별량댁도 첫 자식과 막내 때 복주머니를 받았다. 큰애 때 받은 주머니에는 100원짜리 지폐가, 장희를 가졌을 때는 500원짜리 지폐가 들어 있었다.

볼펜 찾으려다 서랍 속에서 발견한 빨간 복주머니 안에는 1000원짜리 한 장이 곱게 접혀 있었다. 장희가 매구 할매한테 받은 '아나 복돈'이라는 걸 깨달은 순간 별량댁은 또 벼락을 맞은 것 같았다. 장희가 아직은 새끼를 밸 수 있을 만치 젊은 계집이라는 것을 잊었던 것이다. 병원으로 끌고 가서 어쩌기도 이미 늦은 때였다.

별량댁이 아무리 다그쳐도 장희는 누가 저한테 새끼를 배게 했는

지 말하지 않았다. 누군지도 모르는 것 같았다. 분통을 터뜨리다 계
성재로 가서 은현한테 물었더니 모른다고 했다.

"제가 언니한테 여러 번 물어봤는데도 고개만 젓더라고요."

마을 안에 젊은 사내라야 쉰 살 넘은 몇 뿐이었다. 다들 농협이니
군청이니 면소 등에 다니면서 농사들도 짓는 착실한 사람들이거니
와 다 각시들이 버젓했다. 환갑 넘고 일흔 넘은 늙은이들이 장희한
테 못된 짓을 했을 리도 없었다. 그렇다고 지지난 겨울에 돌아온 구
암댁 아들 선섭을 의심하기도 어려웠다. 선섭은 바깥출입을 할 수
없는 희한한 병에 걸려서 직장 그만 두고 각시한테 이혼까지 당하고
돌아왔다. 뒤란 굴 속에 처박혀 살면서 아무도 만나지 않고 사는 사
실을 온 동네 사람이 다 알았다. 마을 사람 중에 선섭의 꼴을 봤다는
사람이 없다. 별량댁도 돌아온 선섭을 한 번도 못 봤다.

구암댁은 마을 고양이들을 죄 자기 집으로 불러 모아 기른다. 동
네 안에 그리 많던 고양이들이 점차 줄고 있다. 선섭의 병에 고양이
가 약이 된다는 말을 들었을 구암댁이 그것들을 잡아대기 때문이다.
그런 사실을 동네 사람들도 다 안다. 오죽하면 여북하리. 다들 구암
댁을 안쓰러워할망정 뒷소리조차 하지 않는다. 자식에 관한 한 남의
일인 게 한 가지도 없기 때문이다.

그런 선섭이 장희를 건드렸을 리 없으니 장희한테 애를 배게 한
사내도 찾을 도리가 없었다. 시도 때도 없이 아무데나 갈고 다니다
가 일을 당한 것으로 봐야 했다.

결국 장희는 애비 없는 자식을 낳았다. 지난 늦가을 별량댁이 미

역공장에 가 있던 날이었다. 계성재의 제삿날이었던가 보았다. 제수를 준비하다말고 매구 할매와 그 손부 홍림댁과 그 딸 은현 등이 혼자 산통하던 장희를 찾아와 애를 받아냈다고 했다. 별량댁이 저녁에 집에 돌아와 보니 꼬물거리는 것이 있었다.

어미가 성하기를 할까. 할미라고 일흔여섯 살이나 퍼먹었는데 몇 년이나 키워 줄 수 있을 것인가. 기가막혀서 핏덩이를 앞에 두고 가슴을 퍽퍽 치며 울었다. 희한했다. 한바탕 대성통곡을 하고나니 될 대로 되어라 싶었다. 늙은 몸으로 애를 위해 하는 데까지 하다 죽으면 그뿐 아닌가. 저런 꼴의 어미, 이런 꼴의 할미를 통해 세상에 난 것은 제 팔자이니 어쩌랴. 배포가 커지는 것 같았다.

꼴에 어미라고 장희가 아이 이름을 작가인 은현한테 지어달라고 했던가 보았다. 아이가 봄에 태어난 것도 아닌데 '봄'이라고 이름을 지어온 은현이 별량댁한테 어떠냐고 물었다. 어떻고 말 것이 없었다. 애 이름이 봄이라고 듣고 나니 그 이름밖에 없는 것 같았다.

겨울이 시작되었음에도 아이 봄 때문에 집안에 봄날 같은 훈기가 돌았다. 참말 오랜만에 집이 따스했다. 유자도 유난히 노랗게 익었다. 유자를 따 수매했더니 삼십여만 원이 벌렸다.

고흥 천지에 유자나무가 심긴 덕에 유자 값이 탱자만큼이나 헐해졌지만 저절로 열려서 저 혼자 익은 것이니 고마운 일이었다. 별량댁은 그 유자 값을 들고 농협으로 갔다. 장희가 감옥 갈 때 방을 정리하고 남은 1000만 원에다 30만 원을 얹었다. 제 어미의 평생에다 제 할미의 남은 생이 얹힐 것이므로 봄이 아주 불쌍한 아이는 아니었다. 별량댁은 스스로를 그리 위로했다.

새끼를 낳고도 여전히 정신머리 없는 딸과 그 딸을 위해 새벽같이 일어나 밥을 짓고 국을 끓여놓고 공장으로 향했다. 요즘 하루 벌이가 7만 원 꼴은 되었다. 번 돈의 절반씩을 떼어놨다가 봄이 통장에다 넣었다. 별량댁 모녀 삼대가 새봄 같은 훈기에 감싸여 지내는 동안 마을 안의 분위기도 달라졌다. 매구 할매 덕이었다.

별의별 일을 겪고도 오래 살고 볼 일인지 매구 할매를 영화로 찍는다고 지난 초가을부터 영화장이들이 비어 있는 동각으로 들어와 살게 됐다. 커다란 사진기를 들고 매구 할매를 졸졸 따라다니는 영화장이들은 마을 노인네가 원하면 영정사진을 찍어 주었다. 일주일에 한 번 꼴로 숭모당에서 옛날 영화도 틀어 주었다. 그러는 사이 겨울이 얼추 가면서 대보름날이 됐다. 봄이 백일이 사흘 뒤다.

영화장이들이 은현을 통해서 봄이 백일사진을 찍어 주겠다는 기별을 해왔다. 사진관에 가서 찍으면 몇 십만 원을 내야 한다는 백일사진을 공으로 찍어 주겠다니 마다 할 까닭이 없었다. 은현이 예쁜 아기 옷 한 벌을 사다 주기까지 했다. 백일에 맞춰 봄이 사진을 찍기로 하고부터 별량댁의 심사가 복잡한 이유는 따로 있었다.

예전부터 매구 할매한테 '아나 복돈'을 받은 집에서는 여자 경로당인 숭모당의 상노인들한테다 한턱 내는 게 보통이었다. 형편이 좋으면 좋은 대로, 여의치 못하면 못한 대로. 성심껏 한턱을 내면서 바라던 자손을 갖게 된 것을 자랑하고, 새 생명에 대한 축수와 아울러 상노인들을 봉양해 왔다. '아나 복돈'을 받고 나서 한 번 내고 애가 태어난 뒤 또 내는 집도 흔했다. 그렇게 홀로 지내는 상노인들한테 한 끼 때우게 하는 것이다.

별량댁은 봄이 백일이 가깝도록 아직 한턱을 못 냈다. 돼지고기 몇 덩이 사다 푹 삶고, 귤 두어 상자 사고, 막걸리나 맥주 한두 상자 사다 나눠 먹으면 될 터. 그 정도는 별량댁도 충분히 할 만했다. 사실 한 달여 전부터 그런 궁리를 했다. 그 생각하며 미역공장에서 더 부지런히 일한 덕에 8만 원 가까이 번 날도 여러 번이었다. 문제는 오래 숭모당에 발을 끊고 살아온 탓에 나설 염치가 없다는 점이었다. 더구나 아비가 누군지도 모르는 애를 들이밀고 축하해 달라는 말을 어찌 하랴.

백일에 못하고 넘어가면, 돌날에는 할 수 있을까. 암만 생각해도 이번이 아니면 영 못하고 말 것 같다. 어쨌든 살아보겠다고 나온 애 아닌가. 동네 안에서 태어난 애였다. 아비가 있든 없든, 어미가 미친 년이든 전과자든, 애는 저 다 클 때까지는 동네 안에서 살아야 한다. 어미의 부끄러움이나 할미의 염치를 따질 때가 아니다.

대보름날 새벽. 달력을 한참이나 쳐다보던 별량댁은 공장에 가기 위해 버스 정류장으로 내려가는 대신 전화번호부를 찾아든다. 부인 회장인 건우 할매 집 전화번호를 찾아 번호를 누른다. 아직 날이 새기 전이지만 여태 자고 있는 아낙은 없을 시각이다. 전화기 저편에서 건우 할매가 "여보세요", 하며 나타난다.

"나, 장희 어매요."

"누구요?"

여편네가 귀도 어둡다, 생각하면서 별량댁은 소리를 높였다.

"작은뜸 사는 장희 어매라고."

"아아, 별량아짐! 오매에, 세상에 뭔 일이라요? 아짐이 나한테 전화를 다 거시고?"

"이래저래 미안한 점이 많소야. 나 사는 것이 참말 염치도 없고."

"아따, 아짐. 서로 다 알고 사는 처지에 뭘 그래 쌓소야? 그라지 마씨오. 그나저나 뭔 일이시라요?"

"내가 물어볼 것이 좀 있어갖고."

"물어보씨요."

"참말 말하기가 부끄럽제만, 우리 집에 꼬물거리는 새끼가 있는디."

"봄이 말이제라?"

"그, 그렇제. 우리 봄이가 낼 모레 백일이라."

"으미! 벌써 애기 백일이 됐다요? 아이고, 아짐. 축하하요잉."

"긍게. 애기가 백일이 돼갖고, 매구 할매한테 복주머니도 받았는디, 경황이 없어서 이날까정 뭉게뭉게 지나왔제만, 암만 해도 그냥은 못 지나가겄어서, 회장님한테 전화를 했소. 오늘은 회관에서 팔순 잔치를 할 것잉게, 낼이나 모레나 점심때 숭모당에, 내가 수육 몇 접시 내도 될랑가 싶어서. 혹시 낼이나 모레, 누가 점심 내기로 돼 있으면 그 담날로 미뤄서 할라고. 낼이나 모레 누가 뭘 하기로 돼 있소?"

"아니오. 봄이 할매. 낼이나 모레 숭모당에 암 것도, 아무도 없소. 오늘 팔순들 잔치하고, 남지기 뎁혀서 노인네들한테 드릴라 했소. 낼 봄이 할매가 수육 몇 접시 내시문 노인네들이 아조 좋아들 하실 거시오. 거 잘 생각하셨소. 참말 잘 생각하셨소, 봄이 할매."

장희 어매에서 봄이 할매가 된 별량댁의 눈자위에 진물 같은 눈물이 고인다. 이렇게 다들 불쌍히 봐 주고 있었는데 홀로 꽁꽁 싸매며 지내왔지 않은가.

"그라믄 내가 낼 낮에 수육 몇 접시하고 굴 세 상자랑, 소주랑 맥주 한 상자씩 맹글어서 숭모당으로 들어갈라요. 우리 밭에 봄동배추도 많응게, 그것도 뽑아갈 참이고. 염치 없제만 받아주씨요. 어른들한테랑, 그라고 말씀도 해 주시고잉."

"그럴게라, 봄이 할매. 내가 오늘 다 말해 놓을게라. 그라고, 굴이랑 술이랑은 봄이 할매 무거웅게 행여라도 들고 다닐라 말고, 운대 농협 분소에 말해서 낼 이짝으로 실어다 주라고 하시오. 소주 한 상자만 되믄 다 실어다 준께요. 또 수육도 집에서 맹글라믄 복잡항게, 고기만 사갖고 낼 숭모당으로 오시오. 큰솥이랑 양념이랑 다 있응게, 고기만 사갖고 오시믄, 여럿이 항꾼에 쌀마서 같이 썰어갖고 상 채리기 쉬운게요. 봄동배추도, 캐러 가실 때부텀 나한테 말씀해 주시고요. 내가 사발이 타고 횡하니 가서 싣고 올랑게요. 특별한 날잉게 같이 하자고요."

알겠다고, 그렇게 하겠다고 대답하고 수화기를 내려놓는 별량댁

손이 덜덜 떨린다. 새벽 댓바람부터 눈물이 질금질금 난다. 마을 사람들 앞에 나서기가 얼추 7년만인 성 싶다. 몸은 움직이되 허깨비같이 살아온 그동안, 살아도 사는 것이 아니었다. 앞으로 몇 조금이나 더 살다 죽을지 몰라도 그 몇 조금 동안은 다시 살게 된 것 같다. 장희와 봄이도 비로소 살게 된 듯하다.

떨리는 손으로 장희 모녀의 방문을 열어본다. 불은 켜져 있다. 감옥에서 나와 집에 돌아온 뒤로 장희는 불을 끄고 못 잤다. 캄캄해지면 누가 두들겨 패는 것 같다고 했다. 감옥에 있을 때 같은 방에서 지내던 년들이, 장희가 은행돈 훔쳐 남자한테 갖다 바친 멍청한 년이라고 노상 팼나 보았다. 감옥에서는 잠잘 때도 불을 끄는 게 아니라 연한 불로 바꾸는데, 불이 연해지기만 하면 담요를 뒤집어씌우고 패대더라는 것이다. 거길 나온 지가 언젠데 아직도 가위눌림을 당한다 싶으면 별량댁 속에 천불이 일면서 욕이 꽸다.

'즈이년들 돈 뺏어다가 뻘짓한 것도 아닌디 염병지랄을 해쌓고! 평생 그 안에서 살다 뒈져라, 썩을 년들.'

밝은 불 아래서 어미는 세상모르고 퍼 잔다. 새끼는 일어나 울지도 않고 제 손가락을 쪽쪽 빨고 있다. 별량댁은 어미를 후려갈겨 주려다 간신히 참고 애 기저귀를 갈아 준다. 기저귀 값을 아끼느라 천을 끊어다 만들었다. 집에 있을 때는 만든 기저귀를 쓰고 밖에 나갈 때는 산 것을 쓰기로 했다. 애가 아직 너무 어린 데다 겨울 나면서 주로 방안에서 지낸 탓에 기저귀 빨래가 만만치 않았다. 다행히 제가 어미라는 걸 잊지는 않는지 장희가 기저귀는 잘 빨았다.

기저귀 갈아 채운 애를 어미 품으로 옮겨 놓고 젖을 물려 준다. 새끼가 젖을 빨자 어미가 눈을 뜨더니 별량댁을 보고는 엄마, 하며 히죽 웃는다. 다시금 패 주고 싶은 걸 참으며 별량댁은 딸내미 모녀한테서 돌아선다.

숭모당에만 내려했던 점심이 양사에도 내게끔 판이 커지다가 결국 온 동네 사람이 같이 먹기로 됐다. 벌이기가 어렵지 벌이기로 한 이상 판이 커졌다고 별량댁이 애태울 일은 없었다. 동네 사람들은 모여 밥 먹는 일에 이골이 났다. 함께 하는 일이라 척척 진행됐다.

동각은 원래 대밭에 감싸여 있었다. 마을 행사관인 자연당은 동각 창고와 살림채와 그 옆의 대밭을 거지반 밀어버린 자리에 세워졌다. 아직 사람이 많을 때 지어서 푼수 없이 넓었다. 외식업체 같은 건 생각지도 못했던 시절이라 큰잔치를 치러내기 위한 정지간도 넓었다. 덕분에 수십 명이 함께 일할 만했다.

된장 푼 물에 통마늘과 대파, 계피며 커피 알갱이까지 넣어 고기를 삶는 동시에 한쪽에서는 봄동 배추를 씻어대고 한쪽에서는 쌈장을 만들었다. 또 한쪽에서는 막걸리에 담가 둔 가오리를 손질해 썰고, 미나리를 다듬어 썬 뒤 채 썬 가오리에 버무려 초무침을 했다. 통으로 사온 콩나물을 데쳐 무쳤다. 여러 집에서 지난 김장철에 남겼던 배추를 들고 나와 겉절이와 나물로 만들었다. 어느 집 냉장고에서 나온 생굴이 채 썬 무와 같이 끓여져 무나물이 되었다. 아낙들은 별량댁이 손 보태는 것도 마다하며 뚝딱뚝딱 일을 해치웠다.

정오가 되기 전에 마을 안에 있던 사람들이 죄 자연당으로 모여든다. 이른 아침부터 봄이 할매가 점심 낸다는 사실이 방송된 터라 거의 모든 마을 사람들이 모였다. 매구 할매도 손자 내외인 동국 씨와 홍림댁의 부축을 받아 나오셨다. 커다란 사진기를 멘 영화장이들이 덩달아 나와 사진을 찍느라 바빴다.

일요일이라 공장에 간 아낙이 몇 되지 않았다. 마을 안에 살면서 농협이니 면소 등에 나가는 젊은 축들까지 죄 나와 족히 백오십 수다. 은현이 읍내 제과점에 주문했다는 큼지막한 케이크도 배달 왔다.

이장 민성의 사회로 애를 업은 장희가 부끄러운 줄도 모르고 나가 케이크의 촛불을 껐다. 짝짝짝. 박수 소리가 요란하다. 별량댁은 맘 쓰고, 돈 쓴 보람이 충분했다. 충분한 맘만치나 마을 사람들이 고맙다. 이 동네서 살아온 세월이 기껍다.

다들 음식 먹느라 분주할 때, 미역공장 간 줄 알았던 영준 어매와 구암댁이 들어섰다. 영준 어매는 부스스한 얼굴에 장에 갈 때 입는 겉옷을 걸치고 나온 것 같은데 몸살이라도 걸린 것 같다. 구암댁은 뭔 일로 아들 결혼식 때나 입었을 두루마기까지 차려입었다. 영준 어매가 쓰윽 둘러보더니 영준의 처가 있는 곳에서 제일 멀찍한 피어리스댁 옆으로 가 앉는다. 사이가 좋지 않은 며느리를 피하는 것이다. 그러니까 두 사람이 합동해서 공장에 결석한 게 아니라 동각 앞에서 만나 들어온 모양이다.

구암댁은 봄이 백일 케이크를 잘랐던 상까지 곧장 가더니 주변을 휘 둘러본다. 차려입는 일이 워낙 드물고 차려입어도 옷태가 안 나는 사람이라 지금도 남의 옷 빌려 입은 것처럼 엉성하다. 표정은 사뭇 상기되었다. 이장이 자신한테 다가든 구암댁과 뭐라고 소곤거리는가 싶더니 마이크를 잡는다.

"저어, 구암댁 아짐이 하실 말씀이 계셔서 이렇게 오셨답니다. 여러 어르신들, 음식 드시면서 구암댁 아짐 말씀에 귀를 기울여 주시기 바랍니다."

이장이 마이크를 건네주자 구암댁이 큼큼, 헛기침을 했다. 마이크를 잡은 채 좌중을 한바탕 훑더니 별량댁과 장희와 봄이 등 모녀 삼대가 앉아 있는 자리를 건너다본다. 구암댁과 눈이 마주친 순간 별량댁 가슴이 털커덕 내려앉는다. 구암댁이 하려는 말이 장희 모녀와 관계된 것 같지 않은가. 구암댁이 다시 한 번 크음, 목을 가다듬고는 말을 시작한다.

"오늘 이 자리가 장희 딸 봄이의 백일 턱이라고, 새벽에 이장님 방송으로 들었습니다. 그러거나 말거나 나는 공장에 돈 벌러 나갈 셈으로 집을 나서려는디, 우리 아들 섭이가 엄니 할 말이 있소, 함서 나를 불러 세웁디다. 우리 섭이가 집에 돌아와 삼시롱도 어른들 앞에 인사 한번 못하는 까닭을 다들 아시리라 생각헙니다. 그 점 참말 죄송하게 생각허고요. 그런디, 그렇게 굴 속에서 짐승같이 사는 놈이 에미인 나한테 말합디다. 장희가 낳은 애기가 지 새끼라고요."

넓은 자연당 안이 삽시에 고요해진다. 모든 시선이 구암댁의 외눈에 쏠려 있다. 별량댁은 어쩐지 구암댁의 외눈을 쳐다보기가 버겁다. 안고 있는 아기를 더 당겨 안고 그 정수리를 들여다본다. 솜털 같은 아기 머리카락이 가붓가붓 움직인다. 아무데서나 젖을 먹는 아기는 방금 젖을 먹은 터라 졸음에 겨워 자울거린다. 구암댁이 계속 말한다.

"아들놈한테서 그 말을 듣고 낳게 공장엘 못 가겠습디다. 자초지종을 토설하라고 아들놈을 다그쳤등만 말합디다. 아무도 제 꼴을 보려하지 않아서, 제 꼴을 보는 사람들이 모두 토악질을 할라 해서 숨어 살고 있는디, 장희가 참말로 아무렇지도 않게 자꾸자꾸 찾아와 말을 걸더랍니다. 사실은 읍내 고등학교를 항꾼에 댕길 때 우리 섭이는 장희를 아조 좋아했더랍니다. 장희가 너무나 이쁘고 잘나서 말도 제대로 못 붙여보고 각기 취직하고 헤어졌더라고요. 서로 못 겪을 일 다 겪고 나서 이십 년만에 다시 만난 셈에 얽히게 되었다고요. 그람서 하는 말이, 장희가 낳은 애가 제 새끼이니 엄니, 가셔서 봄이 애비가 저라고 말해 주시오, 협디다. 참말 부끄럽제만 나는 선섭이 에미인지라 이리고 나섰습니다. 여러 어르신들한테 죄송합니다. 별량댁한테는 너무나 미안하고요. 그래도 이리고 나선 김에, 온 동넷분들이 다 계신 자리에서 장희한테 물어볼랍니다. 아이 장희야!"

무슨 일이 벌어지는 지도 모르는 것처럼 먹느라 여념 없던 장희가 제 이름이 불리자 놀라 펄쩍 일어섰다. 뒤늦게 예에? 한다. 구암댁이 장희를 향해 묻는다.

"장희야, 봄이 애비가 누구냐?"

"예?"

"봄이 애비가 누구냐고 묻잖냐. 동네 어르신들 다 계신 자리에서 똑똑히 말해 봐라. 늬 딸 봄이 애비가 누구냐."

"서, 선섭이요. 나비 땜에, 어미나비가 죽어갖고 새끼나비가 또 죽을까 봐서 둘이 읍내 갔다가, 우유 먹고 새끼 나비가 살았는데 또 죽었어요."

"긍게, 봄이 애비가 선섭이라고?"

"예."

"근디 어째 여태 봄이 애비가 선섭이라고 말을 안했냐."

"예?"

"선섭이가 봄이 애빈디 어짠다고 그 말을 안 하고, 늬 어매 애를 그라고 태우고, 우리를 몹쓸 사람으로 맹글었냐 그 말이다."

"섭이는 많이 아파요. 너무 아파서 가끔 숨도 못 쉬어요. 섭이는 만날, 자기는 아무것도 아니라고 해요. 섭이가 아무것도 아니니까 봄이 아빠도 아니죠."

별량댁은 그동안 장희가 반쯤은 짐짓 바보노릇을 하는 것으로 여겼다. 바보가 아니면 낯짝 쳐들고 살 수 없으므로 부러 바보인 체 하는 것이라고 생각했다. 기대도 했다. 그런데 지금 보니 진짜 바보천지다. 예, 할 자리와 아니오, 할 자리를 구분할 줄도 모르지 않은가.

별량댁이 새삼 기가 차 한숨을 쉬는데 어디선가 박수소리가 난다. 동국 씨와 홍림당이다. 매구 할매가 지켜보는 앞에서 봄이를 받아 낸 홍림당과 그의 바깥이 애 애비의 출현을 축하하고 있었다. 그 가운데 계시던 매구 할매가, 듣지 못해 상황을 다 모를 텐데도 덩달아 손바닥을 마주쳤다. 뒤늦게 박수가 번지기 시작한다. 곧이어 자연당 지붕이 하늘로 솟구칠 것 같은 박수소리가 난다. 축하한다는 말들이 사방에서 폭죽처럼 터진다. 구암댁이 외눈으로 눈물 질질 흘리며 별량댁 모녀 삼대가 있는 상 앞으로, 봄한테로 오고 있다.

광주댁 성심 씨

성심 씨는 순천에서 태어나 열 살 무렵에 계성재로 들어왔다. 계성재에서 운대학교를 다녔고 시집갈 때까지 살았다. 성심 씨 어머니가 계성재 17대 종부였던 여례당의 수양딸이었다. 여례당이 오갈 데 없는 계집아이를 받아들여 키운 뒤 시집보냈다. 계성재는 성심 씨 어머니의 친정이며 성심 씨의 외가이자 친정이다.

성심 씨는 스무 살에 혼인했다. 이듬해 서방이 군대에 갔다. 서방 빈자리에서 시집살이를 하던 중에 동네 살던 서방 친구와 엉키고 말았다. 눈 맞고 배 맞췄다는 소문까지 났지만 그런 일은 없었다. 오가는 길에 마주치면 인사나 나누고 농 걸어오면 대거리 한 것뿐이었다. 시어미가 그걸 트집 잡아 화냥년 누명을 씌웠다.

시어머니는 성심 씨가 시집가자마자부터 며느리를 눈엣가시처럼 여겼다. 계성재 딸이라고 여겼다가 뭣도 아니라는 걸 뒤늦게 알았다고 억지를 썼다. 중매장이가 성심 씨의 내력을 다 말하고 성사된 혼인이었다. 시어미는 며느리 보며 논 몇 마지기 정도의 혼수를 기대했던 것이다. 그게 어그러지자 전생의 원수를 알아본 듯이 굴었다. 와중에 빌미가 생기자 아들도 없겠다 그 참에 며느리를 쫓아내려 작정했던 것 같았다. 서방 친구까지 쫓아와서 아무 일도 없었노라고 손사래를 쳤지만 일은 더 커졌다. 다 벗어도 화냥년 누명을 못 벗는다더니 아무리 아니라고 해 봐야 먹히지를 않았다. 성심 씨는 넌더리가 났고, 쫓겨나기 전에 스스로 나왔다.

계성재로 돌아와 일 년쯤 지냈을 때 제대한 서방이 찾아와 돌아가자고 울며불며 매달렸다. 성심 씨는 그런 시어머니 밑으로 다시 들어가느니 혼자 늙어죽겠노라고 마다했다. 세 번째 찾아온 서방한테 혀 빼물고 죽겠다고 난리쳤다. 그래도 포기하지 못한 서방이 일곱 번째 찾아왔을 때 여례당이 그를 사랑 대청에 올려 앉혔다. 여례당이 군청에서 가져다 놨던 이혼서류를 그 앞에 내밀어 놓고 말했다.

"성심이는 내 손지 딸이다. 나는 내 손지 딸 혼인에 할 만치 했다. 부모와 조부모의 이불이며 옷가지며 이바지 등, 혼수를 최대한 예절 갖춰 넘치게 해 보냈고, 제 살림살이도 보통보다 훨씬 잘 챙겨 보냈다. 근디 늬 어매가 트집 잡기를, 성심이가 맨 몸으로 시집왔다는 것이람서야? 그라고나서 화냥질했다고 삼동네에 외고 다님서 수시로 애 머리를 뜯어 놨담서? 내가 그 동네로 사람을 보내서 찬찬히 다 알아봤느니. 나는 늬 어매가 그리 모질고 심보 고약한 아낙인 줄 모르고, 늬가 쓸 만한 놈이라 여겨서 성심이를 그 집으로 보냈다. 내 잘못이다. 잘못을 알았을 때는 바로 잡아야 하는 법. 나는 늬 어매같은 시어매 밑으로 다시 우리 성심이를 들이밀 생각이 없다. 긍게 늬가 선택해라. 늬 어매를 포기하고 내 집으로 들어와서 우리 성심이랑 살등가, 이 자리에서 이혼서에 지장을 찍고 나가등가. 늬가 이도 저도 안하겠다하면 나는 법으로 할란다. 늬가 아는지 모르겠다만 성심이 오래비가 군청 사무관이고, 나는 왜정 초기에 이 집에 시집와서부터 법을 끼고 살아온 늙은이다."

서방은 사랑채 마루에서 반나절을 앉아 있다가 이혼서류에 지장을 찍어놓고 나갔다. 그렇게 이혼한 성심 씨는 계성재에서 두 해를 더 살았다. 갑갑해서 더 살 수가 없었다. 광주로 가서 식당 찬모 노릇으로 도시살이를 시작했다.

식당 찬모 노릇이 삼 년 되던 해에 아들 셋 달린 홀아비와 재혼했다. 아이를 낳지는 못했다. 아이 낳으려 고심하는 대신 전실 자식들을 꽤 공들여 키웠다. 남의 자식이라고 생각 못한 채 자식들을 키웠는데 남편을 여의고 나자 아들들이 전 재산인 아파트 한 채를 4등분하자고 나섰다.

저희들 코흘리개 시절부터 새벽밥 지어 먹이고 학교 보내고 난 뒤에는 식당 다니며 언제나 돈을 벌었다. 그렇게 번 돈이 저희들 입으로 다 들어가 남은 게 없을망정 제들 아버지 명의의 아파트 한 채라도 마련했던 건 성심 씨가 악착을 떨었던 덕이었다. 뒤늦게 어미를 못된 계모 취급하는 자식들이 치사하기가 말할 수 없었으나 설득했다. 그래도 내가 집을 지키고 살면 부모노릇을 하지 않겠냐고, 내가 집을 가지고 어디로 달아날 것도 아니지 않느냐고.

자식들은 오히려, 저희들 살기가 너무 팍팍하다며 아파트 갈라 나눠 주고 부모노릇 계속해 달라고 했다. 억장이 무너진다는 말이 그냥 지어진 게 아니었다. 삼십 년 가까이 들인 정이 어찌나 허망하든지, 몇 바탕 울고 나서 집을 팔아 4등분 했다. 집을 갈라 주고 나니 자식들은 원래 그랬던 것처럼 남의 자식이 되고 말았다. 9년 전, 환갑 되던 해였다.

평생이 헛것이 되고 만 뒤에도 여전히 식당일을 해 가며 14평짜리 임대 아파트를 샀다. 짬이 나면 계성재나 오고 가며 살았다. 매구 할매가 계시고 오라비 동국 씨와 올케 홍림당이 있는 친정.

이번에는 한식 묘제 준비를 도우러 왔다가 주저앉았다. 묘제 제수 준비하러 장에 갔던 홍림당이 50년 넘게 드나든 읍내 장거리에서 길을 잃고 자신의 친정으로 간 사태가 발생했다. 열여섯 살에 시집와 평생을 살았던 계성재를 잊어버리고 택시에 올라 친정이 있는 보성의 예당 배정골 허 진사 집으로 가자했다던가. 배정골 허진사의 손녀였던 홍림당은 그 이튿날로 광주의 대학병원으로 가 입원하고 열흘에 걸쳐 정밀 진단을 받았다.

홍림당의 병명은 심한 우울증에서 비롯된 가성치매라고 했다. 가성치매이긴 하나 심한 우울증을 동반하고 있으므로 언제든 치매로 전이될 수 있는 상태라고 했다. 우울증의 경우 50년가량 사이좋게 산 배우자를 잃었을 때나 나타날 법한 중증으로 꽤 오래전부터 앓았을 거라는 진단도 나왔다.

맘대로 안 되는 자식들과 너무 오래 붙박여 산 집과 마을, 고된 일과 평생 속 썩인 일 한번 없는 남편까지 홍림당의 병의 원인이라 했다. 그동안 홍림당은 스스로 의식하지 못했지만 무수히 죽음을 생각했을 것이고 죽은 사람들을 부러워했을 것이라고 했다. 스스로 억눌러 왔던 자의식이 터진 것이므로 언제든 스스로를 죽일 수 있는 상태라고도 했다. 한편으로 치매 증상을 완화시키는 약과 항우울제를 복용하면서 정기적으로 임상 치료를 받으면 호전될 수 있다고 했다. 실제로 입원하면서 복용하기 시작한 약효 덕인지 홍림당은 잠이 턱없이 많아진 걸 제외하면 장터에서 길을 잃기 전과 흡사했다.

성심 씨는 그날 이후 광주로 돌아가지 못했다. 혹은 돌아가지 않았다. 계성재에 마침내 자신의 할 일, 자리가 생겼지 않은가. 더구나 지난 이 년 가까이 집에서 글 쓰며 지내던 막둥이 은현이 임신하고 결혼을 하게 된 참이었다.

사윗감인 중경을 첨 봤을 때 성심 씨는 한참이나 쳐다봤다. 언뜻 보면 그저 허우대가 긴 젊은이인 것 같은데 눈 색깔이 괴이했다. 파란색 같기도 하고 회색 같기도 하고, 물빛 같기도 했다. 외가가 외국인 집안이라 그렇다고 했다. 중경의 어머니가 서양 사람이고 아버지는 북한이 고향이라 했다. 중경의 조부가 젊을 때 미국으로 건너가 자리를 잡았다는 것이었다. 중경의 부모는 높은 외교관으로 일하다 정년퇴직한 뒤 미국에서 살고 있다고 했다.

홍림당이 처음에 중경을 사윗감으로 마땅찮아 한 이유는 '튀기'라서가 아니라 청년의 직업이 외교관이라서였다. 딸내미가 외국으로 가서 살게 되면 자주 보기 어려울 것이라 꺼려했다. 걱정할 필요가 없어졌다. 은현은 제 엄마가 아프자 친정살이를 하겠노라 했다. 국내근무를 하고 있던 중경은 처가살이를 자청하고 나섰다. 상견례를 위해 사돈 될 집안 어른들이 지금 오고 있는 중이었다.

"오늘 같은 날은 최고로 좋은 그릇을 써야제?"

찬방에 혼자 있는 것도 아니면서 혼잣말을 한 성심 씨는 그릇장에서 유기들을 꺼내 바닥으로 내린다. 요새는 귀한 손님들이 왔을 때나 사용하는 유기들은 이백 년도 넘게 이 집 부엌에서 지내온 것들이다. 마른걸레에 치약을 묻혀 광을 낸 뒤에 뜨거운 물에 한번 튀겨낼 참이다. 할매가 식탁 앞에 앉아 마늘을 까며 방바닥에서 그릇 닦는 성심 씨를 쳐다보고, 그런 할매 모습을 카메라를 든 영화쟁이 김 감독이 찍고 있다.

오늘은 비가 내리므로 할매가 집안에만 계실 거라 김 감독 한 사람만 들어왔다. 다큐멘터리 영화 〈매구 할매〉를 찍는 김 감독은 은현의 서방 될 중경과 아는 사이라서 은현과도 만나게 됐고 이 시골까지 몇 번이나 찾아와 매구 할매를 찍게 해 달라고 사정했나 보았다.

"고모님, 그릇 닦는 모습 좀 가까이 찍고 싶은데 그래도 될까요?"

김 감독의 질문에 성심 씨는 손을 놀리면서 고개를 끄덕인다. 성심 씨가 보기에 영화쟁이들은 참을성이 대단했다. 동각에 살면서 아침이면 계성재로 들어와 하냥없이 할매 방 쳐다보며 기다리는 젊은 이들. 말을 시킨다고 알아듣는 양반이시길 할까. 걸음마 뗀 돌배기처럼 아장아장 걷는 할매를 찍소리도 없이 따라다니는 걸 보노라면 하품이 날 지경이었다. 전부 총각이라는 사람들이 허구한 날 어쩌려고 저러고 있을까 싶고, 진짜 영화가 만들어지고 있는지 의심스럽기도 했다. 내일이 대통령 선거 날인데 할매 곁을 떠날 수 없어서 사전투표를 했다는 젊은이들이었다.

"고모님, 그 유기들은 몇 년이나 됐을까요?"

"한 이백 년 됐다는 말을 내가 어릴 때 들은 적이 있네. 이 찬방에서 우리 엄니 도와서 이 그릇을 닦을 때였제."

그 옛날 여례당 덕에 밥 벌어먹고 살던 홀아비가 있었다. 홀아비라기보다 원체 허랑해 마흔이 가깝도록 제 계집 하나 거느리지 못한 사내였다. 그가 두 번이나 시집을 가고도 못 살고 나온 주아라는 어여쁜 이름의 소박데기를 만나 살림을 차렸다. 그들이 성심 씨의 부모였다. 성심 씨가 다섯 살 나던 해 가을에 터진 여순 사건은 기억이 없었다. 그 무렵 계성재가 어떤 환란을 겪었는지도 커가면서 알게 된 것이었다. 일곱 살 여름에 터진 전쟁은 몇 가지 그림 같은 기억으로 남아 있었다. 그림처럼 고왔던 순천 저전동 집. 아버지가 산사람이 되어 사라진 뒤의 풍경.

당시 저전동 집은 계성재의 지원이 뚝 끊긴 상황이었다. 아버지는 돌아오지 않았고, 어머니는 먹을거리를 벌기 위해 장거리로 나섰다. 돌 넘긴 동생은 성심이 돌봤는데 늘 아팠다. 노상 아프던 그 아이의 두 돌을 넘겨 주지 못한 채 집 뒷산에 묻었다. 아비가 빨갱이들을 따라 지리산으로 들어갔고 그곳에서 토벌대의 총에 맞고 죽었다는 사실은 휴전 즈음에야 알려졌다. 성심이 열 살 때였다. 그 무렵 계성재에서 모녀를 데리러 왔다. 계성재로 돌아온 어머니는 미친 듯이 일만 하다가 죽었다. 성심이 시집간 해 겨울이었다. 그 어미에 그 딸이라던가. 성심도 평생 살얼음판 위를 걷는 것처럼 살았다. 이제 맨땅에서 살다 죽고 싶었다.

"그러면 3백 년 가까이 됐겠군요?"

"글것제. 근디 그라고 봉게, 가끔씩이기는 해도 내가 평생 이 그릇을 닦고 사는구만. 이라고 살라고 아조 돌아온 모양이여, 내가."

불면 날아가게 생긴 백 살이 훨씬 넘은 노인에, 치매환자인 안주인에, 결혼 앞둔 딸내미는 쌍둥이를 가졌다. 은현이 결혼하고도 여기서 살겠다고 하는 게 제 엄마한테는 다행이지만 쌍둥이가 태어나면 그 아기들도 봐 줘야 할 것이다. 동국 씨 홀로는 그들을 돌볼 재간이 없었다. 그에게만 맡겨놨다가는 집안이 쑥대밭이 될 판이었다. 앞으로 이 집에서 할 일이 없어 겉돌다 광주로 돌아갈 일은 없는 것이다.

성심 씨가 사돈양반들 맞이할 준비로 한창 바쁜데, 광주에서 큰며느리, 한서어미가 왔다. 제 시어머니 아프다는 소리를 뒤늦게 들은 것 같았다. 교회 다녀서 종가의 제사 지내기를 거부한 한서어미는 살아 있는 증조 할매도 귀신으로 보이는지 절 대신 허리만 수그려 인사 한다. 성심 씨한테는 입으로만 인사를 때운다. 가는 곳마다, 만나는 사람마다 인사가 다른 법인데 한서네 인사는 늘 한가지다.

"고모님이 와 계셨네요! 어머님은요?"

홍림당은 숭모당에 가 있다. 은현이 결혼하게 된 것이며 오늘 사돈들이 상견례 하러 이 시골까지 오고 있다는 걸 자랑하러 간 참이다.

"숭모당에 건너가셨네. 자네 아버님은 뵙고 들어왔는가?"

"예, 사랑에서 뵀어요. 감독님, 우리 할머니 영화는 잘 되어가나요?"

시집 한 번 오기를 저승길만큼이나 어려워하는 한서어미도 할매를 다큐멘터리 영화로 찍는다는 사실은 알고 있는지 찬방 구석에서 카메라를 대고 있는 김 감독에게 묻는다. 김 감독이 예, 하며 웃는다.

"그런데 고모님, 오늘 애기씨 상견례 하러 사돈어른들이 오신다면서요? 신랑이 뭐하는 사람이래요?"

"외교관이라 하데. 외교공무원. 연이 대학친구라고도 하고."

"신랑 잘 얻었네요?"

네가 얻은 서방도 그 못지않게 잘난 사람이라고, 서방 잘 얻은 값 좀 하라는 말이 입안에 괴지만 내뱉지는 않는다. 시누이 시집가게 된 사연을 이제 들은 사람한테 신랑 눈이 회색이나 청색으로 보이는 사람이라는 말도 할 필요 없을 것 같다. 임신한 것도 마찬가지다. 사실 홍림당도 은현의 임신 사실을 몰랐다. 아픈 사람한테 처녀가 임신했다는 근심을 안겨 주고 싶지 않아 아직 알리지 않은 상태다.

"대학 때부터 연애했대요?"

"그랬던가 보데. 한 서방이 우리 연이를 막 쫓아다닌 모양이데. 그러다가 헤어져 한참만에 다시 만난 모냥이고. 숭모당 가서 자네 엄니 모시고 올라나?"

"동네 어른들 잔뜩 계실 건데요?"

"긍게 자네가 떡하니 들어서면 자네 엄니 어깨가 얼마나 으쓱하시 겠는가. 자식들이 찾아와 주기만 해도 자랑이 되는 게 시골 노인네 들잉게."

"애기씨는 어디 있어요?"

"여적 나랑 일하다가 제 방으로 건너갔네. 자네도 건너가서 얼굴 보고 숭모당 항꾼에 가자고 하시게나. 비 맞기 싫으면 전화로 건너 오라고 하든가."

아침부터 부슬거리던 빗발이 낮이 되니 본격적으로 쏟아지고 있 었다. 한서어미가 우물쭈물하더니 말한다.

"애기씨는 할 일이 있는 모양인데 이따 보기로 하고 고모님이 저 랑 같이 숭모당에 가 주세요."

혼자 가기가 부끄러운 모양이다.

"그라믄 글까? 이 놈의 비가 오늘은 그만 와도 쓰것는디."

성심 씨는 한서네한테 우산을 내주고 자신의 우산을 펼치며 집을 나선다. 대문 앞에서 한서네가 제 차로 들어가 앉더니 타라 한다.

계성재에서는 오늘 사돈 될 사람들을 맞이하기 위해 떡을 했다. 홍림당은 그 떡의 태반을 숭모당으로 가져갔다. 맥주 한 상자에 계 성재의 내림음식인 숭어 삼합과 가오리 묵이 따라 갔다. 술 못 마시 는 아낙들을 위해 식혜 한 동이도 덩달아 갔다.

아까 동국 씨와 성심 씨가 음식을 가지고 왔을 때 모인 아낙이 스 무나무 명이나 됐다. 지금쯤 술 먹는 패, 화투치는 패, 텔레비전 보 는 패 등으로 갈려 놀겠지만 화제는 주로 은현의 결혼식과 신랑감에

54

대한 것일 터다. 은현이 대학 강사를 접고 시골로 내려온 후 중경이 찾아오기 시작했다. 길을 트자 점점 잦아졌다. 마을 사람 중에 중경을 못 본 사람이 드물 것이다.

"오메! 홍림당 큰메누리가 왔구만?"

부인회장인 건우 할매의 말에 숭모당 너른 마루에 있던 시선들이 일제히 문으로 향한다. 성심 씨가 마루 위로 먼저 올라서서 말한다.

"한서에미가 왔는디, 엄니가 여기 계시다고 함께 어른들한테 인사드리겠다고 안 허요. 그래서 같이 왔지라."

사십대 중반의 한서네는 고등학교 교사다. 독실한 기독교 신자라 선영봉사를 마다하는 바람에 계성재 19대 종부인 홍림당을 서럽게 만드는 장본인이다. 둘째 며느리는 제 새끼들 조기 유학시킨다고 호주에 건너가 있다. 셋째는 이혼해 버려서 아예 없다. 이래저래 홍림당 며느리들이 젯날에 아예 얼굴조차 디밀지 않은 지가 여러 해 되었다.

한서네가 신을 벗고 올라와 제 시모 앞에 절하는 대신 허리 수그리며 인사를 한다. 아낙들한테도 고루 인사를 하더니 차에서 들고 나온 물건을 제 시모 앞에 내민다. 자기 앞에 다가든 선물상자를 잡은 홍림당이 며느리한테 묻는다.

"고맙다, 에미야. 근디 뭣이냐?"

"화장품이에요. 스킨하고 로션하고 영양크림이요. 어머니, 편찮으셨다면서, 어떠세요?"

"암시랑토 않다. 근디 늬들 아부님이 괜한 수선을 피우는 바람에

나 노망났다는 소문이 삼동네에 다 나부렀다. 에미 늬도 그 소문 듣고 왔냐?"

홍림당의 말투가 이상하다. 한서네를 데리고 오는 게 아니었는데 싶다.

"소문이 아니라 뒤늦게 소식을 듣고 왔지요. 알려 주시지 그러셨어요, 어머님. 광주 와서 열흘이나 입원해 계셨다면서요."

"느그가 백날천날 바쁘다고만 항게, 늬들 아부님은 늬들 어매 아프다고 일삼아 말하기 미안했던가 보제. 근디, 화장품을 사왔냐?"

"예. 어버이 날이기도 하고요. 또 애기씨 결혼으로 오늘 상견례를 한다고, 사돈 될 분들이 오고 계신다고 들어서요."

"애비는?"

"수업이 있으니 못 오지요. 저는 오늘이 개교기념일이라 수업을 뺄 수 있게 돼서 왔어요"

고개 끄덕인 홍림당이 한서어미가 준 상자의 포장지를 죽 뜯어내더니 상자 뚜껑을 연다. 곁에 앉은 성심 씨는 홍림당이 찢어발기듯 뜯어낸 포장지를 작게 접어 정리한다. 아픈 사람이라 그런지 홍림당이 뭘 해도 요즘 성심 씨는 조마조마하다. 지금 화장품을 요모조모 만져보는 모습이 여상치 않다. 아무래도 조짐이 좋지 않다.

"다들 보시구랴. 우리 한서에미가 어버이날이라고 화장품 세트를 사왔구먼요. 어야, 피어리쓰 성님. 성님이 취급하는 것보다 더 웃질인 것 같은디 어짜요? 알로에 아닌가 말이요. 천연화장품 알로에 좋다는 거시야 다들 아는 것이고요. 고맙다, 에미야. 잘 쓰것다. 피어리쓰 성님도 서운타 마쑈. 이번 한 번만 우리 메누리한테 받은 거 쓸 랑게 야속타 말랑께."

피어리스댁은 젊을 때부터 화장품 장사를 했다. 택호가 피어리스 댁이 된 것도 처음 취급한 화장품이 피어리스였기 때문이다. 그네가 피어리스에서 아모레 등을 거쳐 몇 년 전부터 설화수를 취급하는데 홍림당은 평생 피어리스댁이 취급하는 화장품만 썼다.

"한서엄마가 젤로 좋은 화장품을 사왔구만. 야속타 안 헐 텐게 꺽 정 말고, 뚜껑 열어서 향기나 맡어 보소."

피어리스댁이 응대하자 홍림당이 화장품을 내밀며 묻는다.

"요거시 젤로 좋은 화장품 맞지라?"

"근당게. 그거 쓰면 피부가 새각시 같어질 것이네. 메누리 맘새가 고맙네야."

홍림당이 씩 웃더니 성심 씨를 쳐다본다.

"글믄 내가 잔 젊어져야겄응게 애기씨는 앞으로 에미가 사다 준 이 화장품 쓸 생각 마쑈잉."

깜박 잊고 화장품 주머니를 가져오지 않았을 때 홍림당의 스킨이 나 로션을 쓰기는 했다. 어쩌다 한 번일지라도 평생 그랬으므로 성 심 씨가 억울하다 하기는 어렵다.

"예, 그것에는 손 안 댈께라."

"연이 고 가시내도 근당게. 에미한테 새시로 사다 주든 못할망정 뺏어 쓰믄 못 쓰제."

성심 씨한테인지 은현한테인지 단단히 이른 홍림당이 자기를 쳐다보며 웃는 아낙들을 향해 말한다.

"우리 연이 년은 지꺼 내꺼 구분을 안 헌당게. 하기사 요새는 구분할래도 지껏이 있어야 구분을 할 거신디, 글 씀담서 한 이태 촌에 붙어 살다봉게 아조 촌년이 다 돼 부렀당게. 뭐 그래도 나는 좋기만 허요. 이달 안에 시집을 보낼 경게, 우리 사우 한 서방, 한중경이. 인자 다들 아시제라? 그놈 미국 이름이 제이크라요. 우리 한 서방이 서양 피가 튀갖고 양놈매니 생긴 건 쬐깐 잔 머시기해도, 싹싹한 성정에다 생김새도 뜯어보문 이사 귀엽당게. 이따 사둔 될 양반들이, 노사둔들까정 모시고 온다고 헝게, 결혼 날짜가 잡힐 거시오. 나는 이달 안에 해치우자 할라고."

"글제. 요새야 옛날같잖애 맘만 묵으면 뚝딱인디 멀리 잡을 거 있간디?"

피어리스댁의 추임새에 홍림당이 고개를 주억인다.

"우리 연이가 결혼할 때는 얼굴에 팩도 많이 붙이고 피부 미용실서 마싸지도 받고 그라믄 지 본색을 찾지 않겠어라? 시집가서 살림 잘 하게끔 실컷 갈차 놨응게 난 암 것도 걱정 안 허요. 나는 딸내미가 시집가 갖고 우리 메누리들 같은 짓거리만 안 허문 된다고 생각하는 사람이랑게. 특히나, 여기 왔응게 허는 말이제만, 우리 한서에미 같은 짓거리만 안 하면 보통이라고 생각허요. 하느님 안 좋단 사람이 어딨가니? 하느님이나 부처님이나 조상님이나 그것이 그것이제. 조상님이 그 중에 큰 것은 나를 있게 한 사람들이기 때문이고. 썩을년들! 교회를 댕길라믄, 외국엘 갈라문, 교회가 그라고 좋고 외국이 그라고 좋으문 교회한테 시집가고 외국한테 시집가제, 너메 귀한 아들들한테, 그것도 종손자한테 시집을 와서 종갓집을 베래 놔? 종손부 노리는 바라도 않는다. 그란다고 맹색이 큰메누리란 년이 지사에 발다죽도 안해야? 설날이라고 그믐밤도 아니고 당일 아침에 삐쭉 와갖고, 차례상은 딜다도 안 보고, 할매한테나 어매아배한테 세배라고 함시롱, 고개 외로 꼬고 까딱 절한 시늉이나 허고. 모가지가 뿐질러질깨비 절을 못하냐? 살아 있는 부모도 우상숭배라서 절을 못하냐? 서방을 늙은 부모 앞에 빙신맹키 고갤 못 들게 맹글어 꽉 잡고 상게 좋으냐? 나 같음사 항꾼에 산 미운 정 때문이라도 서방을 그라고는 못 만들겄다. 독한 년. 거짓깔로라도, 시늉이라도 해 주겄다. 나쁜년, 베락맞아 디질 년. 어버이날이라고 선물을 사갖고 왔냐아? 늬 년들이 은제 어버이 챙겼다고? 씨엄씨 노망났당게 왔제? 내가 몰를 줄 아냐? 은제 디질랑가 볼라고? 대학 나와 선생 노리함시롱 노망났다고 금방 안 디지는 것도 몰르냐? 날 갖다 요양원에다 콱 처박어 부렀으면 딱 좋겄제? 아예 우리 세 노인네를 쌍으로 묶어다 처박고 싶을 것이다. 요양원이 황천길잉게, 세 늙은이 갖다 처박어 노면 금방들 디지기는 하겄제. 아이구우, 독한 년들. 아나, 시집, 아나 재산이다. 땅 폴아서 늬 년들한테 줄지 알제? 가만있어도 뚝뚝 떨어질 줄 알제? 택도 없다, 썩을년들. 배람박에 똥을 처발러도 늬 년들 손은 안 빌릴랑게 다케는 오지 마라, 오살할 년들아!"

무슨 말을 하려는가, 진의를 파악하지 못해 어어, 하는 새에 쏟아진 말이다. 당자를 대놓고는 차마 못할 말이 큰비에 봇물 터지듯이

단숨에 터져 버렸다. 아이고 맙소사. 속으로 한탄했으나 말릴 틈은
없었다.

성심 씨는 홍림당이 한서에미 짓거리 어쩌고 할 때쯤부터 말려야
한다 싶으면서도 끼어들 틈을 찾지 못했다. 입이 떨어지지도 않았
다. 한편으로 평생 한 번은 할 말을 해야 하는 게 아닐까 싶기도 했
다. 홍림당이 그동안 할 말을 하고 살았으면 우울증이나, 우울증에
덧붙은 가성치매에 걸렸을 것인가. 지금이라도 할 말을 해야 가성
치매가 진성 치매로 악화되지 않을 것 아닌가.

그랬지만, 지금 홍림당의 말은 심했다. 발등의 불이 아니라 온 집
을 태울 만한 불을 질렀다. 누군가 나서서 불을 꺼야 할 텐데 사태가
워낙 큰지라 아무도 엄두를 못 낸다. 하는 수 없다 싶은지 홍림당과
제일 친한 피어리스댁이 나선다.

"어이, 홍림당, 자식 대놓고 뭔 소리를 그라고 독하게 헝가. 한서
엄마야, 자네 엄니가 요새 잔 아프잖응가? 글다 봉게 말이 심하게
나간 모양이시. 자네가 엄니를 봐 주소 잉."

허옇게 질린 한서어미도 누군가 나서 주기를 바랐던가 보다. 뻣뻣
이 굳은 어깨를 짐짓 편다. 얼굴에는 살얼음을 펴 바른 것 같다. 날
불은 다 나 버린 것이다.

"예, 아주머님. 고맙습니다. 저희 어머니 편찮으신 거 압니다. 지
금 보니 생각보다 훨씬 많이 편찮으시네요. 그러니까 이렇게 여러
사람 앞에서 며느리를 욕보이시는 거겠지요. 어머니 편찮다고, 손톱
만한 연락도 안 하셔서, 지난달에 저희 사는 광주 오셔서 열흘이나

입원해 계셨다는 걸 저희는 며칠 전에야 알게 되었고요. 소식 듣고도 금방 와 보지 못한 게 잘못한 일인 줄도 압니다. 한서가 고3이라는 게 무슨 핑계가 되겠어요? 사실 어머니 뵙기가 무서워서 망설인 점도 있었습니다. 이런 말씀들을 듣게 될까 봐 그랬지요."

되게 쏟아 놓고 나서 한숨 돌린 것 같던 홍림당이 한서어미를 쳐다본다. 뜬금없는 때에 나타난 며느리를 이제야 발견한 것 같은 얼굴이다.

"한서에미, 늬 시방 뭐라고 시분거리냐?"

홍림당으로서는 좀전에 쏟아낸 말을 계속하기 위한 질문이 아닌데 한서어미가 제 식으로 알아들을 것 같아 성심 씨는 조마조마하다. 아니나 다를까. 시어미에 대꾸하는 한서어미는 갈 데까지 가보자는 얼굴이다.

"어머니 무서워서 시집에 오지 못하겠다고 말씀드렸습니다."

"머시 어째? 내가 늬한테 멀 했다고 내가 무서야?"

"저한테 어버이 대접 못 받으셨다고 하셨지요? 어머니는 언제 한 번이라도 저를 자식으로 대접하셨어요?"

"머시라고?"

성심 씨가 한서어미 팔을 잡으며 말린다.

"한서에미, 엄니가 편찮으시잖은가. 무슨 말씀 하셨는지 모르시는 상태시네. 자네가 이해하소야, 어?"

한서어미가 성심 씨 손길을 획 떨쳐냈다.

"아니요. 평소에 늘 하시고 싶던 말씀들이셨을 텐데, 기억 못하실

리 없어요. 방금 하신 말씀들을 기억치 못하신대도 마찬가지죠."

"그러지 말고 자네가 참소."

"애기씨가 오늘 상견례한다면서요? 애기씨가 여기 없지만 결혼, 미리 축하드립니다. 축하는 하겠지만, 애기씨한테 정말 그러는 거 아니라고 전해 주세요. 아무리 소원하게 살아도, 어머니 입원하신 것쯤은 알려 줘야 하는 거 아니에요? 번번이, 당연히 알려 줘야 할 것들에 입 다물고 나서, 네가 한 게 뭐 있냐, 그러는 게 경우에 맞아요?"

"자네 덜 심들게 할라다 보니 그렇게 된 거 아니것는가. 그렇지만 미안하시. 우선 내가 사과함세. 지금은 엄니를 이해해 주소."

"말리는 시누이는 밉다지만 말리지도 않는 시누이는 더 무서운 거, 고모님 아세요? 어쨌든 말 나온 김에 나도 할 말 좀 해야겠어요. 어머니!"

며느리의 부름에 홍림당이 소리친다.

"단단히 벼른 것 같은디 할 말 해라."

"애기씨가 어쩌다 보니 저처럼 종가에 시집가서 교회를 다녔다면, 교회를 다녀야 숨 쉬고 살 것 같다면 어머니는 어떻게 하셨겠어요? 여기 아주머님들, 할머님들, 여러 분 계시니 제가 딸이라고 생각하시고 한번 말씀들 해 보세요. 어머님한테 조상님들이 종교인 것처럼 저한테는 하나님이 종교입니다. 그런데 종교마다 따르는 방법에는 차이가 있지요. 요즘은 부부간이라도 다른 종교를 갖게 되면 그 차이를 서로 인정하면서 존중해 주는 시대입니다. 한서애비와 저는 그 차이를 서로 인정하고 존중하며 살고 있고요. 그런데 교회 다니느라 제사 못 지낼 것 같으면 이혼해라, 하실 건가요? 제사 때문에 이혼을 해요? 그럴 것이었으면 한서 낳으면서 벌써 이혼했을 거예요. 재서는 낳지도 않았을 거고요. 그래도 저, 이혼 못할 것 없습니다. 한서애비가 이혼하자면 언제든지 할 의향도 있고요. 저는 한서애비가 벌어주는 밥 먹고 살지 않습니다. 제 밥은 제가 벌어먹고 살지요. 그리고 땅요? 저는 어머니 땅, 한 뼘도 욕심 낸 적 없습니다. 앞으로도 그럴 일 없을 거고요. 다신 오지 말라셨지요? 예, 그렇게 할 게요. 여러 어르신들, 죄송합니다. 저 먼저 일어나겠습니다."

한서어미가 말리는 성심 씨를 뿌리치고 나간다. 문을 닫지도 않아서 신발을 꿰어 신고 마당에 세워 둔 제 차를 향해 가는 게 훤히 내다보인다. 빗줄기가 굵어서 잠깐 새에도 얇은 옷이며 단정한 단발머리가 후줄근히 젖는다. 흰 차의 문을 열고 들어가 앉더니 금세 부릉하고는 숭모당 문 앞에서 사라진다. 그걸 뻔히 쳐다보고 있던 홍림당이 피어리스댁한테 묻는다.

"어야, 피어리쓰 성님. 내가 뭔 소리를 합뎌? 내가 뭔 소리를 했길래 저것이 땅이 어쩌네, 존중이 어쩌네, 이혼이 어쩌네 하고 나간다요?"

피어리스댁이 되물었다.

"홍림당, 자네가 앞서 한 말은 그르케 깜깜하게 생각이 안낭가?"

"에미 보고 어른들한테 절하란 거는 생각나는디 그 담은 깜깜허요. 에미가 시어매 무서워서 시집에 못 온다고 하등만. 긍게 그 깜깜

한 새에 내가 지한테 뭔 듣기 싫은 소리를 하기는 했그만? 그래갖고 그르케 포르르 해갖고 떨치고 나갔그만? 다시는 날 안 봄담서?"

같은 말이라도 아 다르고 어 다른 법인데 홍림당의 말이 세기는 무지 셌다. 더구나 자리가 자리였다. 이렇게 남들 앞이 아니라 집에서 고부간에 둘이 마주 앉아 했으면 한서어미도 제 시어미를 그렇게 들이받지는 않았을 것이다.

"홍림당 자네나 나, 또 여기 우리들 모도, 며느리나 딸들한테 하고 자와도 못한 말들을 전부 하데. 욕도 아조 실컨 하고. 듣는디 내 속이 다 씨원하등만. 그래도 듣는 메누리 입장에서야 서운하기가 말도 못하것제. 어쨌든지 일은 쳐부렀응게, 홍림당 속이나 개것했으면 쓰것그만, 깜깜절벽이라니 속도 안 씨원하겄고, 아숩네야. 그래도 설마 시어매한테 욕 잔 묵었다고 발길이야 끊겄능가? 홍림당이 나중에 전화해서 사과하고 달개먼 되겄제. 이따 밤에라도 전화해서 달개소."

"깜깜절벽이어도 피어리쓰 성님 보기에 나 하고 자운 말 다 한 것 같았다문, 내가 뭔 말을 했을지도 짐작이 가는디, 달개서 될 일이 아니겄지라. 지금 씩씩거림서 운전해 감시롱, 분을 못 이개 한바탕 눈물 짤랑가도 모르겄제만, 꼴 보기 싫은 시집에 다케는 안 가도 될 핑계 생겠다고 잘 되았다, 하겄제. 아이고, 우리 할매가, 비 옹게 나가지 말라고, 떡은 연이한테 들래 보내고 늬는 집에서 사돈들 맞을 채비나 해라, 역부러 당부하시등만, 할매 말씀 들었으문 멀미는 안 했을 것인디, 참!"

대형사고를 치고 나서 멀미라 말하는 홍림당 때문에 성심 씨는 멀미가 나는 것 같다. 평생 멀미를 해 왔던 것 같기도 하다. 건우 할매가 혼잣말처럼 한탄한다.

"긍게잉, 늙으나 젊으나 어른 말씀을 잘 들어야 하는 것 같당게요."

각자 시름에 잠기면서 한숨 쉬는 여인들을 두고 성심 씨는 은현을 보내겠다고 말하고 일어선다. 멀지 않은 거리지만 아픈 사람한테 우산 받쳐 주며 데리고 가기에는 빗발이 거세다. 넘어진 김에 쉬어 간다고 발병한 뒤로 홍림당은 아이 같아졌다.

"애기씨! 비 그치문 내가 잘 갈 텡게 데릴러 오지 말어."

뒤에서 홍림당이 외치는 소리다. 피어리스댁도 내가 집까지 잘 모셔다 줄 터이니 걱정 말라고 거든다. 밖으로 나선 성심 씨 앞에서 늦은 봄비가 하염없이 쏟아진다. 눈물 같다.

누가 벌통에 불을 질렀을까

　풍종 씨는 텔레비전을 켜놓은 채 초저녁잠에 빠져들었다. 숭모당
으로 마을을 나갔던 늙은 내자가 들어오는 기척에 눈을 떠보니 열시
반쯤이나 되었다. 오줌을 싸고 돌아온 풍종 씨는 정식으로 잠자리에
들었다. 자다가 불현듯이 기분이 묘해 잠이 깼다. 벽에 붙여놓은 디
지털시계가 03시 45분이라고 빨갛게 깜박이고 있다. 제법 자고 눈이
떠졌다는 게 맞는데 어쩐지 그도 아닌 성싶다. 쥐 죽은 듯이 고요해
야 할 새벽에 온 동네 개들이 짖어대고 있지 않은가. 풍종 씨는 옆의
얇은 이불 속에서 굼벵이처럼 파묻혀 자고 있는 내자를 건드린다.
　"어이, 잔 일나 보소."
　"똥이 매리면 나가 쌌씨요!"
　사납게 쏘아붙인 내자가 홱 돌아누우며 이불을 뒤집어쓴다. 더 깨
우다간 노망났냐는 소리를 들을 것이 뻔해 풍종 씨는 가만히 방을
나선다. 나이 들면서 마누라가 조심스러워졌거니와 마누라가 망구

66

가 되고부터는 범보다 무서워졌다.

풍종 씨 집은 양사 바로 아래에 있어 환할 때는 마당 끝에서 큰뜸은 물론 계성재 지붕들과 마을 진입로며 운대들까지 훤히 내려다보인다. 지금은 동네 안의 가로등들과 멀리 읍내로 통하는 고속국도를 달리는 차 불빛 하나가 깜박이다가 사라지는 게 보일 뿐이다. 개 짖는 소리들은 연이어 난다. 서로 뭔 말을 주고받는 것처럼 여기저기서 짖어댄다.

"개소리라등만! 통 못 알아묵겄다, 이 개놈들아."

소리쳐 개들을 꾸짖은 풍종 씨는 슬리퍼를 고무신으로 갈아신는다. 툇마루 벽장에서 손전등을 찾아든다. 잠도 잘 만큼 잤겠다 파자마 바람으로 새벽운동 하는 셈치고 집을 나선다. 양사에서 풍종 씨 집 앞을 지나 동각 자연당 뒤편까지는 내리막길이라 조심해야 한다. 늙은이가 넘어지면 저승길로 들어선 걸로 봐야 한다. 당장 죽지 않아도 저승길 대합실 정도까지는 간다.

이십여 년 전, 대밭을 그렇게나 싹싹 갈아엎고 터를 다졌음에도 남은 대뿌리가 있었던가. 자연당 뒷벽과 시멘트 길 사이에서는 대나무들이 자라서 다시 대밭을 이루었다. 바닥 깊이 공구리 쳐버린 자연당 밑으로는 못 솟고 골목의 얇은 시멘트를 자꾸 넘보며 세를 키우고 있었다. 달포만 지나면 어디선가 죽순이 올라올 것이고 풍종 씨는 낫으로 찍어낼 것이었다.

"그래 봤자, 자연히 나는 느그들을 내가 뭔 수로 당하겠냐. 맘대로 해라."

풍종 씨는 발밑에 죽순이 돋아 있기라도 한 양 조심히 걷는다. 대나무들이 슬렁거릴 뿐 영화장이 놈들이 사는 동각이 지금은 조용하다. 젊은 놈들이 보통 대여섯 명, 때로는 열댓 명이나 있으니 밤이고 낮이고 동각 안에서 불빛이 나오고 수런거리는 소리가 들리곤 한다. 노래소리, 웃음소리도 흔히 난다. 젊은 기운이다. 백 살 넘은 매구 할매가 불러들인 젊음들. 그들로 하여 마을 전체에 생기가 돌았다. 금년 겨울까지 영화를 찍을 것이라 했다. 그들이 떠나면 마을이 원래 모양새로 푹 가라앉을 것이다.

마을에 있는 젊은 놈들은 늙은이들 안에 섞여 살아서인지 늙은이들하고 똑같이 시어 빠졌다. 젊은 놈들이 몰려다니며 일도 치고 새 바람도 좀 일으키고 그러면 좋으련만 꿈쩍도 하지 않았다. 첨부터 여기서 직장 잡은 놈들은 그냥저냥 살 만해서 도시 놈들처럼 출퇴근하며 나른하게 지냈다. 나가서 살 만한 놈들은 돌아오지 않는다. 나가서 살지 못하고 돌아온 놈들은 또 그 놈들대로, 저희들끼리도 어울리지 않은 채 쥐구멍 드나들듯이 조용히만 살았다. 동네가 너무 낡은 탓일 수도 있었다. 젊은 놈들조차도 그 낡음에 인이 박혀 저절로 낡아버리는 것인지도.

풍종 씨는 손전등을 비추며 동각 담장 옆을 지나 큰길로 나선다. 오른쪽으로 내려가면 동각 대문 앞이고 더 내려가면 사장나무 밑이다. 그 아래 숭모당이 있다. 아무 기척이 들리지 않는다. 왼쪽으로 올라가면 잿등이고 잿등을 넘어서면 작은뜸이다. 아무래도 작은뜸으로 넘어가 봐야 할 것 같은 기분이라 풍종 씨는 잿등으로 느릿하게 올라선다. 잿등 길모퉁이 한쪽에 큰 느티나무가 있고 그 모퉁이를 돌면 작은뜸 가운데로 난 길이 붉은데기로 이어진다.

붉은데기 길 위쪽에 닷 마지기 정도 되는 양섭 씨네 밭 한 뙈기 있었다. 안산울에 살던 양섭 씨가 돌아간 뒤 그 안사람인 석촌댁이 혼자 농사를 지었다. 석촌댁이 허리가 굽은 데다 다리를 못 쓰게 되고 정신마저 흐리마리해졌을 때쯤 자식들이 요양원으로 데려갔다.

그쯤에 오래 전에 마을을 떠났던 석촌댁의 시동생 현섭 씨가 마을로 돌아왔다. 그는 오래 전부터 거제도 조선소에서 일하면서 그쪽에다 살림을 일궜다. 가끔 형네집을 드나들며 나이 먹은 중에 형수가 요양원으로 들어가자 형님네의 전답을 돌보러 온 것이었다. 팔 수 있는 전답이었다면 그 자식들이 진작 헐값에라도 팔아 갔거나 자식들이 오가며 돌봤을 터. 현섭 씨 차지가 못됐을 것인데 그 집이 일궈 먹던 땅은, 논이고 밭이고 전부 홍림당 명의로 돼 있었다. 계성재의 당주였던 여례당이 생전에 당신 명의의 모든 땅을 손자며느리인 홍림당 앞으로 돌려놨다. 현섭 씨 부모가 계성재 땅을 지어먹기 시작한 건 그 수십 년 전부터였다.

조선소에서 정년퇴직을 하고 소일거리를 찾던 현섭 씨는 부모와 형님네가 짓던 붉은데기 안쪽의 그 밭에다 벌통을 놓았다. 밭머리에 컨테이너를 앉힌 현섭 씨는 동네에 오면 거기서 살았다. 벌써 칠팔년쯤 전의 일이다.

그 사이에 요양원에 있던 석촌댁은 저 세상으로 돌아갔다. 돌보는 이 없어 귀신 나오게 생긴 안산울의 석촌댁 집은 땅 주인인 동국 씨가 헐어냈다. 동국 씨는 그 빈터에다 자신의 수목원에 있던 계수나무 20그루를 옮겨 심었다. 그 계수나무들이 자리 잡으며 자라는 동안 안산울에서 건너다보이는 붉은데기 현섭 씨의 벌통은 삼백여 개로 늘어났다. 마을 사람들은 그곳을 벌통밭이라 불렀다. 벌통밭에는 벌통이 오십 통씩 모닥모닥 놓였으므로 마을 사람 누구나 벌통 숫자를 어림할 만했다.

현섭 씨가 양봉으로 버는 돈이 한 해에 일억은 될 거라는 소문이 났다. 본인이 얼마 번다고 말하지 않으므로 소문의 진위를 확인하기는 어려웠다. 하지만 현섭 씨의 벌통이 점점 늘어나 닷 마지기 밭이 온통 벌통으로 채워진 걸 보면 틀린 소리도 아닐 것이라, 마을사람들은 말하곤 했다. 특히 남정네들이 할 일 없을 때 양사에 앉아서 하는 소리가 그랬다. 돈을 그렇게나 버는 터수에 동네에다 푸는 건 인색하다 싶어 나오는 뒷말들이었다.

현섭 씨가 버는 돈이 얼마인지는 모르되 벌통이 늘어나면서 원성이 생겼다. 벌들이 동면하는 늦가을부터 봄까지는 벌통에 이엉을 씌워놓아서 벌이 거기 사는지도 잊곤 한다. 그때는 마을사람들도 들판에 나서는 일이 드물므로 문제가 안 됐다. 벌들이 왕성하게 움직일 때 사람들도 논으로 밭으로 왕성히 나다니는데 이것들이 사람을 여간 귀찮게 하는 게 아니었다. 논밭에 엎드려 일하는 사람이나 길을 오가는 사람을 쏘아대는 건 물론이고 벌떼가 왕왕거리며 날아다니는 자체가 위협이었다.

또 작은뜸에 있는 집들의 자식들이 어쩌다 돌아오면 대개 작은뜸

입구의 팽나무 밑에다 차를 세우기 마련인데 벌들이 차에다 싸대는 똥이 만만치 않았다. 떼 지어 다니는 것들은 똥도 떼 지어 싸는지 흰차에 좁쌀 만한 점들이 새까맣게 찍혀 자식들이 울상을 짓더라는 말이 여러 집에서 나왔다. 현섭 씨의 돈벌이는, 금당 사람들한테 벌도 똥을 싼다는 걸 처음으로 알게 했다. 파리똥 만한 벌똥이 파리똥과 달리 독하다는 것도 알게 했다. 파리똥이야 지저분할 뿐 독하다곤 여기지 않지 않은가.

마을 안에서 무슨 소리를 듣건 현섭 씨는 금년 벌 농사도 알뜰하게 지은 게 틀림없었다. 이제부터 벌들이 따는 꿀은 그것들 겨우살이 용이라 금년 벌 농사가 마무리된 모양이었다. 현섭 씨는 동네에다 백만 원이나 되는 돈을 들여놓고 양사와 숭모당에 꿀 닷 되씩을 내놓았다. 그렇게 인사치레를 마친 현섭씨가 벌통들을 단속해 놓고, 얼마간 거제 집에 다녀오겠다면서 마을을 떠났다. 지난 주말이었다.

"오매에에, 먼 일 났구만."

잿등에서 건너 보이는 붉은데기에 뭔 일이 나 있다. 아니 회화나무 옆 팔각정 너머 붉은데기 못미처 현섭의 벌통밭이다. 환하지 않은가. 불이 났다. 땅이 타고 있다. 아무 소리 없이, 그 옛날의 들불처럼 무너지는 것도 없이, 그저 활활 타고 있다. 자신의 몸이 타는 것 같은 뜨거움에 풍종 씨는 자신도 모르게 외친다.

'불이야, 불이야.'

외침이 입안에서 침처럼 고이기만 할 뿐 소리는 나가지 않고 다리는 더덜더덜 떨린다. 허청거리는 다리를 추스르며 풍종 씨는 밝은 쪽을 향해 다가간다. 내리막길을 허정허정 걷다가 작은뜸 끝자락 길 왼편으로 이장인 민성이 산다는 걸 뒤늦게 떠올린다.

새토구에 살던 관수 씨 막둥이인 민성은 고등학교 마치고 군대 다녀온 걸 빼고는 내도록 마을에서 살았고 아직 환갑이 되지 않았다. 마흔이 가까워서야 필리핀에서 온 처녀하고 결혼해서 온갖 기계로 온 동네 농사를 지어주며 잘 살고 있다.

풍종 씨는 민성의 철대문을 마구잡이로 흔들면서 소리쳤다.

"아이, 민성아! 불났다! 민성아, 야아, 민성아. 불이 났다. 불이 났단마다."

안에서 기척이 나더니 붉은데기가 환한 걸 느꼈는지 대문으로 내달아 나오는 사람이 있다. 민성이 나와 소리친다.

"오매, 하네! 불이 났네요. 이거시 뭔 일이라요? 어째 쩌그서 불이 났다요?"

"몰겄다. 잠이 깼는디 암만해도 수상해서 넘어와 봤등만 저런다. 현섭이 벌통밭이제? 그라제?"

"그러네요! 잠깐만요, 하네. 전화기 갖고 나올라요. 119에 신고를 해야항게요."

"그, 그래라만 119가 온들 뭘 할라나 몰겄다. 불이 왜 났다냐. 대체 뭣땜시 불이 났을까나."

"하네, 암만 답답하셔도요, 저쪽으로 가실 생각 아예 마시고 여그 가만 계세라. 벌들이 난리를 치고 있을 게요. 아, 우리 집으로 들어와 계셔라."

그렇게 말한 민성이 대문을 열어놓은 채 득달같이 안으로 들어가더니 마루며 대문간의 불을 켜놓고 전화를 하며 나온다. 민성이 처가 머리를 만지면서 따라 나오다가 대문 앞에 쭈그리고 앉아 있는 풍종 씨한테 인사를 한다.

"하네, 오셨어라?"

나이차가 많고 촌수가 멀어져서 그렇지 항렬로 따지면 풍종 씨와 민성은 조손간이다. 민성의 처는 손자며느리 뻘이다.

"긍게, 미안허시. 새복에, 이것이 뭔 일인지 모르겠네."

"무슨 말씀을요. 하네, 놀라신 것 같은디 안으로 들어오세라."

"들어가 뭘 하겄는가. 기냥 여기 있을라네."

"그라문 물이라도 잔 드릴께라?"

"아니, 괜찮네. 불 나문 꺼야하는디, 뛰어가서 불을 꺼야 할 것인디, 다리가 떨려서 그도 못하고. 참말로 뭔 일인지 몰겄네. 아닌 밤중에 불이 왜 났으까? 벌들이 자살할라고 불을 질렀을 리도 없는디? 안 그란가?"

어처구니가 없는지 민성의 처가 고개를 돌리면서 웃는다. 119에 전화를 한 민성이 제 집 저 편의 축사 쪽으로 사라지는가 싶더니 금세 다시 나타난다. 비 올 때 갯바닥에 갈 사람처럼 우비 바지에 우비 저고리를 입고 그물 모자를 뒤집어썼다. 불길을 피해 날아다닐 벌떼를 막기 위한 것이다. 그렇게 무장을 갖춘 민성이 대문간에 세워뒀던 오토바이에 올라타더니 부릉거리며 불 난 곳을 향해 간다.

참 좋은 세상이긴 하다. 민성이 전화한 지 5분이나 됐을 성싶은데

운대들 쪽에서부터 엥엥 부는 소방차 소리가 들리더니 금세 붉은데기 저편에 나타났다. 그쯤에는 작은뜸에 살던 사람들도 깨어나 주섬주섬 나왔다. 큰뜸에서 오토바이를 타고 넘어오기 시작한 사람들도 생겼다. 불난 쪽으로는 못 가고 전부 민성네와 별량댁네 사이의 길에 모여 섰다. 젊은 놈들은 섬마섬마 걸어 회화나무를 지나서 소방차들이 물을 뿜어대는 곳으로 가보기도 한다. 소방차가 석 대나 되고 경찰차가 두 대에 허연 구급차도 한 대 왔다.

"구급차는 왜 왔을까요? 벌을 데려가서 치료해 줄라고 왔을까요?"

그리 엉뚱한 소리를 한 사람은 잠옷 바람으로 나온 장희다. 요새는 봄이어매라고 불린다. 장희가 미친 건지 아닌 건지는 확실히 알 수 없어도 반편이인 것만은 분명하다. 아이까지 낳아 제법 어미노릇을 하는 것 같더니 지금은 영락없는 반편이 아닌가.

"불 났당게 다친 사람도 있는 줄 알고 온 모냥이제. 늬는 애기 깨서 울면 어쩔라고 나왔냐. 얼렁 들어가 봐라."

"엄마 계시잖아요."

하기야 내 집에 난 불이 아니라면 불구경만큼이나 재미난 게 또 있으랴. 풍종 씨는 고개를 끄덕이며 팔각정으로 걸음을 옮긴다. 팔각정 마루에 막 올라앉으려는데 오토바이가 쌩하고 멈추더니 영준이 내려 인사를 한다.

"아재, 나오셨습니까?"

인사라고 해 놓고는 횡하니 불자동차 있는 쪽으로 가 버린다. 영준의 아비 인종 씨는 풍종 씨와 동갑이었다. 같은 해에 태어나 제 평생 동무이자 항렬이 같은 일가로 척진 일 없이 살았다. 10년 전 이즈음에 해질녘에 오종굴 제 논 둠벙에 거꾸로 떠 있는 걸 이웃 논 주인인 만섭 씨가 발견했다. 인종 씨가 그리 돌아가 버리고 난 뒤로 풍종 씨 세상이 참 심심해졌다.

소방차는 불 끄는 차다웠다. 불이 쉽게 꺼졌다. 애초에 탈 것이 많지 않기도 했다. 아침 해 뜬 듯이 밝았던 현섭의 벌통밭이 잔잔해졌다.

소방차는 물만 싣고 다니는 것이 아니라 불빛도 싣고 다니는지 불을 끄고도 현섭의 벌통밭 쪽을 한 시간도 넘게 환히 비췄다. 소방수들과 순경들이 불이 난 원인을 찾느라 불빛을 그리 비춰대는 모양이다. 이러저러하는 사이에 날이 밝아왔고 소방차가 철수했다.

순경들이 화재현장 주변 사진을 연신 찍어대는 사이, 젊은 순경 하나가 불을 처음 발견한 풍종 씨한테 다가와 묻는다.

"어르신, 언제 어떻게 불을 발견하셨습니까?"

"초저녁부텀 실컷 자다 일어났는디 개들이 하도 짖어싸서 수상하길래 넘어와 봤제. 내가 일어난 게 3시 45분이고, 여기까지 온 게 4시쯤 됐을 거시여."

"그때 상황이 어떻든가요?"

"온 동네 개들이 뭔 소리를 하는 것맨키 짖어쌓길래 나와 봤당게, 뭘 어짜고 말고 해? 꼼지락 꼼지락 넘어와 봤등만 해가 뜬 것맨키로 훤해서 불이 난 걸 알았고, 겁이 나서 이장 집 문을 막 뚜들겼제. 잔 나와 보라고. 그랬등만 민성이가 나와서 보고 신고했고.”

“이장님 댁 대문 두들기시기 전에 혹시 수상한 움직임을 못 보셨습니까?”

“나는 개소리나 들었을까, 개미 한 마리도 못 봤네.”

서른 살이나 됐을 것 같은 순경이 킁킁 웃고 나서 말했다.

“개미는 보이지 않을 시각이니까 당연하고요, 어르신! 수상한 사람을, 그림자 같은 거라도 보셨나 여쭙는 겁니다.”

“사람? 그림자? 모도 방에서 이불 들쑤고 자고 있을 땐디 사람을 어찌게 봐? 그라고 나는 눈이 그라고 안 밝어. 못 밝제. 여든 살이 넘었는디 못 밝은 것이 당연체.”

“총총하시기만 한 걸요, 뭐. 일어나신 시각도 정확히 기억하시고요. 암튼 어르신, 저 벌통들은 어르신 소유입니까?”

“아이고 내가 먼 재주로! 현섭이 것이제. 유현섭이.”

“유현섭, 그 분은 어디 계신가요?”

“이장한테 못 들었능가? 현섭이는 사흘 전에 거제도에 있는 즈그 집에 갔제. 한 일주일 있다가 온다 했다고 들었는디! 전화를 해 줘야 겄제? 어이, 순경! 아, 인자 이름표 봉게 김가구만. 김 순경, 자네가 현섭이한테 전화를 해 줘야 쓰겄네.”

“예, 이장님이 벌써 전화드렸을 겁니다. 그런데 어르신, 제 이름표를 보시는 거 봉게 눈이 솔찬히 밝으신디, 정말 아무도 못 보셨습니까?”

“허어 참! 나는 늙어서 눈이 어뒤 그렇다치고, 김 순경 자네는 젊

으나 젊은 사람이 우리 매구 할매같이 귀가 어둔가? 암도 못 봤다고
안 했능가. 새복 네 시에 집 밖에 나와 있을 사람이 이 동네엔 한나
도 없당게. 아낙네들 공장 데려가는 차도 다섯 시 반은 돼야 온단 말
이시."

"어르신은 나와 계셨잖습니까."

"나는 잠이 깨서 수상한 기운에 넘어 와 본 거랑게. 근디, 가만있
어 봐봐! 듣다 봉게 거 이상하네. 내가 불을 질르기라도 한 것 같은
가? 자네 시방, 그라고 생각하는 거시여?"

"어르신이 지르셨습니까?"

"머시 어짜고 어째?"

김 순경이 또 시실시실 웃고는 말했다.

"농담입니다, 어르신."

"이 새복에 농담이 가당한가?"

"신새벽에 불도 났는데 농담은 안 됩니까?"

"늙은이 상대로 함부로 농하다 늙은이 숨 넘어가믄 자네가 책임져
야 할 것인디?"

김 순경이 또 웃다가 정색한다.

"방화인 게 틀림없는데, 목격자는 없을 것 같고요, 시시티비가 있
는 것도 아니라서, 갑갑한 김에 잠깐 농담 했습니다. 언짢으셨다면
죄송합니다."

"됐고, 방화라면, 참말로 누가 역부러 불을 질렀단 말인가? 누가?
어짠다고?"

"누가 어쩐다고 불을 냈는지는 모르겠지만요, 벌통마다 휘발유가 뿌려졌던 것 같습니다. 발화지점이 쉽게 발견됐는데 진입로 입구랍니다. 그랗게 누가 휘발유를 통으로 차에 싣고 와서, 온 벌통들에다 뿌려놓고 진입로 입구까지 줄줄 흘리면서 갔다가, 라이터 한 번 슬쩍 댄 거지요. 불이 휘발유 줄기를 타고 신나게 달려와서 삽시간에 모든 벌통에 붙은 것 같다는 겁니다. 벌들이 벌통에서 나올 새도 없이 전부 타 버렸고요. 벌 사체가 거의 보이지 않을 정도로요. 그 유현섭 씨라는 분이 동네 분들과 척진 일이 있을까요?"

"같은 동네서 나고 자라서 서로 뻔히 다 아는 사람들끼리 척이 졌으면 얼마나 졌다고 불을 질른당가? 벌이 뭔 죄가 있다고? 그것들도 목심 있는 것인디, 수천 아니 수만 마리를?"

"수백만 마리겠지요."

"몇 마리든! 현섭이가 여기다 벌통을 놓은 지가 7년이 넘었는디, 인자 와서, 뭣 땜시? 더구나 지난주에 현섭이가 동네에다 돈을 백만 원이나 내놨는디? 꿀도 소두 두 말이나 내 놓고."

"그러면 다른 동네 사람 누가 들어와서 불을 질렀을 가능성은 없을까요? 인근에 다른 양봉업자가 있습니까?"

"근동에 양봉업자가 있는지 없는지 나는 모르겠네만, 있다손! 지랄 났다고, 비싼 밥 처묵고, 얌전히 자는 너메 동네 와갖고 불을 질른당가? 암만 미친놈이라도 그런 짓을 할 리는 없제."

"그런 미친놈들 세상에 쌔고 쌘 것 같습니다만, 어쨌든요, 어르신, 혹시 동네 안에 방화 전력이 있는 사람이 있습니까?"

"방화 전력? 긍게 불 질른 전사가 있는 사람 말이제?"

"예, 어르신."

옛날에 붉은데기 밭머리에서 불을 질러 계성재 선산을 홀라당 태워먹은 놈이 있기는 했다. 당시 계성재서 살던 인오 아재가 선산 앞 동네 반산 쪽으로 올라가서 맞불을 놓았던 덕에 계성재 묘원만은 불길을 면했지만 수만 평의 선산 숲이 새까맣게 타 내렸다. 뒷재 살던 외눈박이 각시 구암댁의 서방 헌수 짓이었다. 그 모친이 호영댁이었다. 아들이 불을 냈을 때 호영댁은 며느리 구암댁을 데리고 계성재의 당주 여례당 앞에 가서 꼬박 하루를 엎드려 빌었다는 말이 있었다. 그때 헌수가 감옥에 가지 않았던 건 순전히 모친과 마누라 덕이었다.

다 옛날이야기다. 멀쩡하다 못해 헌칠한 허우대로 제 평생 부모와 각시를 뜯어먹고 살았던 헌수는 암에 걸려 쉰 살에 죽었다. 그 막둥이 아들 선섭은 통풍에 걸려 돌아와 굴 속에서 살고 있다. 반편이인지 미친년인지 알 수 없는 장희만 그 굴 속을 드나들다가 배가 맞아서 아기를 낳았지만 선섭은 집 밖으로 나오지 않는다. 최소한 풍종 씨는 선섭의 꼴을 한 번도 못 봤다.

"그런 사람은 이 동네에 없었네. 불 지를 사람, 지금도 없고, 앞으로도 없을 것이네."

없다고 주장하다보니 또 생각나는 사람이 있다. 민성네가 새토구에 살 때 민성어매가 옆집인 조성댁 집에다 불을 질렀다. 민성아배가 과부였던 조성댁을 작은집처럼 거느리고 살 때였다. 민성어매는 조성댁 집에다 불을 지르고 온 동네 사람이 불 끄느라 난리 칠 때 동정지로 올라가서 소나무에다 목을 매버렸다. 반나절이나 지나서 그 주검을 발견했다. 조성댁은 그 며칠 뒤에 동네를 영영 떠났고 민성은 열 살에 어미 없는 새끼가 됐다. 그러나저러나 오십 년 가까이 된 옛날 일이다.

"제가 지구대 가서 조회해 보면 알게 되긴 할 텐데요, 유현섭 씨가 혹시 이 벌통들에 보험을 들어놓으셨을까요?"

"그런 건 내가 모르제만, 자네 말 듣고 봉게 그런 거라도 해 놨으면 좋겠구만."

"글쎄요. 가령 화재보험 같은 걸 크게 들어놨다면 그것도 문제가 될 겁니다."

"머시? 현섭이가 큰 돈 타 낼라고 제 벌통에 불을 질렀다고? 자네 그거시 말이여, 소여?"

"저희들은 갖가지로 생각을 해 봐야 해서 말입니다."

"그건 참말로 쓰잘데기 없는 생각이시. 사람이 뭔 일을 할 때, 그 일에 얼마나 공을 들이는지 보믄 다 아는 법이네. 현섭이가 벌통에 얼마나 공을 들였는지 모르네. 자네 절대 그런 쪽으로 생각하면 못 써. 여하튼지, 암만 생각해도 불 질를 사람은 없은게 김 순경 자네가 수사를 똑바로 해서, 불이 그냥 났다는 것을 밝혀야 할 것이네."

"어르신 말씀을 듣자니 저도 불이 그냥 난 것이라고 됐으면 좋긴 하겠는데요, 어쩝니까? 벌들이 휘발유를 물어다 뿌렸을 리는 없잖습니까? 실화로 불을 낼 주인도 현장에 없고요. 그렇다고 길에서 자연발화 된 불꽃이 맨바닥을 외줄기로 100미터 넘게 달려와 벌통까지 닿았을 리는 없으니, 참 이상하지 않습니까?"

"긍게, 수사가 필요하겄제. 어쨌든 동네 사람이 한 짓은 아니라는 게 밝혀져야 한당게."

"알겠습니다, 어르신. 나중에 다시 찾아뵐 수도 있을 겁니다. 이제 댁으로 돌아가셔서 좀 쉬십시오."

"그래야겄네. 자네는 고생하시게."

집을 향해 몇 걸음 걷던 풍종 씨는 불쑥 떠오른 얼굴에 놀라 걸음을 멈춘다. 무엇 때문인지도 모른 채 뒤를 돌아본다. 화재 현장이나 팔각정 근방에서 어른거리는 놈들은 늙은이가 가건 말건 아무 관심이 없다.

"뭔 죄졌다고!"

혼잣소리를 하면서 다시 걸음을 옮긴다. 불쑥 떠오른 사람은 송성수의 아들 차현이다. 송성수는 6.25전쟁이 발발했을 때 인공 세력에 동조했다. 그건 곧 계성재의 당주 여례당한테 대든 것과 같았다. 당시 성수처럼 여례당한테 밉보였던 열댓 명 남짓한 청년들과 그 식구들은 마을에서 살지 못하고 거의 나갔다.

그렇게 떠나갔던 성수는 골동품을 취급하는 사람을 만나 그쪽 일을 하게 됐던 모양이었다. 상당한 재산을 모으면서 나이가 든 뒤 몇 번 고향을 찾아왔다. 올 때마다 양사며 숭모당에 돈을 척척 내놨다. 성수가 여러 해 나타나지 않는다 싶었을 때 그 아들 차현이 찾아와 제 부친이 타계했노라 했다. 그러면서 제 부친의 뜻이라면서 붉은데기 광장 회화나무 옆에다 팔각정 지을 돈을 희사했다. 큰뜸 사당나무 옆에는 정자가 있으므로 작은뜸 붉은데기에다 팔각정을 지었으면 좋겠다고 장소를 꼭 찍어 말했다.

작은뜸 팔각정이 그렇게 지어진 후로도 차현은 잊지 않을 만하게 한 번씩 왔다. 그때마다 땅을 알아보고 다니는 것 같았다. 그가 가고 난 후 어느 결엔가 보면 누군가의 전답이 차현에게 넘어가 있곤 했다. 지금 풍종 씨가 차현을 떠올린 까닭이 그 때문이다. 아무짝에도 쓸데없는 금당의 땅을 뭣 때문에 사 대는지, 수상하지 않은가.

벌통 주인인 현섭 씨는 아침 아홉 시 경에 화재 현장에 도착했다. 작은뜸 광장에 서 있는 오토바이가 스무 대도 넘었다. 읍이나 면소재지 등으로 출근하는 젊은 사람들 차도 섞여 있었다. 아침밥을 먹은 동네 늙은 남정들 거의가 다시 모여들어 수군거리고 있을 때였다.

차에서 내린 현섭 씨 얼굴이 흙빛이었다. 설마 하며 달려 왔다가 닷 마지기 밭이 온통 시커먼 재로 덮여 있는 걸 보았던 것이다.

삼백여 개의 벌통 중 남은 건 창고로 쓰는 컨테이너 뒤쪽에 쌓아 뒀던 빈 통 십여 개뿐이었다. 컨테이너 앞쪽의 외양은 거뭇하게 그을렸다. 컨테이너 안에 있던 물건들은 그런대로 무사했다.

"너무들 하시오! 너무들 해! 고향이라고 믿고 놔뒀등만 이라고 만들어부요?"

현섭 씨가 울부짖었다. 동네 사람들로서는 억울한 소리가 아닐 수 없다. 지난 7년 동안 현섭 씨의 벌에 쏘이지 않은 사람이 드물었다. 동네 아낙들이 날 좋은 초저녁이면 운동 삼아 동네 한 바퀴를 걸을 때 붉은데기 길을 제외해 버린지도 여러 해 되었다. 그러면서도 현섭 씨를 한 동네 사람이라 여겨 참아왔다. 이 아침에 팔천만 원쯤이나 된다는 재산이 잿더미가 되어버린 그의 맘을 모를 건 아니어도 동네 사람들이 그에게 원망 들을 일은 아니지 않은가. 최초 목격자인 풍종 씨가 위로를 겸해 나선다.

"어이, 현섭이! 동네 사람이 안 그런 걸 알잖은가. 이 동네에 그런 짓 할 사람이 누가 있능가. 자네 맘을 모를 것은 없네마는, 동네 사람들이 그랬다고 쳐불면 자네 맘이 더 안 좋제. 글지 마소. 글지 말어."

현섭 씨가 새까맣게 그을린 컨테이너 앞에 앉아 통곡을 시작한다.

출근할 사람들은 출근하기 위해 차를 타고 떠나고 남은 늙은이들은 둘레둘레 서서 대체 이 놈의 불은 왜 났는지에 대해서 설왕설래한다. 풍종 씨는 현섭 씨 곁에 서서 어찌할 줄 몰라 붉은데기 쪽으로 사라지는 젊은 놈들 차의 꽁무니를 쳐다본다.

정말이지 귀신이 곡할 노릇이다. 대체 어떤 놈이 휘발유를 통으로 싣고 와서 줄줄이 뿌려댄 다음에 불을 지르고 후르르 도망을 갔단 말인가. 누구한테 뭔 억하심정이 있어서? 풍종 씨가 속말을 하고 있는데 경찰차가 붉은데기 길로 다시 들어오고 있다.

봄날이 온다

큰뜸 앞쪽 너른 마당에 있는 사장나무는 600살 넘게 살았다. 작은 뜸 모퉁이 회화나무는 450살 한참 넘었다. 뒷재인 국새 느티나무는 300살 훨씬 넘고, 국새 너머 갯가에 있는 팽나무는 500년 이상 살았다. 동각 안에 있는 구부러져 누워 사는 향나무도 400살이 가깝다. 각 나무들 밑에 이름이며 나이를 새긴 팻말이 세워진 게 이십여 년 전이다.

몇 백 년씩 된 나무들은 그렇게 천년만년 살 것처럼 기세가 창창하고, 그 나무들이 가을이면 쏟뜨리는 낙엽이 온 동네를 덮을 지경이다. 그걸 당연하게 여기는 동네 사람들이 정고임 씨 대문 안에 있는 땡감나무 한 그루를 못 봐내 안달이다.

지난 2,30년 동안 동네 안 대부분 집에 있던 땡감나무를 베어냈다. 그 자리에 단감이며 대봉을 심거나 시멘트를 부어 마당을 넓혔다. 동네에 남은 유일한 땡감나무가 고임 씨의 감나무다. 시절이 변해

감 우려먹는 사람이 없어지고 단감과 대봉감이 유행하면서 땡감은 아무짝에도 쓸모없는 천물이 되었다. 온 동네 길바닥이 시멘트로 덮인 뒤부터는 아예 흉물 취급을 받는다. 높고 넓은 가지가 담을 넘어가 동네 큰길에다 이파리며 감을 떨어뜨리기 때문이다. 오월에 감꽃 떨어질 때부터 감나무에 까치밥만 남는 겨울까지, 고임 씨가 하루에도 몇 번씩 큰길에 떨어진 낙엽이며 으깨진 감들을 쓸어대지만 당할 재간이 없다.

앞집 점덕어매의 싫은 소리가 시작된 것도 길바닥이며 마당들이 시멘트로 덮인 뒤부터다. 감나무는 인조기와로 된 점덕네 허드레채 위까지 드리웠다. 그 인조기와와 시멘트 마당에 감 떨어지는 소리가 고임 씨 방 안까지 들릴 정도니 싫을 만은 했다.

"아이고오, 몸써리나라아! 칵 잔 비 부란게, 으짠다고 저걸 냅두고 있으까아!"

찬바람 불기 시작해 눈이 내릴 즈음까지 아침이면, 점덕어매의 칼칼한 목소리가 담을 넘고 문틈을 비집고 들어왔다. 그때마다 고임 씨는 쫓기는 죄인 모양 가슴이 졸아붙었다. 그렇다고 대거리를 하랴. 귀먹은 벙어리처럼 찍소리도 못 내고 비질만 했다. 속으로조차 할 말이 없는 건 아니었다.

감나무는 점덕어매나 고임 씨가 시집오기 훨씬 전부터 그 자리에서 살았다. 점덕어매와 고임 씨가 젊을 때, 감을 열몇 접씩 따면 점덕 네로 반 넘게 건너갔다. 점덕네에는 감나무가 없었다. 두 번인가 심었던 어린나무에 잎이 돋았을 때 한 번은 소가 이파리며 부드러운

대궁을 싹 뜯어먹으면서 말라버렸다. 또 한 번은 닭서리 하러 담 넘던 동네 머슴아들이 밟아 부러뜨렸다. 그 머슴아들 중에 점덕어매의 장남 덕수가 끼어 있었다는 건 나중에 밝혀졌다.

이래저래 감나무가 없는 점덕네에는 자식이 일곱이나 됐다. 점덕네 아이들은 겨울 내내 고임 씨 집에서 건너간 땡감 홍시를 먹었다. 그 집으로 떨어진 감나무 이파리는 그 집에서 모아 불쏘시개로 썼다. 점덕네의 허드레채가 생긴 건 고작해야 15년 전이다. 이제 쓸모없는 감나무에서 떨어지는 것들이 싫을 것이야 모를 바 아니지만 수십 년 맺어온 세월이 있는데 저렇게 야박해도 되는가 싶다.

"참말로 저 썩바리를 안 비 불랑가?"

해질녘에 작정하고 찾아온 점덕어매가 정색하고 말했다. 금세 비바람이 몰아칠 것처럼 스산한 날이 일찍 저무는 참이다. 점덕어매는 여든한 살이다. 송 씨와 유 씨로 이루어진 금당에서 촌수는 셀 수 없을지라도 명색이 일가의 동서뻘이다. 앞뒤로 담을 붙인 집에서 55년을 살아왔다.

"성님이 그라고 못 봐 내싱게, 비기는 비야지라. 근디 저 큰 나무를 누가, 어찌께 빈다요? 밑둥에 톱질을 해서 냉군다 쳐도 나무가 넘어짐서 우리 담장이나 대문을 치문 다행인디, 성님네 지붕이나 장독대나 담장을 박살내문 어짜게라?"

"긍게 기계 가진 사람을 사서 조심히 비야제. 전화 한 통만 하문 즈그 알아 찾아와서 비미나 잘해 주겠는가?"

점덕어매의 표정이 단호하면서도 여유롭다. 칼자루를 자신이 쥐고 있다고 여기는 것이다.

"평생 같이 살아온 나무 비자고 기계랑 사람을 사란 말씀이어라?"

"내가 한 5만 원 내 줌세. 아니 10만 원 보탬세."

"내가 돈이 없어서 나무를 못 비고 있는지 아시오?"

고임 씨는 돈이 있다. 이녁 생전에 매달 받던 연금의 칠 할을 받는다. 크게 아픈 적 없어 농사지어 먹을 만하고, 여러 해 전부터 노인수당도 받는다. 이래저래 혼자 살기에는 충분하다. 무엇보다 늙은 어미의 쌈짓돈을 엿보며 우는소리 하는 자식이 없지 않은가.

동네 안에서 해마다 수십 명의 아이들이 태어나던 즈음. 혼인한 지 십 년이 넘도록 고임 씨한테는 자식이 맺히지 않았다. 이녁도 독자였다. 집성촌이라 일가친척이 번다하고 골목마다 아이들이 득시글했어도 고임 씨네 집은 적요했다. 시어머니는 며느리가 알게 모르게 수시로 한탄했다. 옛날 같으면 첩이라도 들일 텐데 세상이 변해서 그럴 수도 없다는 것이었다. 시어머니가 순해 그만큼이었다.

서른두 살 겨울, 고임 씨는 친정아버지 병문안 차 광주의 대학병원에 갔다. 읍내 병원에서 대장암 판정을 받고 대학 병원으로 갔던 아버지는 암이 아니라 대장화농으로 밝혀져 수술을 받았다. 작지 않은 수술이었으나 아버지는 말짱해져서 퇴원하게 될 것이었다. 고임 씨는 아버지 병실을 나와 산부인과 진료를 청했다. 이틀에 걸쳐 수십 가지 검사를 받았다. 그 보름 뒤 아버지 퇴원할 때 다시 가서 검사 결과를 들었다. 의사가 진료기록과 고임 씨를 번갈아 쳐다보며 또렷하게 말했다.

"정고임 씨한테서는 임신이 되지 않을 문제가 발견되지 않았습니다."

그러면서 의사가 덧붙였다.

"바깥분을 모시고 와서 검사를 받아 보시지요"

그때 이녁은 서른여섯 살이었다. 고임 씨는 이녁한테 차마 대학병원에 같이 가 보자는 말을 할 수 없었다. 누구한테도 말하지 않았다. 이녁을 씨 없는 남자로 만드느니 스스로가 아이 못 낳는 여자로 살기로 작정했다. 자신이 아이를 낳지 못하는 남자라는 걸 그때 이녁이 알았는지 어땠는지는 고임 씨도 몰랐다. 이듬해 봄에 양자를 들이자고 한 게 여편네를 위한 일이었는지 자신을 위한 것이었는지도 알지 못했다.

광주에 있는 고아원에서 네 살짜리 윤후를 데려와 입적시켰다. 윤후를 귀하게 키웠다. 귀하게 키운 자식 그릇된다는 말은 그른 것이었다. 윤후는 곧게 컸다. 시골아이답게 틈틈이 농사일을 도와 주면서도 공부를 사뭇 잘했다. 읍내 중학교를 마치고 고등학교는 광주로 보냈다. 대학은 서울로 갔다. 그때만 해도 동네에서 자식을 서울에 있는 대학으로 보낸 집은 몇 되지 않았다. 뿐이랴. 윤후가 진학한 곳은 서울에 있는 대학이 아니라 서울대학교였다. 학교 근방에 방을 얻어 주고 생활비 대느라 늘 빠듯했어도 등록금이 사립대학 반밖에 되지 않는다는 사실에 내외는 속으로 노래 부르고 어깨춤을 추곤 했다.

하는 짓짓이 예쁜 윤후는 제 아버지가 퇴직한 해에 대학을 졸업

했다. 동시에 세계가 알아주는 대기업에 쑥 들어갔다. 텔레비전을 틀기만 하면 광고가 나오는 회사였다. 윤후에게는 학교 다닐 때부터 사귄 애인도 있었다. 같은 학교 졸업한 아이인데 윤후처럼 취직하지 않고 대학원을 다녔다. 미래의 며느리는 박사가 되고 교수가 될 거라 했다. 그 아이 부모도 윤후를 사윗감으로 흔쾌히 받아들인 참이었다. 둘을 곧 결혼 시키리라 생각하면서 내외는 손주 볼 꿈을 꾸었다.

취직하고 일 년여 만에 차를 샀던 윤후가 사고를 당했다. 놀러가기로 된 주말 새벽에 애인 데리러 가다가 트럭한테 받쳐 버렸던 것이다. 고임 씨 내외가 택시를 불러 타고 서울에 있는 병원까지 갔을 때 윤후는 벌써 숨이 끊긴 상태였다.

그 이태 뒤에 이녁이 아무래도 몸이 이상하다고 해서 같이 병원에 갔다. 다발성골수종이라 했다. 보통 부르기로는 혈액암이라 한다던가. 어떤 암들은 수술하고도 일이십 년씩도 산다는데 이녁은 발병한 지 두 달도 못 되어 세상을 떴다.

"빌 맘이 없어서 못 비는지 알제."

점덕어매 말대로 고임 씨는 감나무를 베어낼 생각이 없고, 그런 생각을 할 수도 없다. 감나무는 이녁이 태어나는 걸 봤고 아들이 올라타 놀며 자랐다. 이녁과 아들이 나무에 올라가 감을 따 내릴 때 집 안에 퍼지던 웃음소리가 얼마나 환하고 따뜻했던지. 고임 씨는 감나무 밑에서 온갖 일을 했다. 거기서 일하고 있으면 윤후가 '엄마' 하며 안겨오곤 했다. 제 몸이 어미보다 큰 뒤부터는 제가 안아 주었다.

'엄마 왜 이렇게 말랐어?'

'일 많이 하지 마, 엄마.'

'와아! 우리 고임 씨, 오늘 어째 이리 이쁜 거지?'

아직도 감나무 밑에 서면 윤후가 나한테 안기고, 나를 안아오던 느낌이 생생하고 그 놈이 하던 말들이 귓가에 울리곤 한다. 내 평생이 감나무에 맺혀서 봄이면 부연 감꽃이 꽃불처럼 피어나고 가을이면 붉은 감이 등불처럼 매달리는데, 어떻게 베겠는가. 베고 나서 뭘 보고 살란 말인가.

"그걸 아심시롱 그라고 못 봐 주시오?"

"땡감나무 땜시, 자네 집하고 우리 집 자석들이 잘 안 풀린다고 하드랑게."

기가 턱 막힌다. 윤후가 일찍 간 것은 물론이고 애초에 고임 씨가 자식 못 낳은 것을 빗대고 있지 않은가.

"누가 또 그런 소리를 합디여? 수도암 보살이 또 그랍디여?"

엊그제 점덕어매와 잘 어울리는 아낙 몇이 수도암에 몰려간 걸 고임 씨도 안다. 몇 해 전 수도암 보살로 들어선 성덕보살이 변변한 중도 없는 절에서 주인노릇을 하는데 무당기가 있다는 소문이 돌면서 아낙들의 발걸음이 잦아졌다.

"맞네. 성덕보살이 또 그라데. 우리 덕수가 이혼하고 혼자 늙어가는 것이나 인덕이가 시집 못가고 늙어가는 것이나, 나무가 지붕에 그늘을 드려서 그란다고. 성덕보살은 우리 동네 와 본 적도 없는디 본대끼 말을 안 헌가. 글안했으믄 내가 뭔 천빙 났다고 돈까지 냄서

나무를 비자고 하겠는가?"

"성님이 그 보살한테서 그 말 들었다고 한 거시 3년 전이요. 근디 금방 첨 들은대끼 그라요? 보살 그 년은 지가 중도 아님서, 무당노릇을 함시롱 신기가 없응게 맨날 나무나 탓하는 것이제라. 신기도 없음시롱 점쟁이 숭내 냄서 나무가 어짜고 저짜고! 성님도 생각을 해 보시오. 사람 집에 심겨서 그 식구하고 평생 정다이 사는 나무가 사람을 보살피면 보살피제, 해를 끼치겠소?"

"성덕보살이 신기가 있든지 없든지, 입 달린 사람은 모도 우리 자석들한테 나무가 해가 된다고 헝게, 나는 기어이 비야 쓰겄네. 비소! 자넨 자석이 없응게 모르겄제만 자석이랑 손주새끼 줄줄이 달린 나는 더는 못 보네."

자넨 자석이 없응게, 어쩌고 한 점덕어매도 뒤늦게 못할 소리를 했다는 걸 깨달은 모양이다. 곡괭이로 생땅 파듯 고임 씨 맘을 찍어 놓고는 미안쩍은 얼굴로 덧붙인다.

"내가 안 헐 소리를 했네. 미안허시! 나무는 감이랑 잎이랑 전부 다 떨어지고 개보와 졌을 때, 담달 초에나 비세."

사과라고 하면서도 집달리가 붉은 딱지 붙이듯 자기 할 말을 다 한 점덕어매가 나간다. 오늘이 11월 22일이니 담 달 초라고 해 봤자 열흘 상관이다. 고임 씨는 배웅하는 대신 부엌으로 들어서서 식탁 의자에 앉는다. 수저를 드는 손이 덜덜 떨린다. 떨리는 손을 펴서 앙가슴을 퍽퍽 치며 중얼거린다.

"못 묵으면 나만 손해제."

오래 전, 윤후를 잃고 몇 날 며칠을 통 못 먹던 이녁이 그랬다.

'죽은 자석 꼬치 만지기제! 안 묵고, 못 묵는다고 윤후가 좋아할 것도 아니고, 나만 손해여.'

퉁명하게 내뱉은 이녁은 여편네 보란 듯이 수저를 들었다. 여편네 한테 밥을 먹이기 위한 허세였다. 그 허세가 가여워 고임 씨도 수저를 들었다. 혼자가 된 후로는 스스로에게 허세나마 부리기 위해 오기로 수저를 들 때가 있다.

오기 부리며 먹은 저녁밥에 체하고 말았다. 소화제를 먹고, 가슴 팍을 치고, 손가락을 따고, 변기를 붙잡고 토해 봐도 체기가 가시지 않는다. 칠십여 평생 체해 살아온 것 같다.

밖에서는 비가 내리고 바람이 불고 고임 씨는 텔레비전을 켜 놓은 채 부대낀다. 소파에 모로 누운 채 리모컨을 눌러대는데 깜짝, 반가운 얼굴이 나타난다. 영화배우 하정우다. 〈577 프로젝트〉라는 프로그램 이름이 하단에 깔렸다.

윤후가 떠나고 난 몇 해 뒤에 텔레비전에서 하정우를 봤을 때 불쑥 눈물이 났다. 윤후와 꼭 닮아 있지 않은가. 하정우의 나이는 몰랐고 지금도 모른다. 하정우를 처음 발견했을 때 우리 윤후도 저만 나이가 되었겠다고 여기며 눈물이 났을 뿐이다.

"윤후야."

소리 내 부르니 또 눈물이 난다. 기나긴 늦가을 밤, 텔레비전 속 윤후 닮은 하정우의 계절도 늦가을 같다. 하정우는 수십 명의 젊은

이들과 함께 걷고 있다. 국토를 종단하는 중이다. 577이라는 숫자는 서울에서 해남까지 걸을 때의 거리라 한다. 드라마에 자주 나오는 공효진도 있다. 씩씩하고 예쁘고 멋지다. 아무도 시키지 않았는데 자청해서 걷는 젊은이들은 모두 윤후만큼이나 빛이 난다. 대장인 하정우는 특히 의젓하고 믿음직스럽다. 온갖 우여곡절 끝에 마침내 하정우와 젊은이들이 해남 땅끝 마을에 닿아 얼싸안고 눈물을 흘린다. 고임 씨도 덩달아 운다.

병원에서 주사 한 방 맞고 사흘치 약을 받아 나선다. 농협에 들러 현금인출기 앞에서 돈을 얼마나 뺄지 망설인다. 공과금이나 전화비 등은 자동이체 된다. 다른 지출이 생기지 않을 때 고임 씨 한 달 생활비는 30만 원 정도다. 오늘은 어쩐지 특별한 지출을 하게 될 성싶다.

석 달치 생활비를 빼내어 장거리를 걷는다. 지갑이 두둑하니 세상이 만만해 보인다. 뭐든지 살 수 있을 것만 같다. 사고 싶은 게 눈에 띄지 않을 뿐이다. 장거리에 들어서면 마을 경로당 상노인들 끓여줄 국거리 한 점이라도 사곤 했는데 오늘은 아무 생각이 없다.

장거리에서 옷집을 하고 있는 동무네에서 점심까지 얻어먹는다. 점심을 먹고도 한껏 뭉그적대다가 두툼한 솜바지 두 장을 사서 일어난다. 여전히 갈 곳이 없고 가고 싶은 곳이 없다. 점덕어매가 보기 싫고 동네 안에 잔뜩 있는 늙은 여편네들 꼴 보기도 싫다. 마당이며 대문 안팎에 감나무 이파리와 홍시들이 우박 맞은 듯 쏟아져 있는 걸 본체만체 나와 버렸다. 그걸 치우러 집으로 가기도 싫다.

목욕탕으로 들어와 뜨거운 물에 몸을 담근다. 때를 벅벅 밀면서 한껏 굳었던 삭신과 칭칭 맺혔던 맘을 풀고 거울 앞에 서 본다. 아직 허리는 굽지 않았다. 새끼를 담아보지 못한 아랫배는 살찔 줄도 모르는 채 얇게 늙었다. 얼굴에 주름살이 자글자글 할망정 피부색은 젊을 때보다 오히려 밝아졌다. 아들과 이녁 보내고 일을 덜 하기 때문이다. 덜하다 뿐이랴. 반의반도 안 하고, 못한다. 보살펴야 할 사람이 없어 애써 일할 필요도 없어졌다. 늙은 아낙이 거울 속에서 생뚱맞은 눈으로 쳐다보고 있다가 중얼거린다.

"솜바지도 샀는데 국토종단이나 할 거나."

어이없는지 거울 속의 늙은 아낙이 실없이 웃는다. 혼자 살기 시작하고 얼마 지나지 않아서부터 혼잣소리는 물론 생각조차도 소리 내어 하는 걸 느꼈다. 생각하고 있는 아낙이 또 혼잣소리를 한다.

"그건 자네 주제를 넘는 짓이제."

동네 사람들이 함께 버스 대절해서 해마다 단체관광을 다니므로 나라 안의 어지간한 관광지는 가 봤다. 그뿐이다. 고임 씨는 서울의 윤후 자취방에도 이녁과 같이 다녔다. 혼자서 가장 멀리 가 본 곳은 광주의 대학병원 정도다.

"자네, 차암 멍청하게 살았구만!"

거울 속 아낙한테 한 마디 쏘아 주고 목욕탕을 나온다. 여전히 집으로 가기는 싫다. 하나로 마트에서 한우 안심 한 포장과 한라봉 한 봉지, 봉지 커피 한 통을 사서 택시에 오른다.

"기사양반, 내가 시방 해남 땅끝 마을까지 간다고 치면, 택시비가 얼마나 나오요?"

고임 씨 질문이 생뚱맞은지 쉰 살이나 돼 보이는 택시기사가 거울로 쳐다보다 히죽 웃고는 답한다.

"편도는 한 20만 원, 왕복하면 30만 원이면 되는디요, 당장 해남으로 갈께라?"

2,30만 원이면 못 갈 것도 없다 싶지만 비싼 소고기를 들고 해남까지 가는 건 우스운 것 같다.

"먼 생각이 나서 그냥 해 본 소리요. 8000원짜리 반산으로나 갑시다."

오라버니는 진작 돌아갔고 친정에는 여든 살의 올케언니만 산다. 올케는 아들 둘에 딸 하나를 낳았고 손자손녀가 일곱이다. 장손이 일찌감치 장가 든 덕에 작년에 증손주도 봤다. 이웃 마을에 살아도 자주 만나지 못하지만 네댓새에 한 번씩은 고임 씨가 올케언니한테 안부전화를 걸곤 했다.

친정집 대문이 잠겨 있다. 김장거리를 제외하면 들판에 별다른 일이 없을 무렵이고 공장에 다닌다는 소리도 못 들었다. 오후 네 시가 넘었고 해지기 전에는 들어올 테지만 친정 와서 당장 못 들어가는 게 어쩐지 억울하다. 전화를 거니 올케언니가 금세 나타난다.

"여보씨요, 애기씨?"

"나, 성 집에 왔는디, 성은 어딨소?"

"에이그, 전화를 해 보고 오제. 난 천안 왔는디?"

천안에 장조카가 살므로 올케언니는 큰아들 집에 가 있다는 뜻이다.

"장에 갔다가 성 생각이 나서, 솜바지랑, 꿔 묵을 소고기랑 성 좋아하는 한라봉이랑 사갖고 들렀등만, 성은 느닷없이 아들네는 멀라고 갔소?"

"내가 며칠전에 속이 막 아파 갖고 제일병원을 안 갔소? 의사가 약을 줌시롱 큰 병원에 잔 가 보라고 합디다. 그래서 애비한테 전화를 했등만 불이 나게 데리러 왔습디다. 여 와서 종합검사 받고 한들 거림서 놀고 있소"

"뭐, 뭔 큰 병이라고 합디여?"

"인자 검사 해 났응게 안직 모르제. 그래도 하나도 안 아픈 거 봉게 아무 일도 아닌 것 같소. 또 뭔 일이 있어도, 팔십 년이나 퍼묵었는디, 어짤라디?"

"괜한 소리 말고라, 진짜 안 아프요?"

"한나도 안 아프당게. 애비랑 에미 생각해서 검사 결과는 보고 집으로 갈 참인디, 애기씨 헛걸음해서 어짜까?"

"성 안 아프당게 됐고, 나는 친정 왔응게 딜다보기는 해야겄는디, 열쇠 어딨소?"

"옆집, 주현아재한테 맡겨놨소."

"대문 옆에 암 데나 놓제, 꼬부랑 할매 집에 뭐 도둑맞을 것이 있다고 열쇠를 딴 집에다 맡기고 그라요?"

"음마! 사나흘 굶은 집에도 도둑놈 돌라갈 것은 있다는디, 백 년 넘은 집에 도둑놈 집어갈 것이 없을라디? 내가 그라고 생각함서 문 열어놓고 댕기다가 맷돌이랑 다듬잇돌이랑 그 썩바리들한테 홀라당 얫겨 부렀당게. 예전에 집 고칠 때 화단가에다 놔 뒀는디 어느새 없어져 부렀드라고. 애기씨도 문 잘 잠그고 댕겨.”

“알았소, 알았어. 성, 몸조심이나 하씨오.”

“주현아재한테 열쇠 받아서 딜다보등가, 쉬등가, 놀등가, 자등가, 애기씨 맘대로 하씨오. 아, 고기 사왔담서 주현 아재하고 꿔 드시구랴. 동기동창인 홀애비하고 홀에미가 마주앉아 고기 꿔 먹는다고 숭볼 사람도 없응게.”

신주현과는 초등학교를 같이 다녔다. 오라비가 순천고등학교 다니던 덕에 고임 씨도 순천여중으로 진학했다. 여중 삼학년 가을에 고등학교 입시공부를 하다가 아팠다. 결핵이었다. 집으로 돌아와 죽을 둥 살 둥 하는 사이 고등학교 진학은 먼 나라 일이 되고 말았다. 병이 나은 고임 씨는 뒤늦게 길쌈과 바느질을 배웠다. 밭을 메고 누에를 쳤다. 그러는 사이에 신주현은 광주에서 중, 고등학교를 다녔다. 그가 입대할 즈음 고임 씨는 이웃 동네인 금당에서 면서기로 다닌다는 총각과 혼인 했다. 신주현이 고향으로 돌아와 수리 조합에 취직했다고 들은 게 벌써 오십 년 전이다. 멀지 않는 데 살아 이따금 한 번씩 스치기는 했을망정 신주현과 평생 임의로웠던 적이 없다.

“성, 속이 아픈 거이 아니라 망령이 났는갑소. 내가 다 늙어갖고 너메 홀애비한테 고기를 꿔 줘라?”

금당 아낙들이 알면 흉보느라 늙은 입들에 불이 날 것이다. 남의 험을 숨겨 주는 척, 비밀을 지켜 주는 척하면서 얼마나 숙덕이는지

듣는 것만으로도 넌더리가 났다.

"애기씨도, 다 늙어갖고 속도 참 쫍소야! 천날만날 혼자 밥 묵는 처지에, 태나면서부텀 알고 산 유제 사람하고 같이 한 끄니 묵으믄 지 좋고 나 좋고, 서로 좋은 일이제. 안 그요?"

"알았소, 알았어. 검사 결과 나오면 전화하씨오. 아니 내가 낼 전화할 게라."

"듣기 싫그만? 맘대로 하씨오야."

통화를 끝내고 싶은 시누이 심사를 눈치 챈 올케가 팩 내쏘고는 먼저 전화를 끊는다. 5년 전쯤에 신주현이 상처했다는 말을 들었다. 상처하기 전 칠팔 년 동안 부인이 간경화로 고생을 한 것 같았다. 부인의 병으로 칠팔 년을 고생한 남정이든, 남편의 병이 발발한 지 두 달 만에 잃은 아낙이든 다 늙어버린 터수에 새삼 내외하리, 싶기는 하다.

최근에 신주현을 본 건 한 달 전쯤, 읍내 터미널 부근의 고흥한의원 앞에서다. 고임 씨는 장거리에서 터미널 쪽으로 가던 중이었다. 그는 계단을 올라가는 것 같았다. 고흥한의원 건물 4층이 서예학원이었다. 그가 부인을 떠나보낸 뒤 서예학원을 다닌다는 말을 언젠가 올케언니한테 들은 기억이 났다.

장 봐온 봉지를 친정집 대문 앞에 두고 신주현의 집을 향해 걷는다. 반산은 금당처럼 집들이 다붙어 있지 않고 띄엄띄엄하다. 더구나 친정집은 외진 탓에 옆집이라 해도 2백 미터는 떨어져 있다. 두 집 사이 모퉁이에 선 은행나무가 아직 이파리를 덜 떨쳐서 새벽에 불을 켠 듯이 샛노랗게 반짝인다.

"오매, 이 나무가 언제 이라고 컸다냐!"

칠십여 평생 봐온 나무를 이제 처음 본 듯이 새삼스레 감탄한다. 하기는 처음 보는 것과 비슷하다. 이런저런 이유로 친정 동네에 오긴 해도 친정집만 들렀다 돌아가기 바빴다. 이곳의 은행나무를 눈여겨 본 기억이 없다. 열매를 맺지 않는 수나무라는 건 어릴 때부터 알고 있었다. 제사나 명절 상에 필요한 은행열매를 줍기 위해 바로 곁 산 속에 있는 암나무를 찾아가야 했기 때문이다. 수많은 일들 중에 가장 싫었던 게 냄새 고약한 은행열매 줍기였다. 고무장갑이 없던 그때 맨손으로 만지기 싫어 나뭇가지로 만든 집게로 줍곤 했다.

바람이 불면서 노란 잎들이 훨훨 날린다. 손바닥을 펼치자 두어 이파리가 손바닥에 내려앉을 것 같다가 약 올리듯 비켜나가 땅으로 내려앉는다. 노란 담요를 깔아놓은 것처럼 잔뜩 깔린 이파리를 밟기가 애잔하다. 무릎을 접고 앉아 아무렇게나 깔려 있는 은행잎들을 가만히 들여다본다. 이제 보니 은행잎 모양이 다 다르다. 이파리 가운데 벌어진 모양새가 비슷한 것 같아도 똑같이 생긴 것은 하나도 없다.

"뭔 일이까 세상에나. 다 다르게 생겼네. 어째서 이런 것도 몰랐으까? 이런 것도 모르고 나는 진짜 멍청하게 살았는 갑다."

연신 한탄하고 있는 뒤에서 차 소리가 난다. 은행나무 쪽으로 다가들며 길을 비킨다. 차 뒤에 자그만 짐칸 같은 게 달린 회색 차다. 은행잎을 마구 으깰 것 같아 차가 살살 지나가기를 바라며 바퀴를 쳐다본다. 다행히 살살 지나가는 것 같던 차가 척 서더니 사람이 나온다.

짧고 허연 머리통에 퍼런 잠바를 걸치고, 몇 십 년 입었을 것 같은 물 빠진 바지를 입고 낡은 운동화를 신은 신주현이다. 그가 엉거주춤 손을 들어 보이며 웃는다.

"어이, 금당댁 고임 씨! 은행나무 밑에서 뭐항가?"

"내가 반산댁이제 어째 금당댁이랑가?"

"금당 살면 금당댁이제. 근디 여기서 뭐 하냐고?"

"주현이 자네가 우리 성 집 열쇠를 갖고 있담서?"

"아! 장호엄니가 아들 차타고 가심서 맡겨노시등만, 시뉘 올 걸 아셨는 갑네?"

"내가 매급시 왔는디 우리 성이 알기는 뭘 알어. 열쇠 주소."

"집에 있는디?"

"글면 얼렁 가서 갖고 나오소. 내가 뒤따라 갈랑게."

"차를 타제?"

"엎디면 코 닿을 딘디 먼 차를 타. 어여 가.

"그라문 자네 집으로 먼저 가 있으소. 내가 열쇠 갖고 자네네 대문 앞으로 갈 경게."

자네 집이라 하는 게 마음에 든다. 사실 올케언니 집이기 전에 고임 씨가 태어나 자란 '우리 집'이었다. 곁에서 '우리'가 없어진 지 오래 됐다. 고임 씨는 '내 집'에서 혼자 죽게 될 것이었다.

"그라믄 그라든가. 아! 내가 고기 조깐 사왔는디?"

"근디?"

"생고기라 냉동고에 넣기 아까운 게 숯불에다 꿔서 맛나게 묵어야 쓰것는디."

"근디?

"뭘 자꾸 근디여? 자네, 시간 있으면 같이 꿔 묵자고. 어차피 묵을 밥, 같이. 우리 집, 아래채가 고기 꿔 묵기 좋게 돼 있기도 항게."

주름진 신주현의 얼굴이 환해진다.

"정확히 말해 주길 바래서 그랬제. 여튼 은혜가 망극하네. 근디 자네, 쇠주 한 잔 할 줄 앙가?"

"뒤 잔은 마시제. 자네는 술 잘 항가?"

"젊었을 때야 좀 했제만 시방은 몇 잔이면 땡이제. 그래도 고기 묵을 때는 쇠주가 있어야 제격인게."

"글기는 한디 우리 성 냉장고에 소주가 있을랑가 몰것네?"

"내가 쇠주 갖고 감세. 상추랑 배추 등은 장호네 마당가에 푼푼히 있을 것이고."

"그래!"

평생 말 한 번 변변히 섞어 본 적이 없는데도 동창이라 그런지 만만하다. 히죽 웃은 신주현이 차에 올라 제 집으로 가는 걸 보고 고임 씨도 친정으로 몸을 돌린다.

고임 씨가 상추며 배추를 뜯어 쌈채를 준비하고 주현 씨는 고기 굽는 화로에다 숯불을 피운다. 그가 소주는 물론 밥까지 떠 왔는지라 뚝딱뚝딱 상이 차려진다. 둘이 수선을 피우는 사이에 삼베올처럼 성기게 남았던 석양이 꼴까닥 넘어갔다.

"자, 시작해 볼까?"

주현 씨가 당연하다는 듯이 집게를 잡고 석쇠 위에다 고기를 얹는다. 조카들이 휴가를 오면 이웃동네 사는 고모를 데리러 왔다. 고임 씨를 데려다 제 모친 앞에 앉혀놓고는 식사 준비를 시작했다. 어지간한 건 사내들이 다 했다. 마땅히 그래야 하는 것처럼 움직이는 조카들을 볼 때마다 고임 씨는 매번 세상이 변했다는 걸 느끼곤 했다. 고임 씨는 아무 한 것이 없는데 세상은 변해버린 것이었다.

"살림 잘 하네. 홀아비살림에 이력이 붙었나배?"

"내가 홀아비 되기 전에도, 안 사람이 많이 아팠잖은가. 발병 첫해 이즘일 것인디, 안 사람이 김장을 포기하더구먼. 장호 엄니며 마을 아짐들한테 부탁해 김장을 했제. 이듬해 봄에 안사람이 제사를 포기하대. 삼십 년 넘게 봉제사했는데 자기는 이 꼴이라고 바락바락 악을 쓰면서! 그때 갓 큰며느리 봤을 땐디, 요새 며늘애가 제사 음식을 어떻게 하겠는가? 그때 생각했네. 제사를 아예 접든가, 제사 음식을 내가 하든가 그래야겠다고. 그때부터 집안 살림을 내가 맡아부렀어. 안사람 간병도 내가 했고. 선수가 되었제. 안사람 가고 나니 집안일이 십 분지 일도 못되는 것 같드라고. 시간이 너무 남아서 서예학원을 댕기기 시작했제. 나는 그리 살았는디, 자네는 혼자 되고 나서 주로 뭘 하고 사는가?"

혼자 살면서 나는 주로 뭘 했을까. 고임 씨는 생각해 본다. 봄 되면 나물 뜯고 씨를 뿌리고 모종을 했다. 여름이면 묵은 삼베를 꺼내 적삼을 짓기도 했다. 가을이면 트랙터가 벼 베는 것을 지켜보기도 했다. 겨울이면 이녁과 윤후가 남겨놓은 소설책을 읽기도 한다. 이녁이 면소에 근무할 때 할부 책장수들이 떠넘기고 갔던 전집들과 윤후가 남긴 책이 오백 권도 넘었다.

어떤 날은 일지를 썼다. 이녁이 생전에 쓰던 수십 권의 일지공책을 태우려다가 자신이 이어 쓰기로 했다. 아무 거라도 생각나는 말을 적었다. 동네 앞길 벚나무가 첫 꽃망울을 터트렸다든가. 마당가 화단의 수선화가 피었다든가. 장에 가서 제찬거리를 사왔다든가. 넘어져 발목을 접질렸다든가. 지난 새벽에는 '해남 땅 끝 마을에서 서울 남대문까지 577킬로'라고 적었다.

"나는 멍청이 같이 그냥 시간만 보낸 것 같네. 내가 얼마나 멍청하게 사는지도 모르고 살았는디. 간밤에 앞집 성님이 와서 우리 감나무를 베라고 아조 당당하게 큰소리치고 가고 나서야 뭐가 쪼깐 보이등만."

"감나무가 어쨌다고?"

감나무에 관한 이야길 시작한다. 나무의 내력과 아들 이야기, 동네 사람들이 나무를 눈엣가시처럼 여기는 나무를 베어내야 할 처지까지. 고임 씨는 구구절절 털어놓고 목이 메어 소주 한 잔을 더 마신다.

"그런 나무를 내가 어찌께 비어. 허전해서 어찌께 살라고 비어. 난 안 빌 것이여. 나 죽은 뒤에 즈그가 비든가 말든가."

"그라고 오기부릴 일은 아닌 것 같은디?"

주현 씨의 나지막한 말에 고임 씨의 성질이 푸르르 돋는다. 역성 들어 주리라 여기고 일껏 늘어놨더니 오기라 하지 않는가.

"나라고 오기 한 번 부리지 말라는 법 있간디? 오기 한 번 안 부리고 살아서 나한테 뭐가 남았다고?"

"평생 못 부린 오기, 성깔, 지금 부려봐야 자네한테 어울리지도 안 헝게, 유제 간에 사이좋게 지낼 방법을 생각해 보자는 것이제. 앞집 아짐이 그 정도로 나왔는디, 그냥 뻗댐서 지내려면, 자네가 불편하지 않겠어? 서로 좋은 쪽으로 타협점을 찾아보는 게 좋겠는디."

"타협이고 뭐고 난 싫고, 국토 종단하러 가불라고."

"뭐, 뭘 하러 간다고? 뭔 단?"

"내 말이 그라고 어려운가? 국, 토, 종, 단! 서울 남대문서 해남 땅 끝 마을 표지석까지 577킬로! 걸으러 간다고."

주현 씨가 왓하하하, 한참이나 웃는다. 웃음을 그치고도 여전히 웃는 얼굴로 소주 한 잔을 마시고 입을 연다.

"완전 멋지구마이. 근디 그 국토 종단을 언제 하러 갈라고?"

"말 나온 김에 내일 갈라고. 하정우랑 공효진이, 갸들은 서울서 출발했제만 난 해남서 시작해 볼 참이여. 해남까지 택시비가 20만 원이라데."

"어이, 고임 씨. 나도 언젠가 하정우랑 공효진, 갸들 나오는 그거 봤는디, 갸들은 갸들이고! 인자 겨울이여. 나도 그렇제만 자네 곧 일흔다섯 살 된다고. 감나무 핑계로 오기 부림서 젊은 영화배우들모양

집 나설 때가 아니란 말이시."

"스무 살, 서른 살, 마흔 살……. 어느 때도 나한테 때인 적은 없었제. 앞으로라고 때가 올라디?"

"그런 뜻이 아니잖은가."

"그런 뜻이거나 아니거나 나는 그냥 한 번 나서볼라고. 우선 해남이라도 한 번 가 봐야겄다고."

"진짜, 꼭, 가고 싶은가?"

낮에 목욕탕 거울 앞에서는 괜히 뱉은 헛소리라고 여겼다. 그 헛소리가 사라지지 않고 자꾸 나오는 걸 보니 국토종단을 못 할 것도 없을 성싶다.

"아까 한 생각인디, 말을 자꾸 허다봉게 진짜 꼭 가보고 자프네. 오기부리는 것이 아닌 것 같고, 한 번 나서보기라도 허자 싶당게. 내가 낮에 농협에서 돈을 90만 원이나 찾음서도 까닭을 몰랐는디 인자 알겄어. 나는 국토종단 하러 해남으로 갈 생각이었던 것이여."

"그라믄 이리허세."

"뭐."

"우선 자네 집 감나무 문제를 해결하자는 것이제. 자네 감나무 아까워서 못 벤게, 나무를 아예 베는 게 아니라 가지를 쳐내면 어떻겄는가?"

"어엉?"

"자네 나무를 놔두면서도 앞집 아짐의 민원은 해결하자는 거제. 나무의 부피를 대폭 줄이는 방향으로 말이시. 이왕지사 칠 것이면 좀 큰 관상수처럼 모양 좋게 치는 방향으로."

"맞어, 맞어. 그런 방법이 있었구만. 맞어. 그라믄 쓰것네."

그리 신통수가 있는 걸 몰랐다니. 박수가 저절로 쳐진다. 그런 고임 씨를 쳐다보며 술 한 잔을 더 비우고 난 주현 씨가 말한다.

"낼이라도 용역 불러서 감나무 단속해 놓고, 국토 종단은 나랑 같이, 내 차 타고 하는 것이 어짜겠어?"

"어엉?"

"자네나 나나 뭐 걸릴 것이 있능가? 글 안 형가? 평생 살던 여기서 깐장깐장 살다가 죽을 일만 남었는디, 여기서 죽는 날만 기다리느니 같이 암데나 막 돌아댕겨 보자는 말이시. 막 돌아댕기다가 심들면 집에 와서 쉬고 또 나가 돌아 댕기고. 글다보면 우리한테도 봄이 올지도 모르제."

"글다가 객사하면 어짜게?"

"객사가 무서운가?"

"객사하면 귀신 돼서 구천을 떠돈다고 하는디, 자넨 안 무서?"

"객사하기도 심들 것제만 그런들 어떨까 싶네, 나는. 자네는 죽어 구천을 떠도는 것보다, 자네 시집 귀신이 되어서 얌전히, 저 세상 가서조차 조상귀신들 모시면서 지내고 자픈가? 살아평생 그랬던 것처럼?"

객사가 무서운 건지 아닌 건지, 고임 씨는 일평생 생각해 본 적 없다. 그런데도 객사가 어쩌니 저쩌니 했다. 아무 생각 없이, 당연한 것처럼 말이 그냥 나왔다. 객사하지 않고 집에서 얌전히 혼자 죽어

귀신이 된 다음에 평생 모셔온 시집 귀신들을 또 모실 거냐는 주현 씨 말을 뒤늦게 알아듣는다.

그의 말에 따르면 정고임은 죽어서도 생전에 모시던 조상들을 떠받들며 살아야 하는 것이다. 죽은 다음 세상이 어떨지 모르므로 그때 자신이 어떤 기분일지는 알 수 없다. 지금 아는 건 주현 씨가 잘난 체 해 놓고 술 마시느라 고기를 태우고 있는 게 화가 난다는 것뿐이다.

"어야, 고기 탄다, 타!"

고임 씨는 주현 씨 손에서 집게를 낚아채 고기를 석쇠 가장이로 옮겨다 뒤집는다. 좀 많이 익긴 했어도 먹을 만하다. 가위로 먹기 좋게 잘라놓고 찜 하려고 달걀을 풀어놓은 오가리를 석쇠 위에다 얹는다. 달걀찜이 되어가는 동안이라도 생각해 볼 일이다. 평생 살아온 여기서 혼자 살다가 혼자 죽을지. 죽는 건 모르겠다 하면서 여기 아닌 저기를 둘러서 막 돌아다녀 볼지. 암만해도 막 돌아다니는 게 나을 성싶다. 고임 씨는 집게로 고기 한 점을 집어 주현 씨 입에 넣어준다.

온 곳으로 돌아가는 날

초겨울 햇빛이 봄볕처럼 다사롭다. 며칠 전부터 시작한 김장을 드디어 마쳤다. 겨우살이를 마치고 찬방에 느긋이 둘러앉아 점심상을 받은 계성재 식구들한테 따사로운 햇살이 비쳐든다. 매구 할매는 솜 두고 누빈 흰 저고리에 감색치마를 받쳐 입고 깃에 흰털이 둘린 감색 마고자를 입었다. 할매는 새 옷에 음식을 흘리지 않기 위해 새색시처럼 조심스런 손길로 식사를 한다.

지난 초여름 은현의 결혼식 때 와서 일주일을 묵고 갔던 사돈 내외가 한 달 전쯤 또 다녀갔다. 청회색 눈빛의 안사돈은 한국 외교부 일을 했던 사람이라 한국말을 한국사람보다 잘했다. 그런 사돈들이 친정살이하며 만삭이 되어가는 며느리를 보러 온 건데, 뜻밖에도 할매의 겨울 옷 일습을 지어와 선물했다. 안사돈은 매구 할매가 몹시 귀한 분이라며 사분하게 굴었다. 또 할매를 잘 모시는 홍림당을 존경하고 사랑하노라 말해서 홍림당을 부끄럽게 만들었다.

홍림당은 원래 새 옷이건 오래된 옷이건 아끼지 않고 때맞춰서 제일 좋은 옷을 할매한테 입혔다. 나이가 많아도 너무 많은 할매였다. 언제 돌아갈지 몰랐다. 아무 때라도 검불의 불처럼 스르륵 꺼질 수 있었다. 그런 할매의 옷을 아껴 무얼 하겠는가. 이래저래 할매의 입성은 날마다 갓 시집온 새색시처럼 고왔다.

매구 할매와 동국 씨와 홍림당. 세 사람이 귀신들처럼 적막하게 살아가던 집에 은현이 들어오면서 식구가 대폭 늘었다. 영화장이 김 감독 패거리가 매구 할매를 영화로 찍겠다고 찾아온 것도 따지고 보면 은현이 집으로 돌아와 사는 덕이다.

장차 국문학과 교수가 되리라 여겼던 딸이 다 팽개치고 돌아왔다면서 그 까닭을 말하지 않았다. 암만해도 무슨 큰일을 겪은 성싶은데 당분간 집에서 지낼게요, 하고는 제 방에 처박혀 버렸다. 무슨 일이냐고 묻기도 겁났다. 오죽한 일을 겪었으면 저러리. 제가 말할 때까지 놔두기로 했지만 젊은 것이 집에만 있는 꼴을 봐내기가 수월치 않았다. 제가 온 후 두 달 만엔가 소설 『매구 할매』가 나오긴 했으나 그건 집으로 돌아오기 전의 결과물이었다. 별채 제 방에 처박혀 사는 딸년은 홍림당이 보기에는 영락없는 폐인이었다. 장희와 다른 모양새의 미친년. 미친 것 같은 딸년을 보면서 홍림당도 가끔 미칠 것 같았다. 그런 차에 이상하게 생긴 놈까지 찾아다녔다. 한국 놈이 아니게 보이는데 아닌 것도 아닌 놈, 중경이었다.

못생긴 소나무가 선산 지킨다던가. 요새 보면 옛말 그른 게 없다. 성심 씨가 그렇고, 장희가 그렇고 선섭이 그렇고 은현이 그렇다. 날개 펴고 훨훨 날아 나갔던 것들이 찢기고 부서지고 병들어 기어들어와 폭삭 늙은 어미들 품에서 숨을 쉬고 날개를 다듬는 것 같았다. 그러면서 사람을 불러들이고 새끼를 낳기도 했다.

장희와 선섭은 혼인신고를 했다. 선섭은 여전히 뒷재 제 굴 속에서 살고, 장희는 작은뜸에 살면서 봄이를 안고 계성재를 찾아다녔다. 날마다 점심을 함께 먹게 된 요즘은 봄이조차도 원래 한 식구였던 것 같다. 할매와 겸상 한 동국 씨는 노인의 젓가락이 닿는 반찬을 가까이 옮겨놓거나 집어다 수저에 놓아 준다. 그렇게 가만가만 노인의 수저질을 도우며 자신의 밥을 먹는다.

동국 씨는 열여덟 살, 순천고등학교 2학년 가을에 열흘 결석계를 내고 내려와서 초례청에 섰다. 신부가 열여섯 살이라는 것만 알았다. 초례청에서 마주 절하다 혼례포가 내려진 신부 얼굴을 보게 됐다. 신부가 눈이 마주친 신랑을 향해서 배시시 웃었다. 그 웃음이 어찌나 귀엽고 어여쁘던지. 첫사랑이 시작됐다. 이후 셀 수 없이 많은 사랑을 했다. 그 많은 사랑의 대상은 허홍림이라는 한 여자였다. 나이가 든 뒤에도 사랑이라 하는 건 면구스럽지만 다른 말로 표현하기 어려우니 사랑이라 할 수밖에 없었다. 늘 미안하고 안타깝고 고맙고 귀엽고 곱고 아름다웠다. 한 여자를 그리 보며 칠십육 년을 살아오는 동안 다른 여자를 눈에 들인 적이 없으므로 역시 사랑이랄 수밖에 없었다.

그런 홍림당이 지난 봄 장거리에서 길을 잃었을 때 눈앞이 캄캄했다. 병원으로 데려가 우울증과 치매라고 들었을 때는 억장이 미어졌다. 하늘이 무너지고 세상이 끝난 것 같았다. 7개월이 지난 이제는 괜찮아졌다. 나이들 만치 들었지 않은가. 한 달에 두 번 홍림당을 병원에 데리고 다니면서 병을 다스리노라니 우울증이 완화되었고 치매의 진행은 더뎌졌다. 이대로 조심스레 살면 될 듯했다. 이제 동국 씨의 소망은 한 가지 뿐이다. 할매 돌아가신 뒤에 홍림당 먼저 저 세상으로 보내고 자신이 뒤따라 가는 것.

김 감독은 카메라를 내려놓고 어른들 상에 끼어 앉아 식사를 한다. 곁상에는 홍림당과 은현과 성심 씨와 장희 모녀가 둘러앉아 있다. 몸에 쌍둥이를 담은 채 결혼식을 치렀던 은현은 심한 입덧을 겪었으나 배가 부르면서 먹성이 좋아졌다.

만삭이 가까운 요즘은 끼니때마다 볼이 미어져라 노란 배추를 먹어댄다. 장희는 제 딸을 홍림당한테 안겨놓은 채 저 먹느라 여념 없고, 홍림당은 봄의 입에다 밥알을 넣어 주느라 손길이 바쁘다. 식구들 수발하느라 뒤늦게 상에 앉은 성심 씨가 첫술을 뜨며 입을 연다.

"할무이, 첨에 한서방이 연이 짝이 될 걸 어뜨케 아시었어요?"

금요일이라 저녁에는 한서방이 올 날이다. 좀 전에 한서방이 은현에게 전화를 걸어, 뭘 좀 사갈까, 물어온 덕에 시작된 대화다. 각시가 고우면 처갓집 말뚝에 절한다더니 한서방이 그런 사위였다. 만날 뭘 사오고 싶어 안달했다. 매구 할매가 성심 씨를 건너보며 되묻는다.

"머?"

"신건지같이 멀쩡게 생긴 한서방이 연이 짝인지 어뜨케 아셨냐고요."

"누구나 자개 꿈을 꿔야제, 너메 꿈을 꾸면 안 되야."

할매의 느닷없는 꿈 타령에 답답해진 성심 씨가 소리친다.

"또, 괭이가 알 낳는 거 같은 말씀을 하시네. 꿈 말고요, 한서방 말여요."

성심 씨가 백 날 소리쳐 봐야 들릴 리 없는 귀머거리 할매는 당신 안에서 배어나오는 말만 한다.

"긍게, 시암이나 둠벙을 팔라먼 시암이나 둠벙이 필요한 근방에 가 오두마니 서서, 내리 숨을 쉼서 숨을 고른 담에 눈을 가니스럼하게 뜨고 쳐다보믄 된단마다."

"뜬금없이 먼 둠벙이다요? 긍게 지 말은요, 할무이."

홍림당이 손을 들어 성심 씨의 어깨를 가만히 누른다. 할매가 이어 말했다.

"성심이 늬 같이 매사에 숨넘어가는 사람은 저짝 세상을 댕개와도 못 본다."

"긍게 머를요, 할무이."

"아지랭이 말이다. 시암이나 둠벙이 될 만한 곳이면, 긍게, 저 밑에 물맥이 응등그린 곳이면 아지랭이가 피나서 소용돌이치는 곳이 있는 벱이다. 아지랭이가 안 핀 땅은 백 날 파봐야 헛것이랑게."

"긍게 첨에 한서방한테서도 아지랭이가 피어났고 할무이는 그걸 보셨다 그 말씀이신 게라?"

"아이, 가시내야 밥알 튄다. 늬는 애기 때부텀 밥알 물고 말해 쌓

112

다가 그르케 혼구녕이 났는디 아적도 그라냐."

할매의 꾸지람에 동국 씨와 홍림당이 꾸륵꾸륵 웃고, 장희는 눈을 멀뚱히 뜨고, 은현과 김 감독은 입을 막으며 웃는다. 어른 덕에 일흔 살이 가까워서도 가시내라는 말을 들은 성심 씨는 내친걸음이라는 듯 또 묻는다.

"그라믄요, 할무이. 젊은 아낙 늙은 아낙을 막론하고 아나 복돈이다, 하고 주실 때 말여요. 그럴 때도 아지랑이가 보이시는 게라? 장희나 연이한테 애기가 생길 때도 그래서 아나 복돈을 주신 거여라? 연이한테는 복돈 주머니를 두 개나 주신 것도요?"

할매는 당신 앞 접시에 놓은 숟가락에다 우표만 하게 자른 묵은 한 잎 놓고 앵두만 한 수육조각 놓고 식해 접시에서 콩 만한 무 조각과 숭어 살을 집어다 놓는 작업 중이라 성심 씨를 못 보았다. 귀머거리인 할매는 사람 얼굴을 봐야 듣는데 지금 듣지 못했다. 성심 씨가 수저 든 손으로 자기 가슴을 치며 말한다.

"으미, 오라부니, 성님. 나는 항상 할무이가 고래쩍에 귀를 잡사분 걸 잊어묵어 분단 말이오? 글다 가끔 진짜 궁금한 것이 있어서 여쭈다가 엿장시 떠난 담에 고무신짝 들고 나서는 것매니 할매 귀가 먼 걸 깨달아라. 그때마다 속이 터져 불라 안 그라요."

홍림당이 배가 불러 몸을 뒤채는 봄이를 제 어미한테 넘겨 주며 말한다.

"속 그만 터치고 밥이나 마저 잡숫구려. 얼렁 묵고 김장 설거지나 하십시다. 해가 어찌께나 짧은지 점심 묵고 돌아서면 금세 날이 안

저무요?"

오후에 동국 씨는 오전에 하던 대로 수목원에 가서 전지를 할 예정이고, 홍림당과 성심 씨와 장희는 김장하느라 어지럽혀진 부엌 일대를 치울 참이다. 동각에 거주하는 김 감독 패거리 몫까지, 80포기나 되는 김장을 했다. 성심 씨가 시나브로 동각을 드나들면서 영화 패거리 청년들의 냉장고를 살피는데, 들여다 볼 때마다 김치통이 비어 있기 일쑤였다. 김 감독 패거리를 찾아오는 손님이 많은지라 김치를 어마어마하게 먹어댔다.

홍림당이나 성심 씨가 김 감독 패거리한테 맘을 쓰는 까닭은 그들이 할매를 주인공으로 한 영화를 찍는 이유도 있지만 젊은이들이 한서방과 동무이기 때문이다. 한서방이, 딸내미 데리고 살고 싶어 하는 장모 맘을 살펴서 제가 주말마다 그 먼 길을 오가며 살고 있지 않은가. 또 한서방이 왔을 때 김 감독 패거리가 동무가 되어 주므로 고맙기 그지없는 것이다.

영화장이 청년들은 은현이 쌍둥이를 낳은 후 그 쌍둥이가 매구 할매 품에 안기는 사진을 찍고 촬영을 끝내겠다고 했다. 다음 달이 은현의 산달이므로 청년은 내년 일월 말에 촬영을 마감할 예정이었다.

"에미야."

이럭저럭 먼저 점심을 끝내고 숭늉을 받아 들여다보던 할매가 홍림당을 불렀다. 홍림당이 돌아본다.

"금산덕한테 잔 가봐야 쓰것다."

"금산덕 오늘 미역 공장 갔을 것인디요. 왜요, 할무이?"

"시방 뜬금없이 금산댁이 생각남서 아지랑이매니 눈에 뵌다."

오랜 세월 지켜보아 홍림당도 알아듣는다. 젊은 날의 할매는 신기 같은 게 있었다고 하지만 늙은 매구 할매는 맑은 영으로 느낀다. 지금 금산댁한테 무슨 일인가 생기고 있는 것이다.

작년 김장철에 작은뜸에 살던 일흔일곱 살의 계매댁이 김장을 준비하다 쓰러졌다. 아무리 혼자 살아도 김장을 혼자 하는 법은 없었다. 계매댁도 이웃 아낙들과 함께 배추 걷어다 절이는 일까지 같이 했고 김치 속 준비해 버무리는 것도 당연히 여럿이 어울려 할 참이었다. 그 사이, 절인 배추를 건져 씻는 과정을 계매댁은 혼자 하려 했던 것 같았다. 품앗이 김장이라 해도 모든 과정에 남의 손을 빌리기가 미안했던 것이다.

그때는 새벽이었다. 할매가 계매댁네 좀 가보라 해서 홍림당과 동국 씨가 갔더니 계매댁이 뜰방에 쓰러져 있었다. 구급차 불러 병원으로 갔다. 계매댁은 병원에서 깨어나긴 했으나 반신불수에 바보가 되어 있었다. 그 자식들이 요양병원에 입원시켰다. 계매댁은 요양병원에서 반년을 살다가 장례식장으로 갔고 마을로 돌아와 자신의 밭머리에 묻혔다.

"미역 공장 갔을 것이 틀림없는디 뭔 일이 있을랍디여마는, 할무이가 말씀하싱게 가보기는 해야제라. 해가 있어도 바람이 많이 부요. 날도 차고요. 지가 애비하고 같이 가 볼랑게 할무인 그냥 집에 계시씨요. 심심하시면 연이한테 차로 숭모당에나 델다 달라고 하시고요."

"나는 봄이하고 놀랑게 걱정 말고 금산덕한테나 얼렁 가 봐라."

노인이 찬방을 나가자 동국 씨가 홍림당과 함께 가려 일어난다. 은현이 덩달아 몸을 들썩인다. 성심 씨가 은현을 눌러 앉히며 묻는다.

"할매가 심상찮은 말씀을 하셨는디 배불뚝이가 뭐 할라고 일나냐?"

"할머니 말씀이 심상찮으신 것 같아서 엄마 아버지랑 같이 가 보려고요. 금산댁 할머니한테 정말 무슨 일이 생겼을까요?"

"뭔 일이 생길랑게 가 보라고 하셨겄제. 뭔 일이 생기든 안 생기든 배불뚝이나 젖먹이 어미가 나설 일은 아닝게 느그들은 나랑 같이 집에 가만 있거라."

매구 할매가 아지랑이 운운하신 데다 어른들의 기세가 심상치 않아 보이는지 김 감독이 홍림당과 동국 씨를 따라 나선다.

대문간을 나서려는데 어치들이 지저귀는 게 아니라 짖어댄다. 찌찢 찌찢 찌이. 집 안팎에 가장 많은 새가 어치다. 몸길이는 비둘기보다 좀 작고 훨씬 날렵하게 생긴 어치들은 평소에도 워낙 소란스러운 새들이기는 했다. 지금은 소란스럽기보다 맹렬하다. 새들한테 뭔가 사달이 난 모양이다.

대문 마당 끝 피나무 왼쪽으로 있는 헛간채 근방이다. 어치 열 마리쯤이 피나무 아래 가지들과 헛간 지붕 위를 팔짝팔짝 건너다니면서 떼로 울부짖는다. 그 아래 사철나무 울타리 앞에 어치 한 마리가 흰 고양이한테 잡혀 있다. 어치는 날개를 물렸는지 날지 못하고 파들거린다. 어치를 사냥했을 흰 고양이는 다른 어치들의 기세에 눌

116

려 주춤거리는 형세다. 헛간 지붕과 나무 사이를 파르르 날아다니며 울부짖는 어치 무리는 제 동료를 구하려 안간힘을 쓰면서도 고양이한테 달려들지는 못한다. 어치 떼와 흰 고양이 사이의 긴장이 팽팽하다.

"에라, 이 몹쓸 놈아!"

홍림당이 황급히 달려가며 소리를 지른다. 목도리를 풀어 내저으며 울타리 앞까지 내닫는다. 어치들이 먼저 놀라 포르르 날아오르고 흰 고양이가 사철나무 사이로 빠져 달아난다. 어치는 몸을 가눠보려고 날개를 퍼득거린다. 당장 날기는 어렵겠다. 홍림당은 두 손으로 어치를 붙들어 대문간 안으로 들어온다. 대문채 옆 햇빛 잘 드는 주랑에다 놓아둔다.

"날개 있는 것이 그래 겨우 고양이한테 잡히고 그러냐, 바보같이! 여기 있다가 나아지면 날아가그라."

단단히 타일러 놓고 대문간을 나온다. 젊고 늙은 두 남정은 차 앞에서 기다리고 있다. 차에 오르기 전에 홍림당은 방금 소란스러웠던 피나무를 쳐다본다. 지난 추석 며칠 전에는 꼭대기쯤에서 말벌 떼가 날아다니는 걸 은현이 발견했다. 소방서에서 사다리차가 나와 떼고 보니 늙은 호박덩이 만한 말벌 집이었다. 그것들도 살려고 찾은 곳이 높디높은 가지 위였던 것이다.

세 보지 않아 피나무 수령은 모르지만 여례당 젊은 시절에도 사랑채 지붕보다 높았다고 들었다. 천지간을 색색으로 물들였던 단풍들이 다 빠져 나가고도 가지에 매달려 있는 이파리들은 햇살 속에서 처연히 곱다. 단풍이 저리 곱지만 내가 내일도 저 나무를 기억할 수 있을까 싶어 홍림당은 울적해진다.

홍림당이 열여섯 살 시월에 친정에서 초례를 치루고 나흘만에 신행을 왔다. 가마가 멈추고 가마 문이 열렸을 때 맨 먼저 눈에 들어왔던 것이 이파리가 울긋불긋한 저 피나무였다. 울긋불긋 정도가 아니라 온통 붉어 보여 새 각시 맘이 수줍었다. 그 나흘 전 초례청에서 첨 본 신랑과 첫날밤에 한 짓이 떠올랐던 것이다.

그 신랑 품에 안겨서 그 나무를 쳐다보며 58년째 살고 있다. 58년 전이 엊그제 같은데, 그때가 진짜 엊그제 같이 여겨진 병에 걸려 제사 준비하러 나간 장거리에서 친정으로 가고 말았다. 늙은 남편 차에 타려다가 깜박 실고추 생각이 나서 장거리 식료품 점포로 가던 길이었다. 정신을 차려보니 예당 친정 대문 앞에 다다른 택시 안이었다.

"여보, 얼른 차에 타요."

동국 씨의 채근에 정신을 차린 홍림당은 차 안에 들어앉는다. 동국 씨가 안전벨트를 채워준 후 문을 닫고 반대편으로 가서 들어온다. 김 감독이 운전석에 앉아 있다가 차를 움직인다.

금산댁 집은 금당마을 오른편쪽인 새토구에 있다. 금당 진입로에서 왼쪽으로 틀면 계성재고 오른쪽으로 난 산 밑 길로 들어서면 금산댁 집이다. 금산댁은 여든두 살이다. 금산댁은 아들 넷에 딸 둘을 낳았다. 하나도 잃지 않고 다 잘 키웠다. 셋째아들의 자동차 판매 영업소가 돈을 아주 잘 버는 것으로 소문났다. 막내아들은 고등고시에 들어서 판사를 하고 있다. 막내며느리도 판사다. 그리 잘 풀린 자식들이 마을이며 노인당에 술, 돈을 들여놓을 때마다 금산댁의 얼굴에 들기름 칠한 것 같은 자랑이 줄줄 흘렀다. 노인들 누구나 잘된 자식은 한껏 자랑하되 못된 자식은 한사코 숨긴다.

홍림당이 자세히는 몰라도 금산댁의 작은딸은 이혼하고 재혼까지 했어도 다시 갈라선 것 같았다. 큰아들네가 왕래하지 않은 지 꽤 여러 해 된 참이었다. 속내까지 온전한 사람이 없듯이 근심 없는 집도 없는 것이다.

홍림당의 셋째아들 교현만 해도 이혼하고 외국에 나가 살고 있다. 지난 초여름 막둥이의 결혼식 때문에 모처럼 돌아온 셋째는 외국 여자하고 살고 있다고 했다. 하다하다 이제 외국인 며느리도 보게 생겼구나 싶어 홍림당은 한숨이 났다. 그러면서도 이제 와 외국 며느리, 내국 며느리 가리랴 싶어 말했다.

"오는 김에 아조 잔 데꼬 와 보제!"

그러자 교현이 대답했다.

"같이 지내기는 해도 결혼할 여자는 아니에요. 그리고 저 내년에 귀국해요."

홍림당은 셋째의 그 말도 기가 막혔지만 늙은 어미 앞에서 그런 막되고 못된 말을 아무렇지도 않게 내뱉는 아들놈 때문에 말문이 막혔다. 저 놈이 내 아들 맞나 싶어 멀거니 쳐다봤다.

둘째 상현은 제 새끼들 조기유학 시킨다고 처자식과 떨어져 살면서 살림을 어떻게 하는지 알 수 없었다. 은현의 결혼식에 오라고 비

행기 삯까지 부쳐서 오게 된 둘째 며느리는 제 서방한테 정도 별로 없는 것 같았다. 외국서 살아 그런지 둘째며느리나 그 새끼들은, 외국에서 태어나 고등학교까지 다녔다는 한서방보다 더 외국인들 같았다. 둘째며느리나 그 새끼들은 시골 구경 온 관광객들처럼 굴었다.

큰아들네라고 다른가. 넉넉히 잡아도 한 시간 반이면 닿는 광주에 살면서도 외국에 사는 사돈의 팔촌처럼 고향집과 부모를 멀리했다. 은현의 결혼식 때 모조리 모이기는 했지만 다시 그런 기회는 없을 것이었다. 홍림당도 더는 기대하지 않았다.

금산댁네 대문을 들어서면 시퍼런 대나무 숲에 둘러싸인 집의 옆면이 마주 보인다. 동네 안 곳곳에 있던 대나무 태반이 없어졌지만 동정지를 지고 있는 몇 집의 대나무 숲은 아직 남아 있다. 그 중에서도 금산댁네를 둘러싼 대나무 밭이 제일 넓다. 홍림당과 동국 씨와 김 감독이 들어서자 마당 끝 감나무에 묶인 흰둥이가 꼬리를 흔들어댄다. 따지 못한 채 홍시로 매달려 있는 감들이 흰둥이의 꼬리 짓에도 두덕두덕 떨어져 내린다. 흰둥이가 홍시를 핥아먹는다. 흰둥이는 지난 늦봄에 낳은 제 새끼를 다 떼어낸 뒤 금산댁과 둘이 살고 있었다. 자식들에게 보내려 했던가, 마당 가운데 와상에는 네 개의 쌀자루가 놓였다. 대문 오른쪽에는 동백나무가 심겼고 그 안쪽이 샘이다.

"아이고 어짜꼬!"

샘가를 보던 홍림당이 탄식한다. 자식들에게 햅쌀과 함께 김치를 담가 보내려 했던지 스무 포기는 될 법한 절인 배추들 사이에 금산댁이 넘어져 있다. 이번에도 염병할 놈의 김치가 문제인 것 같다. 금산댁은 허리를 삐끗한 정도가 아니라 혼절했다. 숨은 쉬는 성싶다. 홍림당이 금산댁을 끌어안고 아짐 아짐, 불러보는 사이에 동국 씨가 전화기로 구급차를 불러댔다. 홍림당이 김 감독한테 외쳤다.

"어이, 김 감독, 뭐항가. 이 냥반 몸이 얼음댕인디 우선 안으로 들애야제, 그 사진기 놓고 와서 이 냥반을 업게."

당황한 김 감독이 샘 덮개 위에다 카메라를 놓고는 홍림당 앞에 등을 대고 앉는다. 홍림당은 금산댁을 김 감독 등으로 밀어 올리려 애를 쓴다. 금산댁의 몸피가 큰 데다 정신을 놓아버려 태산처럼 무겁다. 동국 씨가 전화기를 접으며 다가와 홍림당을 밀어내고 금산댁을 추슬러 김 감독 등에다 싣는다.

먼저 마루에 올라 방문을 열어 보던 홍림당은 어째사꼬이, 한탄한다. 방이 냉골이지 않는가. 아침에 일어나서 보일러를 켜지 않은 게 분명하다. 어쩌면 찬바람 들면서 아직 한 번도 켜지 않았을지도 모른다. 쌀 포대들과 김치가 아니었으면 미역 공장에 돈 벌러 갔을 사람이었다.

우선 이불에 눕히고 보일러 스위치를 눌러 놓고 남정들을 내보낸 홍림당은 금산댁의 젖은 옷을 벗겨낸다. 위아래 할 것 없이 젖은 상태인데 정신을 놔버려 그런지 금산댁은 몸을 떨지도 않는다. 속옷이며 방한내복에 겉옷까지 새로 입히는 홍림당의 손길은 덜덜 떨린다. 겨우 옷을 갈아입혀 놓고 나니 밖이 소란스럽다. 구급차가 온 것이다.

구급대원 두 사람이 들어와 금산댁을 달랑 들어 들것에 놓고는 저희가 가져온 열 나는 담요를 덮어 주고 산소호흡기를 끼우고는 홍림당한테 묻는다.

"환자가 언제쯤부터 이러고 계셨을 것 같습니까?"

절인 배추를 씻어 놓고 김치 속을 준비하려 했을 테다. 우체국 택배 차는 오후 2시 경에 마을에 들르므로 아침부터 서둘렀을 것이다. 절인 배추의 두벌 씻기가 덜 끝난 상태였다.

"서너 시간은 됐을 것 같소. 응급 처치를 해야지라. 얼렁 데꼬 가시오."

"보호자가 같이 가셔야지요."

"제일병원으로 갈 거 아니오? 금방 아무나 따라갈경게, 얼렁 가란 말이오."

"신고인이라도 함께 가셔야 합니다."

"그라요? 그라면 나라도 가야제. 여보! 여 배람박에 금산덕 새끼들 전화번호 줄줄이 붙었소. 난 구급차 타고 갈랑게, 당신이 금산댁 새끼들한테 전화해 놓고, 숭모당에랑 이장한테도 알려놓고 뒤따라 병원으로 오시오."

금산댁이 차에 실리고 홍림당이 올라타려는데 쉬익 바람이 불더니 댓잎들이 일제히 소나기 듣는 것 같은 소리를 낸다. 써늘한 바람이 홍림당 가슴 속으로 불어 닥친다.

"아짐, 차로 들어가시지요."

구급대원 한 사람이 홍림당을 채근해 차로 밀어넣는다. 홍림당은 들것 맞은편 붙박이 의자에 털퍼덕 걸터앉는다. 구급대원이 올라와 문을 턱 닫는다. 그 소리에 홍림당의 가슴이 덜커덕 내려앉는다. 한 세상이 닫히는 소리 같은 것이다. 금산댁이 이대로 가 버릴 것 같다.

"여보시오, 금산댁! 정신 잔 채래 보씨오. 예, 금산댁?"

불러 보고 흔들어 보지만 대답이 없다. 소리 없이 차가 움직인다. 뭔가에 홀려 딸려가는 것 같다. 그렇구나. 치매 걸린 내가 깜박깜박 정신을 놓듯이, 찬바람에 쓸리듯이 서늘하게 삶을 놓는 것이구나. 죽으러 가는 길이 이런 것이구나. 홀로, 아무도 없이, 뭔가에 홀린 듯이. 떠밀린 듯이.

홍림당은 몸을 추슬러 다시 금산댁의 손을 잡는다. 쇠스랑처럼 딱딱하고 마른 흙덩이처럼 거친 손이 차다. 아직 데워지지 못한 게 아니라 정말 차가워지고 있다.

'한 세상 참 부지런히도 사시등만 기어이 이라고 가실라요? 진짜 이라고 그냥 가 불라요, 금산댁? 한 마디도 더 안하고, 이라고 가 불라요? 알았소. 한 마디 더 하면 머하고 한 마디 더 들으면 머하겠소? 더 살아 좋은 꼴보다 좋잖은 꼴이 더 안 많소? 이점저점 다 냅두고 가실라면 다 잊어불고, 돌아보도 말고 그냥 편히 가시오.'

연신 속삭이며 금산댁의 차가운 손을 어루만지자니 홍림당은 사는 게 허망하고 서러워 눈물이 난다. 이렇게 허망하게 가는 것이었다. 눈물이 난다. 금산댁이 불쌍한 건 아니다. 살 만큼 살았지 않는가. 늙건 젊건 아무도 자기가 충분히 살았다고 하지 않지만 죽은 사람들을 보면 충분히 산 것 같았다. 그 옛날 시누이 혜국은 겨우 서른을 넘기고 충분히 살았다는 양 제 모든 걸 정리해 놓고, 제가 낳은 새끼조차 미련없이 올케한테 떠넘겨 놓고 스스로 죽었다. 그때도 불쌍하지 않았다. 살아 있는 게 서럽고 원통했을 뿐이다.

어제도 내일도, 오늘이다

수명이 늘어나면서 칠십을 환갑쯤으로 여기게 된 20년 전쯤에 70세 갑장들이 함께 고희 잔치를 벌이게 됐다. 그해 음력 이월 보름날 합동 잔치를 치렀다. 그 이듬해부터 팔순 갑장들도 칠순들보다 한 달 앞선 정월 대보름날에 합동 잔치를 치르기로 결정했다. 이후 금당에서는 환갑 잔치가 완전히 사라졌고 칠순과 팔순들의 합동 잔치가 관례화됐다.

올해 금당에서 여섯 명이 팔순이 되었다. 한 사람은 여러 해 전에 요양병원으로 간 뒤 잊혀지다시피 한 성암댁이고, 또 한 사람은 작년에 요양병원으로 간 전평댁이었다. 영준어매와 현성어매와 강주어매가 있고 유일한 남정으로 용국 씨가 있다.

이미 마을을 떠난 셈인 성암댁과 전평댁은 애초에 제외됐고 영준네, 현성네, 강주네가 30만 원씩을 내기로 했다. 영준네 아들 영준이 30만 원을 더 내놨다. 그 소리를 들었을 때 용국 씨는 갈등했다. 10년 전 칠순 잔치 때 갑장 남정이 여섯 명이었는데 홀로 남았지 않는가. 아낙들과 똑같이 30만 원을 내기에는 좀스러운 것 같았다. 약간이라도 더 내야 할 성싶은데 얼마를 더 낼 것인가.

용국 씨는 직장을 다니던 삼십여 년 동안은 물론이고 퇴직한 뒤로도 허투루 돈을 써 본 적이 없다. 여태껏 스스로 술을 마신 적이 없고 담배도 물론 피우지 않았다. 호되게 절약하며 산 덕에 전답을 늘렸고 네 자식들 대학공부를 마쳐 주었다. 번듯한 집을 지었으며 자식들이 결혼할 때마다 전셋집이라도 얻어 주었다. 연금 받으면서 시작된 노년도 농사를 야무지게 지으면서 큰 탈 없이, 아프지 않고 지내왔다. 이번에 갑장 아낙들이며 동네 사람들 앞에서 체신을 좀 세워도 될 성싶었다. 지금까지 꼭 써야 할 돈조차 쓰지 않았던 것은 아니지만 체면을 세우기 위해 객기 부린 적은 없었던 것이다. 100만 원을 내기로 작정했다. 지난 섣달 초의 일이었다.

그렇게 의논이 되어 이장한테 말을 해놓은 참에 전평댁의 부고가 전해졌다. 장례를 치른 장의차가 마을로 들어와 노제를 지내고 선영으로 들어갔다. 그 2주일 뒤 해를 넘기지 않겠다고 결심이라도 한 것처럼 성암댁의 부고가 들렸다. 성암댁의 자식들도 모친의 유해를 제 아버지 곁에다 묻고는 떠나갔다.

설 지나고 대보름이 와서 마을잔치 날이 됐다. 잔치라고 해야 기념수건 한 장씩 돌리고 외식업체에 맡긴 음식을 고루 나눠먹고 노래방 기계로 여흥을 즐기는 것이었다. 자연당에서 잔치를 치르는데 용국 씨 내자 병선 씨의 낯빛이 좋지 못했다. 체한 것 같은 희누레한 얼굴로 먹는 시늉만 하고는 슬그머니 자리를 떴다.

병선 씨는 용국 씨보다 다섯 살 아래다. 내자는 마을의 다른 아낙들 못지않게 일을 많이 했을망정 크게 아픈 적 없고 원래 낯빛이 흰 덕에 또래에 비하면 덜 검고 주름살도 덜했다. 용국 씨가 퇴직한 뒤 바깥일을 많이 하므로 병선 씨가 볕에 덜 시달린 덕이라 할 수 있다. 내자 젊을 때 워낙 고생을 시킨 탓에 나이 들어서는 용국 씨가 많이 하려 애쓰는 편이었다.

노모가 5년 전에야 돌아가셨다. 내자의 시집살이가 장장 50년이었다. 용국 씨는 아주 어릴 때 형과 아우를 잃어 친형제가 없었다. 그 탓에 병선 씨는 외며느리였는데 괴팍하고 심술궂은 어머니는 젊은 외며느리 귀한 줄 몰랐고 나이든 외며느리 어려운 줄도 몰랐다.

생전의 어머니는 안노인들이면 누구나 다니는 숭모당에 잘 가지 않았다. 숭모당은 면소에서 냉난방비 보조를 받는지라 여름에는 시원하고 겨울에는 따뜻했다. 함께 먹고 더불어 노는지라 안노인들이 심심하거나 외롭지 않았다. 그래서 안노인들은 거동이 힘들 때는 남의 손을 빌어서라도 악착같이 다니며 시간을 보내는데 까탈스런 어머니는 시끄럽고 늙은이들 냄새 난다고 마다했다. 어머니가 다니지 않으므로 병선 씨가 마실 나다니기도 어려웠다. 그런 게 습관이 된 탓인지 어머니가 세상을 떠난 뒤에도 병선 씨는 숭모당에 잘 다니지 않았다. 마을에 큰 행사가 치러질 때 얼굴 내미는 정도였다.

용국 씨는 병선 씨가 어색하고 불편해 일찌감치 집으로 간 모양이라 여겼다. 오늘 주인공이라며 주변에서 노래를 보채므로 분위기 맞쳐 두 곡 부른 뒤 양사로 옮겨왔다. 여흥자리에서 먼저 나온 안노인들은 숭모당으로 가고 남자노인들은 양사로 오기 마련이다. 마을잔치 때 오래 남아 노는 축은 남녀 간에 술 잘하고 노래 잘하고 사람들과 어울리기 좋아하는 이들이었다.

양사에는 이미 윷판이 벌어진 참이다. 옛적부터 양사에서는 설 무렵부터 보름날까지 매일 윷판을 벌였다. 놀이가 아니라 눈에 불을 켜고 밤을 새기도 하는 노름판이었다. 몇 십 년 전 그때는 판돈으로 수십만 원씩이 걸리기도 했다. 누가 따고 누가 잃는지 관전하느라 수십 명이 함께 술을 마셔가며 밤을 새곤 했다.

그 시절의 꾼들이 다 저세상으로 가고 난 지금 양사 윷판의 판돈은 한판에 1000원씩이다. 딴 돈은 양사 드나드는 남정들의 자장면 값으로 쓰인다. 누가 따든지 잃든지 흥겨운 놀이판이다. 용국씨가 5000원을 잃고 나니 해가 설핏해졌다. 비로소 내자가 아픈 얼굴로 동각을 떠나던 게 생각나 양사를 나왔다.

해질녘, 집에는 병선 씨가 없다. 보일러는 몇 시간이나 돌았는지 온 집안이 후끈후끈하다. 저녁끼니를 준비한 흔적은 없다. 숭모당이건 양사건 음식이 지천인 날이므로 집에서 혼자 청승떨지 않기로 한 모양이다. 용국 씨도 아직 배가 불렀다. 텔레비전을 켜놓고 잠깐 꿈지럭거리다가 깜박 잠이 들었다가 깼더니 아홉 시다. 용국 씨는 병선 씨한테 전화를 건다. 받지 않는다.

"허, 참!"

낯을 찌푸린 용국 씨는 한 시간을 더 기다린다. 숭모당 파하는 시각이 열시쯤이기때문이다. 10시 10분이 되어도 돌아오지 않으니 걱정이 되고 역정도 난다. 찾아 나선다. 그 사이 숭모당은 닫혀 있다. 빤한 길이지만 엇갈렸나 하고 집으로 왔으나 내자는 돌아와 있지 않다. 이제야 가슴이 철렁해 부인회장 집으로 전화를 걸었다. 그 바깥인 민우 할배가 전화를 받아 평례 씨를 바꿔주었다.

숭모당에서 민화어매 못 봤냐는 용국 씨의 질문에 부인회장이 화들짝 놀라서 소리친다.

"뭔 말씀이다요? 민화엄니가 언제, 밤에 숭모당 온 일이 있다고요?"

"그러면 민화어매가 어딜 갔다요?"

"오매! 평생 닳을까 봐서 집안서만 끼고 사시등만, 그라고 이쁜 각시를 이 밤에 나한테서 찾으시요? 나는 아까아까 낮에 동각서 보고 못 봤는디요? 숭모당에도 안 오셨고요. 음마? 인자봉께 놀라겄네요! 어디 가셨다요, 민화엄니가?"

"해질녘에 양사서 왔등만 없길래 숭모당에 있는 줄 알고 기달렸지라. 근디 안 와서 가 봤등만 닫혔고. 전화도 안 받고요. 혹시 윤후네 있을께라? 윤후네하고 좀 친항게."

"윤후네는 며칠 전에 또 어디 갔지라. 순하엄니하고도 같이 친항게 물어보실게비 지레 말하는디요, 순하엄니는 좀 전까지 내내 우리랑 놀다가 갈렸어라. 긍게 화장실이든지 다용실이든지, 바깥 창고든지, 온 집안을 뒤져 보씨요. 얼렁요."

어딘가에 쓰러져 있을지도 모른다는 뜻이었으므로 용국 씨는 전화를 끊고 집안을 이 잡듯이 샅샅이 뒤진다. 없다.

이장한테 전화해서 병선 씨 찾는 방송을 하게 했다. 방송이 끝나고 10분이나 지났을 때 대문 열리는 소리가 난다.

"이 노무 여편네!"

용국 씨가 반가우면서도 화를 내며 내다보니 내자가 아니라 대문 안집 고명딸 은현이다. 그 식구 반이 낮에 동각에 와서 점심을 먹고 갔다. 이 동네서 식구가 제일 많은 집이 그 집이다.

"제 집 어른들께서 동각에서 점심을 드시고 돌아오신 뒤에 제가 필요한 것이 생겨 읍내 다녀오기로 했어요. 오후 세 시경이었죠. 운대학교로 내려가는데 거기 정류장에 이 댁 아주머니가 계셨어요. 제가 차를 세우고, 어디 가시냐고, 읍내 가시면 태워드리겠다고 했더니 제 차에 타셨고요. 어디 가시냐고 여쭸더니 서울 딸네 집에 가신다고 하시던데요. 다섯 시 경에 서울 가는 직행 막차가 있다고, 그걸 타신다고요. 그래서 저는, 시간이 아직 충분하시네요, 하면서 터미널 앞에 내려드리고 조심히 잘 다녀오시라고 인사까지 드렸어요. 그랬는데 아주머니 찾는 방송이 들려 놀라서 아버지께 말씀드렸더니, 당장 이 댁으로 가서 말씀드리라 해서 온 거예요."

지난 12월 15일 금산댁이 자신의 집에서 쓰러진 걸 홍림당과 그 바깥이 발견하고 병원으로 실어갔으나 이미 사망한 뒤였다. 빈소가 차려졌고 자식들이 그 밤으로 다 내려왔다.

이튿날 점심 때 홍림당을 찾는다는 방송이 온 마을에 울려퍼졌다. 동시에 경찰에 실종 신고가 됐고, 모친 실종에 놀란 은현은 산기가 생겨 마침 와 있던 서방과 함께 순천 산부인과로 갔다. 홍림당의 아들들이 이쪽으로 쫓아오고 영화장이들이 온 마을을 샅샅이 찾아다니는 난리를 치렀다. 밤 열 시쯤에 장흥 노력항에 있는 해양파출소에서 홍림당을 발견했다는 전화를 해왔다. 은현이 그날로 쌍둥이 미숙아를 낳았고 홍림당도 찾았다. 그 일에 원체 놀라버린 그 식구는 누구 찾는다는 방송만 들리면 소스라치게 돼버렸다.

"알았다. 늬가 이렇게 얼렁 와서 알려줘서 좋다. 고맙다. 가 봐라."

은현을 배웅한 용국 씨는 이장한테 전화를 걸어 집사람이 민화네로 간 것 같다고 말하고 병선 씨 찾는 방송을 정정하게 했다.

민화한테 전화를 걸었더니 민화가 전화기 저쪽에서 놀라 기절하는 시늉을 한다. 제 어미가 오지 않은 건 물론이고 연락도 없었다는 것이다.

병선 씨 전화는 계속 불통인데 용국 씨 전화기에 불이 난다. 민화가 제 어미를 찾느라 오라비들한테 알렸는가. 생전 먼저 전화할 줄 모르는 아들놈들이 번갈아 전화를 해대며 아비를 책망했다.

"대체 뭘 어쩌셔서 엄마가 집을 나가게 만드세요? 혹시 손찌검하셨어요? 여태도 엄마를 패고 계셨던 거예요, 아버지?"

셋째 철화가 그렇게 얼토당토않은 소리로 따졌을 때에야 용국 씨는 자신의 젊은 날 내자를 패곤 했던 사실을 기억해낸다. 어머니와 내자 사이에 큰소리가 날 때면, 아니 어머니가 며느리를 잡을 때면 어머니를 팰 수 없으므로 내자를 패곤 했다. 잘잘못이 누구한테 있건 노친네 비위하나 못 맞추는 내자가 미워 손이 독해지곤 했다.

"패기는 뭘 패냐, 이 놈아. 내가 올해 여든이다."

답할 말이 없어 용국 씨는 나이 자랑만 하며 소리를 질러댄다. 자식 나이가 일흔다섯 살이 될 때까지 부모를 모시고 사는 게 어떤 건지 전혀 모르는 놈들이 수십 년 전 일을 걸고 드는 것에 화가 치미는 것이다.

"늬들 어매가 호강에 겨워서 이러는 거 같은디, 늬 어매, 늬 놈 집에 오거든 잘 데리고 살아 봐라."

철화의 전화를 끊어버리고도 혼자 더럭더럭 화를 내고 있는데 이번에는 민화한테서 전화가 온다.

"엄마가 제 집으로 오셨네요, 아버지."

병선 씨가 일평생, 혼자서 다닌 곳이라곤 읍내 장 뿐이다. 그 친정 부모님이 살아계실 때나 돌아가신 후나, 친정에 갈 때는 용국 씨가 함께 다녔다. 여행은 동네 사람들이 대절한 버스로 단체로만 다녔고 어쩌다 자식들 집에 갈 때도 용국 씨 없이 혼자 간 적이 없다.

"네 엄마 바꿔라!"

용국 씨가 화가 나 소리치는 저쪽 모녀 사이에 실랑이가 생기는 것 같더니 민화가 말한다.

"아버지, 오늘은 늦었으니까 일단 주무세요. 내일 전화 드릴게요"

고명딸이자 막둥이인 민화는 서울의 한 대학 병원 원무과에서 일한다. 모두가 알아 주는 큰 병원이라 급하게 입원해야 했던 동네의 몇 사람도 민화 덕을 봤다. 대학 졸업하면서 그 병원에 취직한 민화는 서른 살에 대기업 다니는 놈과 결혼했고 서른네 살에 이혼했다. 민화가 아이를 낳지 못했는데 서방 놈이 다른 여자를 만나서 아기가 생겼다고 이혼을 요구했던 것이다. 민화는 미련 없이 이혼하고 위자료 받은 돈으로 제 직장에서 멀잖은 동네에다 집을 사서 혼자 살고 있다. 용국 씨는 몹시 화가 날망정 내자가 딸네 집에 있다 하므로 안심했고 편히 잠자리에 든다.

새벽에 일어나서 전기압력솥에다 밥을 안치고, 내자가 마련해둔 시래기 국거리를 냉동고에서 꺼내 국도 안친다. 냉동고에 든 그 시래기뭉치는 딱 두 사람 분으로 뚝배기에다 물 두 컵 넣고 끓이기만 하면 되게 돼 있다. 밥과 국을 안쳐 놓은 뒤 용국 씨는 부엌 청소를 한다. 싱크대 주변과 식탁의 얼룩덜룩한 기름때며 물때가 눈에 띄기 때문이다. 쯧쯧쯧, 내자의 나빠진 시력을 탓하며 닦다 보니 온 집안에 닦을 데 투성이다.

밥을 먹고 닦고, 쉬고 나서 닦다보니 하루가 금세 갔다. 일주일도 쉽게 갔고, 어영부영 한 달도 지나갔다. 한 달 동안 그럭저럭 지냈다. 용국 씨가 그럭저럭 지낼수록 상황이 심각해졌다. 민화하고는 이틀에 한번 씩이라도 통화를 하는데 여편네는 아예 용국 씨의 전화를 받지 않는 것이었다. 대체 왜 이러는지 알 수가 없다. 통화라도 해야 속내를 짐작해 볼 게 아닌가.

설상가상, 지금 민화를 통해 전해오는 여편네의 말은 이상하다 못해 기가 차다.

"아버지, 지금 제 옆에서 엄마가 이렇게 말해달라고 하시네요.'일단 딱 1년만 혼자서 살아보고 싶다'고요. 또 '늬 아부지나 늬들 하고도 모르는 사람처럼, 그냥 혼자만 지내고 싶다' 고 하시고, 그렇게 혼자 지내다가 아무도 봐 주지 않은 채로 죽어도 괜찮을 것 같다, 고 덧붙이시네요. 그래서 저는 엄마 아버지 문제에 대해 뭐라고 할 수가 없어요. 또 엄마가 아버지한테, 이리 찾아오시지 말라고 하시네요. 아버지가 이리 오시면, 아무도 모르는 곳으로 가서, 숨어버릴 거라고요. 그러니까 아버지, 당분간 엄마를 제 집에 그냥 계시게 할 테니까 아버지가 알아서 하세요."

전화도 받지 않는 여편네를 어떻게 알아서 하라는 말인가.

"알아서 하든 몰라서 하든 할 것잉게 일단 네 엄마한테 내 전화 받으라고 해라. 지금 얼렁."

"싫다고 하신다니까요. 그만 들어가세요, 아버지. 끊을게요."

인정 없이 전화가 끊긴다. 어미나 딸년이나 정머리 없기가 똑같다. 어떻게 이럴 수가 있을까. 그래, 젊었을 때 손찌검 좀 했다. 자기도 젊었을 때였다. 이제 둘 다 늙었지 않은가. 정년퇴직을 하고 늙었다고 여긴 후로는 자기 위주로 지냈다. 젊은 날 좁은 집에서 고생 시켰던 게 안쓰러워 퇴직하면서 집을 고친 게 아니라 새로 큼지막하게 지었다. 노친네를 작은 방에 드시게 하고 큰방을 내외가 차지한 것도 자기를 위해서였다. 그런데 다 늙어서 왜 이러는가. 지난 한 달 동안 백방으로 생각해 보았으나 알 수 없었다.

지금은 내자가 했다는 말을 이해하지 못하겠다. 일단 혼자 살아보고 싶다니. 아무도 봐 주지 않은 채로 죽어도 괜찮을 것 같다니. 찾아오면 어디로 가버리겠다니. 그게 56년을 같이 산 서방한테 여편네가 할 소리인가. 인정머리 없고 싸가지도 없는 여편네 같으니라고. 그렇게 퍼부은 욕설은 누워 뱉은 가래처럼 자신의 얼굴로 떨어져 내린다.

　병선 씨가 처음 온 날 민화한테 다짜고짜 말했다.
　"시방 내 지갑에 돈이 8만 원 정도 있다. 나는 카드도 없고 통장도 없다. 내 이름으로 된 것은 주민등록증 하나뿐이다. 그렇게 오늘부터 네가 내 집이 돼 주고, 지갑도 돼 줘야 쓰겄다."
　전 재산이 8만 원이라는 병선 씨 말에 민화의 가슴이 콱 막혔다.
　"아버지하고 싸우고 오신 거예요?"
　민화의 질문에 병선 씨는 고개만 젓고는 배고프다며 밥을 찾았다. 혼자 산 지 12년째에 접어든 마흔다섯 살의 민화는 집에서 밥을 해 먹는 일이 드물었으므로 밥이 없었다.
　병선 씨가 냉장고를 열어보더니 민화한테 당장 나가서 소고기와 채소와 소주를 사오라 주문했다. 민화가 소고기와 채소 등을 사서 돌아오자 어느새 전기밥솥이 칙칙 소리를 내며 밥내를 풍기고 있었다.
　모녀는 난생 처음 단 둘이 마주앉아 고기를 구워먹으며 소주 몇 잔씩을 마셨다. 민화는 무슨 일이 있었던 거냐고 캐묻지 않았다. 어머니가 말하고 싶을 때까지 기다리기로 했다. 그날 밤 민화는 어머니한테 비밀번호가 어머니 생일로 되어있는 신용카드를 드렸다.

어머니는 아버지와 싸우고 집을 나온 게 아니었다.

지난 대보름날, 병선 씨는 동각에서 마을 사람들에 섞여 뷔페로 차려진 음식을 조금씩 덜어다가 탁상 앞에 앉았다. 건너편에 점덕어매를 비롯한 강주어매, 피어리스댁 등이 있었다. 병선 씨는 두어 점 담아온 가자미초무침을 입에 넣었다. 미나리와 가자미 살을 오물거리다가 저만치에 있는 남편 용국 씨를 보게 됐는데 불현듯이 구역질이 치밀었다. 아니 용국 씨 때문인지, 평생 봐온 마을 사람들 때문인지, 건너편에서 음식을 질질 흘리고 있는 점덕어매 탓인지, 알 수 없었다. 겨우 참고 넘기는데 또 구역질이 났다. 사람 많은 음식 상 앞에서 토할 수 없어 집으로 돌아가 쓰디쓴 신물이 날 때까지 연신 토했다.

속이 텅 빈 채 이를 닦고 내친 김에 샤워도 했다. 옷을 갈아입고 나니 집에 있기가 싫었다. 더 나올 것도 없는데 구역질이 자꾸 치밀었다. 병원이라도 가봐야 하는가. 그 핑계로 병선 씨는 외투를 입고 손가방을 들고 집을 나서서 터벅터벅 걸어 정류장까지 내려갔다. 정류장 의자에 앉아 읍내 가는 버스를 기다리고 있는데 대문안집 딸 은현이 차를 태워주었다. 은현이 차 안에서 어디 가시냐고 묻는데 민화한테 간다는 말이 저절로 나왔다. 말을 하고 보니 갈 곳이 정해졌다. 허구한 날 뭔가를 싸 보내는 덕에 자식들 집 주소는 달달 외고 있었다. 어머니가 고명딸한테로 온 이유는 그뿐이었다. 구토가 나서.

민화네로 온 이튿날 어머니는 딸의 신용카드를 들고 나가 아파트단지 상가에 있는 미용실에 가서 머리를 다듬고 염색을 했다. 돌아오는 길에 현금인출기에서 돈 10만 원을 뽑아 배추 두 포기를 사와서 김치를 담갔다. 그 다음 날은 속옷이며 셔츠며 바지 등을 샀다. 사흘 만에 이웃집 아주머니며 아파트 경비원과 친해졌다. 일주일 후에는 동사무소에서 운영하는 문화센터 장구치기 반에 등록했다.

민화가 직장에 가 있는 사이에 어머니는 우렁각시처럼 움직였다. 집안은 먼지 한 톨 없이 반짝거렸다. 민화가 퇴근해 오면 저녁 밥상이 차려져 있었다. 아침에 일어나면 소담하게 차려진 식탁에서 고소한 밥 냄새와 따뜻한 국 냄새가 풍겼다. 민화는 어머니 음식의 맛과 냄새를 비로소 구분할 수 있게 되었다.

딸자식 집에서 모든 일을 다 하는 어머니가 남편과의 통화는 마다했다. 요즘은 세 아들의 전화도 받지 않았다. 일주일 지나고 한 달이 지나는 동안 아들들이 번갈아 전화를 해댔다. 언제까지 아버지를 혼자 내버려둘 건가. 그만큼 했으면 되지 않았는가. 이제 그만 집으로 돌아가시라. 설득하다가 윽박지르는 것으로 변하는 아들들의 전화가 울릴 때마다 어머니는 전화기를 소파 쿠션 밑에다 묻어버리게 됐다.

솔직히 민화도 어머니가 며칠이면, 길어도 한 달쯤이면 집으로 가시겠거니 예상했다. 홀로 지내는 데 워낙 익숙해져 어머니와 지내는 게 편치만은 않았다. 늦으면 늦는다고 전화를 해야 하고 늦는 까닭을 설명해야 하는 것이라든지. 남자 만나는 날 그 집에서 자기도 하는데 집에 와야 하는 것이라든지. 휴일이면 해가 중천에 뜰 때까지 이불 속에 있어야 하는데 어머니가 주방이며 거실에서 딸이 일어나기를 기다리고 있는 것이라든지. 어머니가 봐야 하는 드라마가 보기 싫은 것이라든지. 책을 읽고 싶은데 텔레비전 소리가 나는 것이라든지.

그래도 민화가 어머니한테 이제 그만 집으로 돌아가라고 할 수는 없었다. 오십여 년 함께 살아온 남편을 보는 데 구토가 나더라는 어머니한테 돌아가라 해서도 안 될 것 같았다. 피할 수 없으면 즐기라는 말이 있지 않던가. 민화는 입장을 바꾸기로 했다. 아버지와 어머니의 딸이 아니라 같은 여자로서, 이병선 대 유민화로서, 삼십년 후의 나로서 어머니를 보기로 했다. 그러자 삼십 년 전의 여자 이병선이 보였다. 표독한 시어머니와 정 없이 구는 남편과 넷이나 되는 자식들과 끝없는 노동들.

병선 씨의 구토는, 삶의 근원에서 돌출한 본질적인 문제이자 철학적인 것이었다. 당신 스스로는 설명할 수 없지만 모든 것에 대한 저항이자 거역이며 삶에 돌연히 찾아든 위협이었다. 자신의 삶, 전생이 치명적인 흉기처럼 변해 찌르고 들어온 것이었다. 그러므로 어머니의 구토는 자기 삶에 대한 전면적인 거부였다.

그 거부, 그 구토를 민화는 서른네 살 때 겪었고 치렀다. 불임의 몸이 아닌데도 아이가 생기지 않았던 이유가 어쩌면 그 때문이었을지도 몰랐다. 직장 상사의 소개로 만난 남자하고 몇 번 만났을 때 헤어지려 했는데 남자가 워낙 강하게 다가들므로 헤어지지 못했다. 사랑인 것 같았다. 사랑이었을지도 몰랐다. 하지만 신혼여행 가서부터 결혼을 후회했다. 어쨌든 결혼했으므로 살아보려 애썼다. 아이가 생졌더라면 달랐을까. 아이는 엉뚱한 데서 생겼다. 남편이 바람피우는 줄도 몰랐는데 낯선 여자가 전화로 임신했다고 알려왔다. 그때 민화는 구토를 했다. 구토 덕에 이혼이 어렵지 않았다. 이혼 후 일순간도 그때의 결정을 후회한 적 없었다.

퇴근 길, 아파트 단지로 들어서는데 전화벨이 울린다. 아버지다. 민화는 낯을 찌푸리곤 통화 단추를 누른다. 어머니가 집으로 돌아갈 생각이 전혀 없다는 말을 반복해야 하는 게 역증 나는 것이다.

"예, 아버지."

"어디냐? 퇴근 했냐?"

"퇴근해서 집으로 가는 길이에요."

"오늘이 딱 두 달째다."

병선 씨가 집을 나온 지 두 달째 되는 날이라는 뜻이다. 한 달째 되던 날부터 용국 씨는 그렇게 날짜를 세기 시작했다. 한 달 하고 사흘째, 한 달 열흘째, 한 달 보름째. 그쯤부터 민화는 병선 씨가 곁에 있을 때 용국 씨로부터 전화가 오면 방으로 들어가서 받았다. 병선 씨는 네 아버지가 뭐라 하더냐고 묻지 않았다.

"예, 아버지."

"네 엄마는?"

"이제 들어가서 봬야죠."

"네 엄마한테 이제 집으로 가라고 해라."

"엄마를 쫓아내라는 말씀이세요?"

"그라믄, 죽을 때까지 늬가 데리고 살래?"

"어쨌든 저는 엄마한테 가시라고는 못해요."

"늬가 모시고 오면 되잖냐."

"그거나 그거나 같죠. 저는 엄마가 스스로 가신다고 할 때까지 아무 말도 안 할 거예요. 못해요."

"그러면 내가 가서, 나도 늬 집에서 살란다. 그래도 되냐?"

"지금 그걸 협박이라고 하시는 거예요?"

"늬 엄마는 늬 엄마이기 전에 내 아낙이다. 아낙이 있어야 할 자리가 어딘지 늬 엄마한테 가르쳐 주라는 말이다."

"엄마는 아버지 아낙 노릇 그만 하고 싶어서 나왔다는데, 아버지는 천날만날 그 말씀이세요?"

"아낙이 아낙 노릇을 안 하겠다면, 이혼이라도 하겠다는 거냐?"

"이제는 이혼 말씀까지 하시네요? 그러지 마세요, 아버지. 엄마는 당장 이혼한다고 나서실 거라고요."

"글문 나보고 어짜라고?"

"지금으로선 어쩔 수 없으니까, 엄마가 아파서 병원에 입원해 계시는 셈 치세요."

"사지 멀쩡한 사람을 입원한 셈 치라고? 그것이 말이냐, 벽수냐?"

"엄마는 멀쩡한 게 아니에요, 아버지. 엄마는 맘이, 정신이 아픈 거라고요. 평생 억눌려 있던 그 증세가 요즘 나타나서 앓고 계시는 거라니까요."

"늬는, 엄마는 그라고 생각함시롱 이 애비 생각은 조금치도 안 허냐?"

"아버지도 생각하니까 만날 똑같은 말씀만 하시는 전화를 이렇게 받고 있죠. 여튼, 언제든 엄마가 가신다고 하면 제가 모시고 갈 거니까요, 아버지는 될수록 편하게 지내세요. 일 많이 하시지 말고요, 반찬이랑은 장거리에 있는 반찬가게에서 사다가 잡수셔요. 그만 들어가시고요."

전화가 툭 끊긴다. 민화는 한숨을 쉬고는 전화기를 집어넣고 괜히 고개를 들어본다. 해질녘인데 눈앞이 화안하다. 벚꽃이 만개했다. 아침저녁으로 드나들면서도 의식하지 못했는데 느닷없이 나타난 것처럼 벚꽃이 생뚱맞으면서도 부시다. 민화는 서둘러 출입구로 들어서서 엘리베이터 단추를 누른다. 병선 씨를 데리고 나와서 꽃을 보여 줘야겠다 싶어서다. 엘리베이터가 내려와 쨍 하며 열린다. 병선 씨가 나오며 민화를 향해 활짝 웃는다.

"딸, 왔냐?"

"엄마, 왜 내려오셔?"

"베란다로 내다봉게 늬가 보이드라. 화안한 꽃 밑에서 전화를 받고 있는 내 딸이 이삐길래 얼렁 보고 자퍼서 마중 나왔다."

"나도 엄마한테 꽃구경 나가자고 할 셈이었는데. 모처럼 외식도 하시고요."

"아이고, 그랬능가! 글문 아파트 한 바퀴 돌면서 꽃바람 잔 쐬고 밥은 집에 들어가서 묵자. 네 좋아하는 불고기 해 놨는디 낼 묵으면 맛이 떨어징게."

"그래요, 그럼."

민화는 어머니 팔에 제 팔을 끼고는 건물 밖으로 나선다. 민화 집에서 두 달을 보내는 동안 어머니는 평생 도시에서만 살아온 신간 편한 할머니처럼 변했다. 일주일에 세 번씩 장구를 배우면서 살짝 굽어가는 것 같던 허리가 쭉 펴지고 자춤거리던 걸음도 말짱해졌다. 허구한 날 바지만 입다가 민화가 사 준 치마를 입고 살랑거리며 걸었다. 십 년쯤은 젊어진 성싶은 어머니는 남편은 아예 없는 것 같고 자식이라곤 딸 하나 낳은 여자 같았다.

"낮에보다 훨씬 많이 폈다, 꽃이. 곱다 고와."

벚꽃나무 밑에서 어머니가 꽃가지를 향해 팔을 벌리며 탄성을 낸다. 벚꽃이 날리면서 춤을 춘다. 민화의 눈에는 어머니가 곱다. 고와 코끝이 찡해진다. 민화는 코를 찡그리며 아버지는 어쩔 수 없다고 생각한다. 언제까지일지 모르지만 그때까지는 어머니는 이렇게, 아버지는 그렇게 지내실 수밖에 없다고.

자장면 한 그릇

　금당마을에는 세 명의 홀아비가 있다. 안뜸에 사는 아흔두 살의 전종 씨. 잿등 안쪽에 사는 여든여덟 살의 만수 씨. 그리고 숭모당 옆에 사는 춘근 씨다. 춘근 씨는 동네에 남은 남정네치고는 열 손가락 안에 들만치 나이가 많다. 여인네들이 흔히 여든 살, 아흔 살, 심지어는 백 살도 넘게 사는 것에 비해 남정네들은 여든 살을 넘긴 경우가 드물다.

　여편네가 가려거든 일찍이나 갈 것이지 일흔 살이 다 되어 가는 바람에 춘근 씨가 늙은 어정뜨기가 되고 말았다. 그래도 옛날 같으면 점심을 어찌할까 하는 궁리 따위는 하지 않을 것이다. 당연히 며느리가 밥상을 차려 들였을 거 아닌가. 또 옛날 상노인들은 바깥 노인당인 양사에서 으레 점심을 먹기도 했다. 그때는 양사에서 바깥 상노인들한테 밥을 해 주는 아낙이 언제나 있었다.

　숭모당에서는 요즘도 안노인들이 모여서 밥을 해 먹는다. 들판이나 공장에 나가지 못할 안노인들이 모여앉아 하루 종일 무얼 해 먹을 것인지나 궁리하며 소일했다. 춘근 씨네 대문이 숭모당 마당의 서쪽에 나 있어서 안노인들이 날마다 뭘 해 먹는지, 덜 늙은 아낙들한테서 무얼 차려 받는지 대충 알 수 있었다. 어떤 날은 수육을 삶고 어떤 날은 백숙을 끓이고 어떤 날은 돼지고기 썰어 넣은 김치국을 끓여먹고 어떤 날은 비빔밥을 해 먹는 그네들. 보통날 그렇게 날마다 다른 음식을 만들어 먹으면서도 아낙들은 양사에 있는 늙은 남정들을 몰라라 했다. 팔구십의 홀아비들이라고 거들떠보지도 않았다.

동네 살림이 여인네들 중심으로 돈 지는 벌써 오래 되었다. 나가 사는 자식들이나 출향 인사들이 동네에 오면 숭모당만 찾아 돈을 내놓기 일쑤였다. 차에다 바리바리 싣고 온 과일 상자며 술 상자들을 숭모당에다 내려놓고 양사 같은 건 기억에도 없는 듯이 그냥 떠나가 버리곤 했다. 심지어 선거철에 출마하는 후보들조차 표가 많은 숭모당을 열 배쯤 더 챙겼다. 그렇게 된 지 얼추 스무 해는 됐을 것이다.

춘근 씨가 오십대 후반일 때만 해도 스스로 노인이 될 거라고 생각지 못했다. 여편네가 먼저 가 버릴 줄도 몰랐다. 막내아들 생민이 마흔 살까지 장가도 못 들고 흐지부지 살다가 스무 살의 낯빛 컴컴한 태국 처녀를 데려다 장가들 줄도. 그나마도 춘근 씨가 거금을 내어 들여 준 장가였다.

장가들이고 살림 차려 주었으므로 살던 데서 좋게 살 것이지 생민은 무슨 공방인가를 차려서 쫄딱 망해 먹고 제 처자식 달고 시골집으로 들어왔다. 석 달여 전이다. 그때부터 춘근 씨 체면이 말이 아니게 되었다. 생민의 처 때문이다.

외국에서 왔을지라도 이미 아이를 낳았고 거지반 한국 사람이 되었으니 최소한의 도리를 해야 하지 않은가. 아비 집에 들어왔으니 며느리 노릇이 기본이 아닌가 말이다. 제 서방은 날일꺼리 찾아서 아침이면 차를 몰고 나가고 시아비는 새벽부터 경운기에 거름 싣고 논으로 밭으로 나가는데 명색이 며느리란 년이 점심때가 될 때까지 아래채 문을 처닫고 꿈쩍도 하지 않았다. 네 살배기 유성이가 징징거리며 들락날락 해도 그 어미는 코빼기도 내비치지 않는 것이다.

춘근 씨가 혼자 지낼 때는 당연히 혼자였으므로 새벽이면 으레 밥 안치고 국 끓이고 나무새도 무쳤다. 김치나 밑반찬은 장에 가서 사오거나 동네 아낙들이 어쩌다 한 접시 건네주는 것으로 해결했다. 또 김치 냉장고에 든 김장김치를 일 년 내 먹을 수 있게도 되었으므로 그럭저럭 괜찮았다. 생민이 식구가 살러 들어오면서 문제가 복잡해졌다. 혼자 사는 게 아닌데 혼자 살 때처럼 아침과 점심을 혼자 먹는 건 물론이고 저녁도 홀로 먹을 때마다 부아가 나는 것이다.

저희들끼리 살 때 뭘 하다가 아비 집으로 들어오면서 유성어미가 둘째를 뱄다. 아니 애는 이미 뱄고 아비 집으로 들어온 첫날부터 입덧을 시작했다. 한국 음식 냄새만 맡아도 토악질이 난다고 엑엑 게워댔다. 유성아비는 아침밥 먹지 않은 지 오래 됐다면서 으레 빈속으로 일하러 나갔다. 저녁까지 때우고 들어오기 일쑤였다.

유성어미는 안채 부엌에는 아예 발걸음도 하지 않았다. 안 먹고 사는 게 아니라 아래채 저희들 방 옆에다 작은 부엌을 따로 만들어서 태국 음식을 해먹었다. 유성아비는 집에 돌아올 때마다 검은 봉지에 담긴 걸 저희들 방으로 가지고 들어가 저희들끼리 희희낙락하며 먹었다. 입덧은 그야말로 핑계였다. 아들이고 며느리고 원래 성정이 싸가지가 깨진 바가지 같은 인종들이었다.

그래도 살아보겠다고 아비 집으로 들어온 생민 내외를 쫓아낼 수는 없었다. 내 새끼 내가 세상에 내놨으니 누굴 탓하랴. 그러면서도 춘근 씨가 요즘 끼니때마다 방황하기 일쑤인 이유였다. 특히 점심때가 심란했다. 어디든 나갔다가 점심 무렵에 집으로 돌아가자면 숭모당 마당을 지나야 했다. 숭모당 출입문이 유리문인지라 밖에서 안이 들여다보이듯 안에서도 밖이 훤히 내다보일 터. 자격지심이겠으나 안노인들이 앉아 내다보면서 무슨 소리들을 할까 싶었다. 여편네를 그렇게나 구박해대더니 영감태기 꼴사납게 됐다고 흉 볼 것도 같았다.

젊은 날 그랬다. 가진 거 없고 배운 거 없이 도시에서 떠돌다가 고향집으로 오면 여편네는 암캐처럼 새끼들을 주렁주렁 달고 있었다. 아들 셋에 딸이 둘이었다. 춘근 씨를 그렇게 만들어 놓은 늙은 부모는 소처럼 일만 해댔다. 부모가 미웠다. 되는 일이라고는 하나 없는 세상이 분해서 만만한 여편네를 휘두르곤 했다. 그때마다 아버지가 소리쳤다.

"이놈아, 네 자식들이 배운다."

마흔 살이 넘어서야 도시에서 자리잡아보려던 생각을 포기하고 돌아왔다. 아비가 돌아오니 자식들이 자라 나가기 시작했다. 자식들 고등학교라도 마쳐 주자싶어 부지런히 농사지었다. 농사란 게 아랫돌 빼서 윗구멍 막는 식이지만 손발이 닳도록 일했다. 어쨌든 자식들은 키워냈다. 십여 년 전까지는 이장 노릇도 몇 번했다. 담배 값 할 만한 수당이 나왔고, 동네가 원체 커서 군청이며 면소에 드나들 일이 많았다. 농협은 물론 동네가 갯바닥을 달고 있는 덕에 수협에도 출입했다.

천 몇 백에 이르던 동민이 반절 이상 넘게 빠져버린 때였어도 그 무렵까지는 이장 노릇이 광채가 났다. 그때는 여편네도 있었다. 이장 세 번에 어촌계장이나 개발위원장 등을 두어 번씩 하고 나니 육십대가 훌쩍 지나갔다. 그러느라 여편네가 암에 걸린 걸 몰랐다.

여편네 자신도 몰랐으므로 춘근 씨 잘못이 아닌데 자식들은 아비를 탓했다. 특히 두 딸의 원망이 심했다. 아비가 제들 어미를 못살게 만들어 일찍 죽게 했다는 것이다. 그러면서 딸들은 늙어 홀로된 아비를 돌아보지 않았다. 제 어미 젯날에나 왔다갈 뿐이다.

"집집마다 다 그렇기는 한 것 같더라만."

춘근 씨는 혼잣말을 중얼거리며 밭 갈기를 끝낸다. 농사를 시작할 빈 밭에 알칼리 비료를 뿌리고 관리기로 갈았다. 관리기를 밭머리에 세우고 포장으로 덮어두고는 도라지 밭으로 간다.

도라지가 3년이나 묵었다는 걸 며칠 전 점덕어매한테 들었다. 도라지 심은 밭 왼쪽이 점덕네 밭인데 점덕어매가 자기 밭 둘러보러 왔다가 그 생각이 났던 모양이었다. 동각 앞에서 만났을 때 그랬다.

"아재, 도라지 오래 놔두면 썩을 수가 있응게, 캐등가, 캐서 다시

묻든가 그래야 할 것이오."

그리 아는 체를 하고 난 그날 점덕어매한테 사고가 났다. 점덕어매는 15년 전쯤부터 사발이 오토바이를 타고 다녔다. 칠남매가 각출해서 사줬다는 사발이를 자기 몸보다 편하게 사용했다. 그런 사발이를 타고 길 아래 논으로 추락했던 것이다. 쑥이며 나물을 캐서 돌아오던 길이었나 보았다. 사고 난 장소가 동네에서 3킬로 남짓이나 떨어진 제비나리 들판이었고 해가 막 진 뒤였다. 근방에 사람이 없는데다 점덕어매가 한참 동안 정신을 잃는 바람에 주변이 캄캄해지고 말았다.

집에 돌아오지 않는 점덕어매를 뒷집의 윤후네가 찾기 시작했다. 동네 노인들은 동네 밖으로 나갈 때는 주변에 알리기 마련이었다. 하다못해 읍내 장에 갈 때도 장보러 간다고 말하고 다녔다. 윤후네는 해가 졌는데도 앞집에 불이 켜지지 않자 숭모당에 전화 걸어 점덕어매 거기 있냐고 물었다. 없다고 하자 이장한테 전화 걸어 점덕어매 찾는 방송을 하게 했다.

점덕어매는 제비나리에서 발견됐다. 사발이가 점덕어매의 하체를 망가뜨려놓고 짓누른 채 빈 논에 박혀 있었다. 이장이 함부로 건드릴 상태가 아니라면서 119를 불렀다. 점덕어매는 그 길로 병원으로 실려 가고 말았다. 아마도 온전해져서 돌아오기는 어려울 것이었다.

"사방에 쑥이고 노물이고 천지구만, 산삼을 캘 것도 아님서, 먼 놈의 것을 캤다고 제비나리까지 가서! 멍청한 게 그라재. 욕심만 많어갖고. 하이고!"

재작년 정월에 같이 팔순을 치른 동갑이라 아무래도 좀 임의로운 점덕어매를 흉보고 난 춘근 씨는 새눈을 뜬 도라지 사이에다 가래를 박는다. 엊그제 봄비가 내린 덕에 가래가 쑥쑥 들어간다. 흙무더기 속에 든 도라지들이 유성이 손목보다 굵다. 도라지 뿌리를 털어대고 있는데 전화기가 울린다. 양사 밑에 사는 여든네 살의 풍종 씨다.

열한 시. 같이 점심 먹자는 전화일 것이라 반갑다. 그렇잖아도 진작부터 허기가 들었다. 집에 가서 혼자 부엌 뒤질 일이 심란해 뻗대고 있던 참이다. 배를 곯는 세상이 아니고, 먹을 게 없는 처지가 아님에도 며느리 눈치를 보고 숭모당의 늙은 아낙들이 무얼 먹는지 신경 쓰는 스스로에 멀미가 났던 것이다.

"예, 성님."

"머 항가?"

"돌갓 캐요."

"돌갓 머할라고?"

"생민이 놈이 집 짓는 일을 하고 댕기느라 먼지를 많이 쓰고 상게 즙이나 내 줄라고요."

"거 아무짝에도 쓸데없는 막둥이 놈 먼지는 우선 내비두고, 자장면 시킬란디 자네도 묵을랑가?"

자장면 값을 각출하여 배달시키자는 뜻이다. 더러 칠순이니 팔순이니, 자식들한테 좋은 일이 생겼느니 하면서 점심을 내기도 하지만 그야말로 더러 생기는 일이다. 밥은 하루 세 끼니를 먹어야 하고 점심도 날마다 찾아온다. 읍내서 배달시키는 음식은 최소한 십인 분은 돼야 한다. 자장면도 열 그릇은 시켜야 배달해 준다. 마누라가 공장에 가버리고 허구한 날 홀로 점심을 궁리하는 풍종 씨는 지금 자장면 열 그릇을 채우기 위해 사람을 찾고 있다. 마누라가 서울 딸네 집으로 달아나버린 용국 씨도 빠지지 않을 것이다.

"좋지라. 금방 넘어갈 게라."

"옴서 봄동이 몇 포기 뽑아오소."

"우리 밭에 봄동이 없는디요?:

"흔해 빠진 거시 봄동인디 둘러보믄 아무 데나 있것제. 곧 꽃 피어불면 거름으로나 쓸 건디 몇 포기 뺀다고 누가 뭐랄라디? 보드라운 것들로 빼 와. 돌갓도 몇 뿌리 갖고 오고. 초장에 푹푹 찍어 묵게."

전화가 툭 끊긴다. 노인네 참! 춘근 씨는 쓴 웃음과 함께 전화기를 들여다본다. 스스로 상노인 반열에 들었지만 다른 노인들이 자기 할 말만 하고 전화를 툭툭 끊을 때마다 노인네들 참, 하는 혼자 소리가 나오곤 한다. 들어주는 사람 하나 없는데도 혼자 소리는 어찌 그리 자주 나는지.

쯧쯧, 혀를 차며 전화기를 접어 넣은 춘근 씨는 주변을 둘러본다. 새삼스러울 것 없이 온 동네 전답의 절반이 계성재 것이라 춘근 씨 밭의 앞과 옆도 그 집 것이다. 왼쪽 점덕네 밭에는 냉이만 있는 것 같은데 그 옆 계성재 밭 한 귀퉁이는 남새들로 퍼렇다. 안주인이 아파도 겨우내 남새들이 잘만 컸다. 부잣집 마나님의 병명은 길기도 해서 다 외지도 못하지만 홍림당한테 우울증과 치매가 겹쳐 왔다는 건 춘근 씨도 안다. 작년 봄이었다. 그 집도 이제 끝났구나 싶었다.

150

백 살 넘은 매구 할매에 치매 걸린 마누라까지, 동국이 그 사람도 이제 별 수 없겠거니, 했다.

오래오래 전, 춘근 씨 열세 살에 6.25가 났다. 어린 춘근은 운대들에 있는 운대학교의 졸업반이었다. 해방되기 일 년 전에 계성재 논을 닦아 세운 학교였다. 인공군이 학교를 점령했고 동네 청년 십수 명이 밤이면 뒷재 넘어 갯가에서 징이며 꽹과리 치고 새 세상이 왔다는 것을 지레 축하했다.

그런 밤이 여러 날 계속되던 무렵에 춘근과 또래 몇이 계성재 뒤뜰 담을 넘어가 닭장을 범했다. 첫날은 겁이 나 한 마리를 집어냈고 둘째 밤에는 두 마리를, 세 번째는 다섯 마리를 잡아 모가지를 비틀어 갯가로 넘어갔다. 인공 세상에서는 집집마다 똑같은 논밭을 가지고 똑같은 음식을 먹고 살게 된다는 말을 동네 형들에게서 들으며 갯물에 씻어 구운 닭다리를 뜯었다. 날마다 닭다리를 뜯으며 살게 될 수도 있을 미래에 대한 기대로 흥분하고 들떴을 것이다.

그런 기대와 흥분이 며칠만에 깨졌던가. 춘근이 포함된 패거리가 계성재 담을 넘어가 닭을 잡아낸 것을 알아챈 아버지가 지게 작대기를 들었다. 작대기를 대충 몇 번 휘두른 게 아니라 춘근의 살가죽이 터져서 피 칠갑이 될 때까지 패며 소리소리 질러댔다.

"그 집 담을 넘어가서 닭을 잡응게 좋디? 피가 막 끓음서 신이 나디? 괴기가 달디? 늬 증조부 때부텀 우리가 그 집 전답 부쳐 묵고 살아왔다. 다른 동네 논의 도지의 반에 반도 안되는 게 그 집 전답이다. 늬 입에 거미줄 안 치고 살다봉게 그걸 모르겄디? 엉? 징치고 꽹과리 두드린다고 세상이 달라질 줄 아냐, 이 썩을놈아. 여순 반란 때 대주 부자가 다 죽어부러도 끄떡도 안하는 집이다. 몇 백 년을 끄떡 없이 그러고 지내온 그 집이란 말이다. 늬가 댕기는 학교 세우고, 늬 입에 들어가는 쌀 찧는 방앗간도 그 집이 세웠다. 근디, 개좆만 한 새끼가 뭘 안다고 나대냐, 나대길."

그때 아버지가 옳았다. 인공군은 열세 살 춘근의 몸에 붙은 피딱 지가 다 떨어지기도 전에 사라졌다. 육십 몇 년이 지난 지금도 이 동네에서는 계성재 땅을 밟지 않고는 할 수 있는 일이 없다.

당장 홍림당 밭에 들어가 퍼런 잎을 번뜩이고 있는 봄동 배추 몇 포기도 뽑기 어렵다. 열세 살 그때 아버지한테 맞은 매가 워낙 독했 던지라 계성재 것이라면 풀 한포기도 만지기 싫은 버릇이 들었다. 젊은 날 도시를 떠돌았던 것도 그래서였다. 결국 돌아와 계성재 땅을 밟으며 살고 있지만 그 집 건 손대지 못한다는 게 천성처럼 굳었다.

"말자, 말어."

혼자 말한 춘근 씨는 체머리를 흔들고는 캐 놓은 도라지들을 포대 에다 주워 담는다. 얼추 20킬로나 되겠는데 이왕 읍내 건강원에 내다 맡길 거 한 솥 채우자면 오후에 다시 나와야 할 성싶다. 도라지 포대 를 오토바이에 싣는데 타타타 소리를 내며 넘어온 사발이가 홍림당 배추밭머리에 멈춰 선다. 광주댁 성심이다.

춘근 씨는 스물댓 살 무렵 제대를 하고 돌아왔다. 그 무렵에 성심 은 열댓 살이 됐다. 가만 보아하니 동네 안에 성심을 좋아한 놈들이 여럿이었다. 좋아해도 좋아한다고 말하는 게 아니라 다들 삐딱했다.

과수원에 열린 복숭아도 아니건만 서로 먼저 성심을 따먹으려 별렀다. 누가 먼저 따먹는지 보자고 내기하는 심보도 있었다. 복숭아처럼 보얗던 가시내를 확 자빠뜨려 속살을 헤적이고 싶었던 놈들. 춘근 씨도 그런 생각이 없었다고 할 수는 없다.

당시 계성재의 어른이 여례당이었다. 온 동네 사람이 그 어른 앞에서는 고개도 들지 못했다. 여순 반란 때 남편과 외아들을 사흘거리로 잃고 6.25 탓에 과부 외며느리까지 잃은 뒤 여례당은 당신을 거스르는 사람을 보아내지 않았다. 인공시절에 갯가에서 징치고 꽹과리 쳤던 청년들은 동네에서 살 수 없었다. 춘근을 비롯한 어린 축은 어렸던지라 용서 받았다. 부모들이 여례당 앞에 납작 엎드려 싹싹 빈 덕이기도 했다. 여례당이 허어, 소리만 해도 온 동네가 숨을 죽이던 시절이었다.

결국 아무도 성심을 건드리지 못했다. 성심은 몇 해 간이나 동네 청년들을 설레게 하고는 녹동 근방의 살 만한 집으로 시집갔다. 서방이 순천고등학교를 졸업한 놈이라 했다. 군대 갔다 오면 취직하기는 일도 아닐 것이라 잘 간 시집이었다. 그랬던 성심이 오십여 년 만에 계성재로 아주 돌아와 평생 그 집서만 살았던 양 살림을 돌보고 있다.

사발이에서 내려 얼멍얼멍한 고무 바구니를 들던 성심이 춘근 씨를 알아보고는 소리친다.

"아재, 돌갓 캐요?"

"어이. 자네는 뭐 할라고?"

"우리 연이가 만날 퍼런 것만 찾아대서 봄동이랑 나무새 잔 솎아 갈라고 왔소."

연이는 계성재 당주 류동국의 고명딸 은현이다. 일이 되려면 뒷걸음을 쳐도 쥐를 잡는다더니 류동국이 그런 사람이었다. 홍림당이 치매에 걸리자 성심이 그 집 살림을 살아 주러 들어왔고 소설 쓴다는 은현이가 결혼하고서도 친정에 눌러 살면서 쌍둥이를 낳았다. 치매 걸린 내자를 잃어버려도 하루가 가기 전에 찾았다.

"거 배추 몇 포기 줄라나?"

"하믄요. 몇 십 포기라도 드리제라. 그래도 건너와서 가져는 가시오. 내가 시방 바쁘거든요."

소리쳐 대답한 성심이 봄동이 심긴 이랑으로 들어간다. 춘근 씨는 도라지 포대를 들고 밭머리로 나선다. 오토바이 짐칸에다 도라지 포대를 실어놓고 실팍한 몇 뿌리를 들고 성심 쪽으로 다가간다. 성심은 쪽칼로 넓적한 배추 밑동을 싹둑 오려 겉잎을 떼어내고 바구니에 담고 있다. 네댓 포기쯤 되려는가. 제 필요한 것을 채운 성심이 허리를 세운다.

"며칠 전에 점덕어매는 열 포기나 솎아 가시든디 그거 잡수지도 못하셨것네요. 아재는, 몇 포기나 드릴께라?"

점덕어매가 춘근 씨한테 도라지 캐라고 말 한 날 홍림당 밭에 봄동을 캐러 왔던가 보다. 자식들한테 봄나물 보내 주려고 제비나리까지 갔다가 그 꼴을 당하고 만 것이다.

"양사서 모여 점심 묵자는디 한 열 사람이나 될 거라. 세 포기만 주소. 그리고 이건 새로 캔 맛으로 가져가 할매 상에 올리소."

성심 씨가 고무장갑 낀 손으로 춘근 씨가 내민 도라지 다섯 뿌리를 받는다.

"밑이 아조 잘 들었구면요. 맛나겄어요. 채 쳐 갖고 푹 우려서 보들보들하게 볶아 우리 할매 저녁상에 올릴라요."

남정들은 쓰디 쓴 생도라지를 초장에 찍어먹는 것밖에 생각 못하는데 아낙들은 도라지를 우리고 채치고 보들보들하게 볶아 상에 올린다. 생각해 보면 먼저 간 여편네도 그랬다. 도라지를 나물로 만들고 탕으로 끓이고 백숙에 넣고 장아찌를 만들고 초무침을 하고 강정으로 만들고 약물로 우리곤 했다. 여편네가 살아 있을 땐 그걸 몰랐다. 모든 것이 당연하기만 해서 한 번도 고마워한 적이 없다.

"할매는 요새 잔 어떠신가? 통 안 보이시든디?"

"아직 날이 차다고 못 나가시게 항게 집안에서만 지내시지라. 그래도 방안에만 계시는 건 아니고 하루 한 번씩은 집안 곳곳을 돌아보심서 이래라 저래라 참섭하시고요. 쌍둥이 들여다보고 봄이 데리고 노시는 재미에 갑갑한 건 모르시는 성싶어라."

중얼거리며 봄동 다섯 포기를 도려낸 성심이 겉잎 떼어낸 배추들을 포개 내밀며 묻는다.

"상추하고 시금치도 잔 솎아 가실라요?"

겨우살이를 해낸 상추와 시금치가 갓난아기 손바닥만 할망정 싱싱하고 푸르다. 하지만 양사로 가져가 봐야 쓸 데가 없다. 상추는 겉절이라도 해야 하고 시금치는 나물을 만들어야 하지 않은가. 칠팔구

십 대의 늙은 남정들한테 그건 그림 속의 떡이다.

"아니, 자장면 묵는디 상추나 시금치는 소용없겠네. 자네가 와서 해 줄 것도 아니고."

이랑에 엎드려 상추를 솎던 성심이 휙 돌아보며 소리쳤다.

"별 꿰착시런 소리를 다 듣겠네요. 내가 뭣 땜시 우리 식구 놔두고 양사 가서 남의 남정네들 반찬을 해 준다요?"

"긍게."

"시답잖은 소리 그만 허시고 봄동 갖고 얼렁 가씨오."

괜한 소리 한 마디 했다가 묵사발이 되고 말았다. 할 말이 없기는 하되 분하지 않는 것은 아니다. 제가 아무리 해 봐야 계성재 진짜 식구는 아니지 않은가. 어떻게 따져도 성심이 계성재 사람들과 피 한 방울 섞이지 않은 걸 동네서 모르는 사람이 없다.

하기는 그래서일지도 몰랐다. 피 한 방울 안 섞였음에도 딸자식인 듯 키워 시집보내고 평생 친정 노릇을 해주었지 않은가. 그래서 계성재는 성심의 친정이자 제 집이었다. 따지고 보면 매구 할매도 그랬다.

매구 할매는 백 년도 전에 계성재에 업둥이처럼 들어와 자라 시집 갔고 시집간 지 십여 년 만에 다 죽은 몰골로 되돌아왔다고 했다. 류동국의 조모인 여례당이 아직 젊었을 때였다. 매구 할매도 그때는 젊었다. 계성재로 돌아온 매구 할매는 신기가 생겨 있었다고 했다. 삼신할미로부터 신내림을 받았다는 소문이 난 건 젊은 날의 매구 할매가 산파 노릇을 시작했기 때문이었다. 이후 매구 할매가 받아낸 아이가 천 명이 넘을 것이라고 했다. 그 많은 아이를 받아내면서 내내 계성재에서 살았던 매구 할매는 여례당이 돌아간 뒤 류동국의 할머니가 되어 현재에 이르렀다.

류동국은 매구 할매를 친할머니처럼 섬긴다. 아니, 할머니를 그처럼 섬기는 인간은 없으므로 부모 잃은 외동손녀인 양 돌본다는 게 맞을 터이다. 할매가 장수하시는 이유였고, 할매가 영화의 주인공으로 나오게 될 까닭이다.

일 년 반 동안이나 동각에 죽치고 살면서 매구 할매를 영화로 찍었던 영화장이들이 철수한 게 은현이 쌍둥이를 낳은 뒤였다. 머지않아 〈매구 할매〉라는 영화가 나올 것이라 했다. 그쯤에는 금당이 유명해질 것이라고 이장 민성이 설레발을 쳤다. 동각의 허물어진 데를 보수하고 양사와 숭모당을 잘 가꾸면서 매구 할매가 더 오래 잘 사시도록 하자는 게 세 번째 이장 노릇을 하는 민성의 뜻이었다.

"글먼 나는 가 볼라네. 배추 잘 묵겄네."

춘근 씨는 앵도라져 대꾸도 안하는 성심을 두고 봄동 배추를 가지고 밭을 나온다. 오토바이로 집엘 가자면 잿등을 넘어가 사장나무 밑을 지나서 큰뜸 광장을 거쳐 숭모당 앞을 지나야 한다. 숭모당에 아낙들이 바글거리고 있을 시각이지만 하는 수 없다. 광장에 이르러 속력을 높인다. 숭모당 앞을 쌩하니 지나가기 위해서다.

이제는 기억조차 가물거리지만 예전 광장에는 방앗간이 있었다. 일제시대에 계성재가 세워 동네에 희사했던 방앗간은 금당은 물론 삼동네 방아를 다 찧었다. 곡식만 찧는 게 아니라 떡쌀을 찧고 절편과 가래떡도 뽑아냈던 방앗간을 말끔히 철거시킨 게 20년쯤 됐을까. 춘근 씨가 이장노릇 하던 때였다. 동네 유물로라도 놔두자는 의견과 철거하자는 의견이 비등했을 때 춘근 씨가 앞장서서 걷어치웠다. 다섯 대의 트럭이 대여섯 번씩 드나들고서야 방앗간이 빈터로 남았다. 그 자리에 시멘트를 들이부어 방앗간 흔적을 지워버리고 나니 몇 십 년 묵은 체증이 사라진 것만치나 시원했다. 그게 처음이자 마지막으로 누려본 권력의 맛이었을 것이다. 이후론 늙기만 해 왔다.

대문은 오전에 나가며 닫아둔 그대로이다. 관리기로 밭을 갈고 도라지 캐면서 뒤집어 쓴 흙먼지가 많았던 터라 샤워는 못해도 옷이라도 갈아입어야 했다. 열한시 반이나 됐을까. 뜻밖에도 며느리가 아래채 문을 열고 내다본다. 등에 유성을 업었다.

"아부지, 밭에 갔다 왔어요?"

시집 와 한 오년 쯤 되니 한국말은 제법 했다. 말법에 맞는 존대까지는 춘근 씨도 바라지 않는다.

"오냐. 에미 늬는 뭔 일로 벌씨로 일어났냐?"

"아부지, 나, 자장면 먹고 싶어요."

"머어?"

"유성 아빠한테 자장면 사서 오라고 했는데 시간이 없다 해요. 아부지가 오토바이 타고 가서 자장면 사요. 아니, 사 주요."

별꼴을 다 당하는 걸 보니 너무 오래 살고 있는 모양이다.

"오토바이에 에미 늬랑 유성이 태우고 읍내까지 나가 자장면을 먹자는 말이냐?"

"네. 십오 분 걸리잖아요."

"늬 입덧은?"

"잇더시오?"

"한국 음식 냄새만 맡아도 욱욱 게운담서. 그렇게 하는 늬 입덧 말이다. 끝났냐?"

"아아, 오바이트! 몰라요. 배고파요. 자장면 먹고 싶어요. 아부지, 나 자장면 좋아요. 읍내 가요, 사 줘요."

낯빛 검은 스물다섯 살짜리 며느리와 네 살배기 손자를 오토바이에 태우고 읍내까지 갈 자신은 없다. 그렇다고 자장면 한 그릇 먹자고 세 식구가 택시 불러 타고 나가기엔 낯부끄럽다. 숭모당 마당에 택시가 와 멈추고 세 식구가 타고 나가는 걸 늙은 아낙들이 죄 쳐다볼 게 아닌가.

"아부지가 양사에서 점심 약속이 돼 있다. 늬 자장면은 저녁에 유성애비 오면 차 타고 나가서 먹어라."

"나 지금 배고파요."

"우선은 아무거나 찾아 묵고!"

"아부지 양사서 자장면 묵죠?"

"글건디, 왜?"

"나도 양사 갈래요."

"머어?"

"자장면 같이 가요. 아니 같이 나도 먹어요. 유성이도요."

기가 막히되 화가 나지는 않는다. 자장면 열 그릇 시키면 보통 열

두 그릇은 오기 마련이고 군만두 두 접시는 따라 오지 않은가. 오늘 점심에 올 사람이 아무리 많아야 열 명은 넘지 않을 터, 유성 모자가 따라 붙어도 모자라지는 않을 터이다. 문제는 며느리와 손자를 데리고 양사에 오는 늙은이가 없다는 점이다. 양사가 생긴 수백 년 이래 없었을 것이다. 법이야 새로 만든다 치더라도 그럴 경우 자장면 열 그릇 값을 춘근 씨가 내야 한다는 게 더 큰 문제다. 지난 설에 큰아들이 쥐어 주고 간 5만 원 권 여섯 장이 지갑 속에 들어있긴 하다. 자식한테 정말 모처럼 받은 돈이라 지갑에 넣어두고 신주단지처럼 모셔왔다.

'신세 참말 조졌다!'

속으로 뇌까린 춘근 씨는 오토바이에서 내린 봄동을 유성어미한테 건네며 씻으라 하고는 자신의 방으로 들어온다. 옷을 갈아입고 벗은 옷을 세탁기에 넣고는 풍종 씨한테 전화를 건다.

"자장면 왔소?"

"사람 수 맞추느라고 인자 주문 넣었네."

"전종 냥반이랑 만수 성님이랑, 다 오셨소?"

"암만."

"글면 성님, 자장면 집에 전화해갖고 자장면 두 그릇 더 해 달라고 하고, 그 머시냐, 탕수육도 대자로 세 접시 해 달라고 하시오. 빼갈도 둬 병 갖고 오라고 하시고요."

"그 돈이 다 어디서 나가니?"

"내가 살라고요."

"뭣 땜시?"

"군식구 둘을 데꼬 가야 해서 그래요. 당장 자장면을 못 묵으면 숨 넘어가겠다는 물건이 있어갖고."

"누군디, 메누린가?"

"갸가 물정도 풍속도 모릉게 시압씨 자장면도 묵것다고 안 댐비요?"

"그라믄 자장면 두 그럭만 더 시키면 되제."

"이참에 한 번 낼라고 그래요. 막내메누리 볼 때나 그 손지 날 때나, 그냥 지나가 부렀응게요. 성님, 추가 주문 너씨요. 내 봄동이랑 돌갓이랑 씻어갖고 메누리랑 손지 데꼬 갈랑게."

"그라믄 그라세. 맬갑시 호강하게 생겼구만."

"예, 오늘 낮에는 흔전하게 묵읍시다."

한 15만 원 쓰겠지만 젊은 며느리와 어린 손자를 오토바이나 택시에 태우고 읍내까지 갈 것에 비하면 그리 큰돈이 아닌 성싶다.

마루로 나서니 유성이는 마당에서 아장거리고 유성어미는 샘가에서 수도꼭지를 틀어놓고 배추를 한 잎씩 씻고 있다. 작은 이파리를 제 입에 넣어 오물거리면서 퍼런 배추를 말갛게 부신다. 봄 햇살이 검은 낯에 비쳐 반짝거린다. 하이고. 괜한 한숨을 한 번 쉰 춘근 씨는 손자를 향해 이리 온나, 하며 손을 내밀어본다.

더 아픈 손가락

일섭 씨 큰아들 치국은 마흔 살 넘으면서야 장차 교감이 돼 보려는 노력을 시작했다. 노력에도 때가 있는지라 노력이 한참 늦었다. 교감이 되려면 도서벽지 학교에서 근무해 얻는 점수가 있어야 하는데 치국이 교감 자리를 염두에 두었을 때는 그 점수가 아예 없었다. 그게 치국의 처 때문이라는 게 일섭 씨 생각이었다.

치국의 처가 원래 몸이 가녀리고 약했다. 그러면서도 연년하여 자식 셋을 낳았다. 아이들이 고만고만하게 어릴 때 치국이 도서벽지 학교 근무를 생각했다. 그 무렵 애들 어미는 저 혼자 애 셋을 돌볼 수 없노라 울고불고 했다. 약한 몸으로 아이 셋을 혼자 감당하기 어려울 만은 했다. 애들 아비가 퇴근하고 와서라도 거들어 줘야 저도 숨을 쉬고 살 것이었다.

그걸 모르지 않았으나 당시 일섭 씨는, 그러면 치국이 섬 학교로 갈 때 식구들이 같이 가면 될 성싶었다. 도서벽지 학교는 선생한테

관사가 주어진다고 하고, 관사가 없더라도 시골에 널린 게 빈집이니 학교 가까운 곳을 얻어 살면 될 것 같았다.

그건 일섭 씨 생각이었을 뿐 애들 어미는 시골살이, 그것도 섬 살이는 절대 못한다고 뻗댔다. 핑계는 애들 학교 문제였지만 도시에서 나서 도시에서만 사는 사람이라 시골살이를 겁내는 것 같았다. 애들 어미한테 시골은 감옥이나 한가지로 보이는 성싶기도 했다.

그러저러하다가 치국이 도서벽지 학교로 가서 근무를 시작한 게 제 마흔댓 살이나 됐을 때, 애들이 중, 고등학생이 되고나서다. 그로부터 십 년쯤 치국은 섬에 살며 주말이면 제 집을 오가는 생활을 했다. 그렇게 해서 도서 벽지 학교 근무 점수는 채웠지만 교감 발령은 받지 못한 채 평교사로 퇴직하고 말았다.

치국이 정년퇴직을 몇 해 앞두고부터 명절이나 제사에 오면 지나가는 듯이 말하곤 했다.

"퇴직하면 뒷재 밭에다 나무나 심어 볼까?"

"토투메기 밭에다 자그만 양계장이나 지어 볼까?"

그냥 하는 말인지 진심으로 하는 말인지 아령칙했다. 일섭 씨는 큰아들의 말들을 한 귀로 듣고 한 귀로 흘렸다. 제 고등학교부터 광주로 가서 학교 다니고 거기서 직장 잡고 내리 살았는데 시골 와서 뭘 하려고? 텔레비전에서 허구한 날 비치는 게 귀촌 어쩌고저쩌고 하는 것이라 저도 그리 해 보겠다는 건가? 시골살이가 그리 만만하면 전국의 시골이 지금처럼 비고 네 처는 그리 한사코 시골살이를 마다하겠냐? 속으로 그랬다.

일섭 씨는 갯가를 내려다보는 언덕바지 땅인 도투메기에 닷 마지기 남짓한 밭이 있고, 뒷재와 동정지에도 한 뙈기씩의 밭이 있는데 둘을 합치면 닷 마지기나 됐다. 십여 년 전에는 윗집에 살던 와룡댁이 죽고 자식들이 집을 팔겠다고 내 놔서 그 집과 집에 딸린 텃밭을 사서 귀신 나오게 생긴 집을 헐어버리고 밭을 만들었다. 그건 한 마지기나 됐다. 오종굴에 논 열 마지기가 있고, 그 위쪽에 있던 만수 씨의 논 닷 마지기를 산 게 십 년 전쯤이다. 그러니까 밭 열둬 마지기와 오종굴에 있는 열닷 마지기 논이 일섭 씨의 전재산이다.

치국이 정년퇴직을 일 년 남긴 재작년 추석에 집에 왔을 때는 정식으로 입을 열었다.

"저 퇴직하고 난 뒤에 도투메기 밭에다 나무를 심고 그 안에다 벌통을 놓아 노후를 소일하고 싶은데 아버지, 허락해 주실랍니까?"

일섭 씨는 치국의 말이 가소로웠다. 꼴뚜기가 뛰면 망둥이도 뛴다더니! 제 아재뻘인 현섭이 붉은데기에다 벌통을 놓고 제법 돈을 버는 것 같으니 저도 할 수 있을 것 같은 모양이었다. 그림같이 차려놓은 벌통만 보았지 벌통을 그처럼 차려놓기 위해 현섭과 그 처가 벌통에 공력을 얼마나 들이는지, 그 일이 얼마나 험한 일인지 모르고 하는 소리였다. 더구나 그게 홀로 할 수 있는 일이 아니었다. 내외가 붙어서 죽어라 일해야 하는데 치국의 처는 그런 험한 일을 할 사람이 못됐다. 험한 일은커녕 아예 시골에 와서 살 생각이 없었다.

일섭 씨는 속으로 '아나, 나무! 아나, 벌통이다!' 그랬다. 경운기 한 번 몰아본 적 없는 위인이 무슨 나무 농사를 짓고 벌을 친단 말인

가. 속으로는 그리 생각했을망정 가타부타 말은 하지 않았다. 치국의 말이 지나가는 소리겠거니 했다. 게다가 일섭 씨 내심으로 전답을 물려 줄 아들은 따로 있었다.

일섭 씨는 아들 셋에 딸이 셋인데 여섯 자식 중 다섯이 대학이나 전문대를 나와 교사나 간호사를 하고 있었다. 자식 다섯을 선생과 간호사로 키워내기까지 일섭 씨 내외는 변변한 속옷 한 장, 쓸 만한 양말 한 켤레 없이 살았다. 줄줄한 자식들의 등록금이며 생활비 대느라 양사나 숭모당에 밥 한 번 낼 여유가 없었다. 그나마 농사로는 어림도 없었을 터이나 뒷재 너머의 개펄 덕에 어찌어찌 해냈다. 막둥이 석국한테는 못했다.

석국이 읍내 종합고등학교 2학년 다닐 때 일섭 씨가 경운기 사고를 당해 이태 가까이 일을 못 했다. 아비가 운신을 못하니 석국이 틈나는 대로 경운기를 몰고 다니며 농사를 대신했다. 제 어미가 갯바닥에 바지락이며 굴을 따러 갈 때 갯마중도 석국이 했다. 그렇게 부모 일을 도우면서 고등학교를 마치자마자 입대 먼저 했다. 제대하고는 금형 기술을 배웠다. 기술이 있으니 직장 잡기는 어렵지 않은 것 같았다. 그런데 한 직장에서 오래 버티지를 못했다. 몇 년마다 옮겼다. 오죽하면 직장을 옮길 것이며 직장을 그리 옮기는 놈이 무슨 돈을 여축했으랴. 돈 여툴 새가 없으니 제 공장을 차릴 수가 없어 마흔여섯이나 된 나이에도 뜨내기처럼 지냈다.

일섭 씨는 다른 자식들에게는 할 만치 했다 자부하므로 거리낄 게 없었다. 석국이 아직 자리를 못 잡은 건 마음이 쓰였다. 막내며느리

도 짠했다. 막내며느리는 애 둘을 낳았는데 살림이 빠듯한 탓에 공
장을 다니며 맞벌이를 했다. 그러면서도 명절이나 제사 때면 다른
며느리들과 달리 하루나 이틀 앞서 왔다. 와서는 땀을 뻘뻘 흘려가
며 집안의 묵은 때를 말끔하게 벗겨냈다. 제 서방을 부려가며 집안
구석구석에 쌓인 쓰레기를 치우고 부서진 곳을 고치게 했다.

제사상이나 명절 차례 상을 차릴 때도 막내며느리가 제일 정성스
러웠다. 명절 뒤끝에도 그저 달아나는 게 아니라 여러 식구가 저질
러놓은 흔적을 말갛게 치워놓고 떠나곤 했다. 제 부모를 다 여읜 때
문인지 늙은 시부모를 애틋해 했고 안부를 묻는 전화도 잘 걸어왔
다. 어찌 예쁘지 않고 짠하지 않겠는가. 전답을 팔아서라도 막둥이
가 공장을 차리는 데 도움을 주고 싶었다. 이 아비가 한 일억이라도
해 줄 테니 보태서 어떻게든 해 봐라! 그렇게 큰소리쳐 주고 싶었다.

문제는 이 동네 땅값이 워낙 헐하다는 점이었다. 공시지가는 따질
것 없이 오종굴의 옥답 한 평의 실거래가가 남의 자식 결혼식에 가서
부조하고 얻어먹는 갈비탕 한 그릇 값만 했다. 밭 한 평은 읍내 다방
가서 마시는 커피 몇 잔 값이나 나갈까. 그나마 좀체 팔리지도 않았
다. 농사 지을 사람 없어 묵어버린 전답이 팔방에 널린 판이었다.

외지 사람이 더러 들어와 땅을 둘러보는데 그들이 욕심내는 땅은
바다가 내려다보이는 산자락들이었다. 금당 뒤 갯바닥은 득량만에
연결되어 있었다. 뒷재를 넘어가면 바다가 보이고 바다 건너가 보성
땅이었다. 일섭 씨의 도투메기 밭도 외지 사람들이 눈여겨보는 땅이
긴 했다.

그런데 외지 사람들이 사고 싶어 하는 땅은 한 뙈기 정도가 아니라 최소한 삼천 여 평에서 많게는 일이만여 평씩이었다. 그들은 그림 같은 집 한 채 지어놓고 전원생활을 하겠다는 게 아니라 값이 헐한 넓은 땅을 사서 아예 농장을 만들려는 사람들이었다. 공장이나 축사, 돈사 부지로 돌아보고 다니는 사람도 있었다.

그런 사람들한테 일섭 씨 땅이 팔리려면 주변의 다른 집 땅들과 어우러져 같이 넘어가야 하는데 그게 또 여의치 않았다. 주변 땅의 임자가 계성재이기 때문이었다. 그 집에서는 땅을 팔지 않았다. 짓지 못하고 버려둔 논밭이 묵어 산으로 변해갈망정 매물로 내놓는 법이 없었다.

5년 전쯤에 일섭 씨가 동국 씨한테 도투메기 땅을 팔려는데 어우러져서 함께 팔지 않겠느냐 물은 적이 있었다. 동국 씨가 되레 기어이 도투메기 땅을 팔아야겠다면 자신이 거래가격으로 사겠노라 했다. 그 말을 들을 때 일섭 씨 심사가 희한했다. 땅을 판다면 외지인들한테 넘기고 싶지 계성재에는 팔고 싶지 않았다. 동네 안의 땅 절반을 가지고 있으면서도 땅을 더 갖겠다니! 아직도 지주 노릇을 하고 싶은가! 수백 년 해 먹은 걸로도 성에 차지 않아서? 지금이 어떤 시대인데!

그렇게 맘이 부산하고 입에 괴는 말이 많았으나 내뱉지는 못했다. 그냥 해 본 소리라고 얼버무리고 말았다. 돌아서서 생각해 보니 자신이 알 박기 하는 심보를 부린 것 같았다. 언젠가 동국이 자네가 혹시라도 땅을 팔고 싶을 때도 쉽지는 않을 것이다, 속으로 그랬던 것이다. 동네 안 거의 대부분의 땅이 계성재의 땅과 잇대 있듯이 일섭 씨의 전답도 전부 계성재 전답과 물려 있기 때문이었다.

이래저래 일섭 씨로서는 땅을 가지고 있을 수밖에 없는데 재작년 봄에 송차현이 동정지에 있는 세 마지기 남짓한 밭을 보러 왔다. 차현은 동정지에다 집을 짓고 노후를 보내려 한다면서 일섭 씨 밭을 사겠다고 나섰다. 어째서 하고 많은 땅 중에 동정지인가, 일섭 씨가 물었다.

"예전에 선친께서 동정지가 좋다 하셨기 때문입니다."

"자네 선친은 어째서 동정지가 좋다 하셨는데?"

"동정지 아래 새토구에 집이 있기도 했고요, 동정지 고인돌 위에 오르면 계성재 담장 안이 건너다 보이기 때문이라고도 하셨습니다."

차현이 조부와 부모가 살던 집은 금산댁네로 올라가는 길목 왼쪽에 있었다. 차현의 아비 성수가 인공시절에 여례당한테 대들었다가 도망치고 그 일족이 떠난 뒤 그 집은 헐려서 은수네 밭이 되었다.

"계성재 담장 안을 봐서 뭐하게?"

"계성재 담장 안을 보는 게 아니라 계성재의 구도가 한 눈에 들어온다는 뜻이셨지요. 참 잘 지어진 집이라고요. 제가 이번에 보니 어렸을 때보다 훨씬 더 아름다워 보이더군요. 정말 잘 보존된 저택입니다."

그렇게 요상한 소리를 시부렁댄 차현은 금당 땅 한 평에 3만 원이나 치르면 되리라 여겼던 모양이었다. 일섭 씨는 평생 일궈 온 밭을 평당 3만 원에 팔수는 없었다. 차현이 평당 4만 원을 내겠노라 했으나 그 금액으로도 넘기지 못했다. 일섭 씨가 6만 원을 쳐 주면 팔겠노라고 하자 차현이 실소하며 포기했다. 그러더니 일섭 씨 이웃에 있던 달아실댁의 오백 평 남짓한 밭을 평당 4만 원에 샀다. 달아실댁은 나이 들어 힘이 없고, 딸들 덕에 살 만해지니 기회가 되는대로 전답을 팔아대고 있었다. 동정지 밭을 시작으로 국새 아래 밭 한 뙈기, 안소재 논 열 마지기도 차현한테 팔았다.

차현은 전답을 사 놓고 제가 집을 지으러 올 때까지 달아실댁한테 농사를 지어먹으라 했는데 아직 집을 짓겠다고 나서지 않았다. 달아실댁은 재작년에 팔아먹은 밭에서 이태 연해 마늘이며 콩을 가꿔 먹었다. 논에서는 나락을 거두었다. 올해도 그럴 것이었다. 차현이 나타나면서 일섭 씨로서는 자신이 땅을 팔아먹을 염사가 없다는 걸 새삼 확인했을망정 한 차례 맘이 어수선하고 설레던 건 사실이었다.

어영부영 시간이 흘러서 막둥이 석국은 직장을 또 한 번 옮겼다. 큰아들 치국은 작년에 퇴직을 하고도 몇 달 동안 기간제 교사로 선생노릇을 더 했다. 겨울 지나고 지난 봄 학기에도 기간제 교사를 석 달 더 했다. 일섭 씨가 농담 삼아 한 십 년 기간제 선생 노릇만 해도 좋겠다야, 한 게 지난 설 무렵이었다. 그때 치국은 기간제 교사 노릇은 다음 학기로 끝이라 했다.

오늘 치국 내외가 다니러 왔다. 일섭 씨는 마침 건너가려던 양사 쪽을 멀리 바라봤다. 사실 송차현이 양사에 들르겠다고 풍종 씨한테 연락을 해 온 모양이었다. 풍종 씨가 양사 유사라 그에게 연락해 온 것인데, 일섭 씨 보기에 차현의 행보가 적잖이 수상했다.

제 부친 돌아갔다고 하면서 혼자 나타났던 20년 전부터 그랬다. 붉은데기에 팔각정을 지으라고 2천만 원을 내놨을 때부터라고 봐야 할까. 운대학교 폐교 부지를 보고 다닐 때부터라고 봐야 할까. 작년에 동정지 밭을 사겠다며 동정지에서 계성재가 훤히 건너다보이기 때문이라고 했을 때는 정말 수상했다. 언감생심, 계성재를 갖고 싶은 눈치였기 때문이다.

"아버지, 타세요."

치국이 일섭 씨 내외를 차에 태우더니 읍내 한우 전문 식당으로 왔다. 읍에서 가장 넓고 깨끗하고 고기 맛이 좋다고 소문난 식당이다. 점심시간이 아직 일러 한가하니 더 좋다. 모처럼 부드러운 소고기를 제법 먹었다. 특히 일섭 씨의 늙은 내자가 이가 부실한데 얇게 저민 채끝살을 맛나게 먹었다. 냉면과 누룽지까지 먹어 배가 미어지게 부르고 식혜로 입가심을 하는데 치국이 건너편에 앉은 일섭 씨를 향해 묻는다.

"붉은데기에 있던 현섭 아재 벌통들은 어떻게 된 거예요?"

어느새 붉은데기를 넘어가 봤을까. 동네 들어설 때부터 아예 그쪽을 거쳐 온 건가. 무슨 말을 하려고? 일섭 씨는 어쩐지 맘이 죄는 것 같지만 예사스럽게 대답한다.

"작년 가실 새복에 어떤 못돼 처묵은 종자가 해찰을 해 갖고 홀라당 타부렀다."

"누가요?"

"누가 그랬는지는 모르고, 벌통들에다 휘발유를 좔좔 뿌려놓고 한

170

줄로 줄줄 뿌림서 붉은데기까지 나가서 불을 댕개분 모냥이드라.”

현섭은 시꺼멓게 그을린 컨테이너를 놔두고 다시는 금당을 돌아보지 않을 사람처럼 떠나갔다. 떠날 때 현섭이 양사에 들러서 피눈물이 난다고 외대던 소리가 귀에 아직 쟁쟁하다. 나중에 왔던 현섭의 처는 매구 할매를 찾아가 붙들고 누가 그런 짓을 했는지 말씀 좀 해 달라고, 할매는 그런 거 다 아시지 않냐고 울며 불면서 떼를 썼다고도 했다.

현섭 내외의 행태가 어이없기는 해도 그 맘을 이해 못할 건 없었다. 정말이지 귀신이 곡하고도 남을 노릇이었다. 마을사람들이 누명을 쓰게 된 것도 문제려니와 대체 누가 그런 짓을 했는지에 대한 의구심으로 마을이 편치 않았다.

“그때 경찰이 왔어요?”

“당연시 왔제. 소방차하고 구급차도 오고. 그라고도 나흘이나 연속해서 경찰이 와 갖고 동네 사람들을 있는 대로 쑤셔 놨다. 그 동안 현섭의 벌치기를 무던히 봐 줘 왔는디, 보람도 없이 온 동네 사람이 방화 용의자가 안 돼부렀냐. 다케는 누구도 우리 동네서 벌을 못 치게 됐다. 애비 늬, 혹시라도 아직 그 생각을 갖고 있으면 포기해야 할 것이다.”

“현섭 아재가 벌통을 마을 안짝으로 너무 가까이 두기는 했지요.”

“그 덕을 톡톡히 봤제. 도로가 가까운게 물건 싣고 드나들기 편코, 동네 사람들이 옴시롱 감시롱 지켜 주고. 그랬는디 보람없이 돼 부렀다.”

"그러면 그 터는 어떻게 한답니까? 판답니까?"

"임자 맘대로 하겠지야."

"임자가 누군데요?"

"대문안집이제 누구것냐."

"그 집은 옛날부터 땅을 팔지는 않아도 누가 쓴다고 하면 내 준다면서요?"

"그거슨 호랭이가 장죽 물고 댕길 때 얘기고 요새는 거둬들이제."

"거둬서 뭘하는데요?"

"암것도 안 하고, 하지도 말라고 나무를 싱가불제."

치국에게서 무슨 말이 또 나올까 싶어 일섭 씨는 먼저 몸을 일으킨다. 내자가 일어나고 치국이 제 모친을 부축해 나오는 동안 치국의 처가 밥값을 계산한다. 치국이 결혼한 이후 내내 돈 계산은 제 처가 했다. 제사 때 매찬 값이며 어쩌다 부모한테 주는 용돈도 언제나 치국의 처한테서 나왔다. 살림을 살자면 으레 그러려니 하면서도 가끔은 큰아들이 못나 보이는 것도 사실이다.

일섭 씨가 식당의 너른 마당에 주차 된 십수 대의 차 중에서 아들 차를 찾아 두리번거리는데 막 주차한 차에서 아는 사람들이 내린다. 하필이면 계성재의 동국 씨와 성심이다. 그가 운전석에서 내려 뒷문을 열더니 차 안에서 매구 할매를 모셔낸다. 뒤따라 홍림당이 내린다. 성심이 홍림당에게 다가들어 팔짱을 끼는 사이에 동국 씨는 매구 할매를 업고 돌아선다. 일섭 씨가 부랴부랴 다가들어 동국 씨 등에 업힌 할매한테 인사를 한다.

"할무이, 식사하러 나오셨습니까?"

늙은 손자 등에 업힌 할매가 일섭 씨를 알아보고는 고개를 끄덕이며 환히 웃는다. 동국 씨가 어린아이 업은 듯이 가뿐하게 서서 일섭 씨에게 인사를 한다.

"아재, 식사하러 나오셨구먼요. 아짐이랑, 치국이 내외도 같이. 보기 좋습니다."

"볕이 따가운디, 어여 들어가시게."

"예, 먼저 가십시오."

동국 씨 식구들이 식당 문 앞에서 일섭 씨 식구들과 인사들을 나누고는 사라진다. 일섭 씨 식구들이 차에 오르려는데 막 들어온 차에서 이번에는 동국 씨 딸 은현과 그 서방이 나온다. 쌍둥이 아기와 장희 모녀 등의 대식구가 차에서 나오느라 소란하다. 은현의 서방은 키가 큰 데다 튀기라서 눈에 띄고, 장희는 몸집이 커서 도드라지는데 셋이서 아이 하나씩을 안고는 일섭 씨네 식구들한테 인사하고 식당 안으로 들어간다.

차에 올라 식당 마당을 나오는데 뒷자리에 앉은 치국의 처가 제 옆에 앉은 시어미를 향해 묻는다.

"어머니, 방금 그 할머니는 연세가 어떻게 되셨어요?"

"내가 그걸 어찌케 안다냐?"

"백 살은 넘으셨지요?"

"내가 막 시집 왔을 때도 벌써 할매라고 불리고 계셨응게 백 살은 훨씬 넘으셨겠제."

"그렇게나 연세가 많으셔도 외식하러 나오시고, 대단하시네요."

"그 손지 되는 냥반이 잘 모싱게 그라제. 손부되는 홍림당도 노인을 비미나 잘 모셨가니. 글다가 자개가 먼저 노망이 나 부렀으니 안쓰럽제."

"그 할머님이 어째 그리 특별하세요?"

"음마, 그걸 몰라서 묻냐?"

"옛날에 산파셨다면서요?"

"산파? 산파이기만 했음사 동네 사람들이 그리 떠받쳤겄냐. 내가 네 서방을 뺐을 때, 나도 아직 내가 애기 밴 걸 몰랐을 땐디, 저 할매가 나한테 아나 복돈이다, 하심시롱 10원이 든 오색 복주머니를 주시드라."

"10원이요?"

"그 30년 뒤쯤에 오색 복주머니를 또 받았는디 그 안에는 천 원이 들었드라."

"어머니가 그때도 임신을 하셨던 거예요?"

"아이갸, 뭔 소리냐? 에미 늬가 첫째 뺐을 때, 내가 손주 본다고 주신 복주머니랑게. 그때 내가 늬한테 전화로 안 물어봤냐. 애기 가졌냐고. 그래갖고 늬가 엄니 어찌께 아셨냐고 되레 묻고 그랬는디, 생각 안 나냐?"

"아! 그랬던 것 같네요. 잊어버리고 있었어요."

"젊은 것 정신머리가 헐키도 하다."

"어머니, 저도 낼 모레 환갑이에요."

"아이고 장하시!"

"그때 그 할머니한테서 받은 복주머니를 저 주셨어요?"

"그 할매한테서 받는 복주머니는 누구한테 주는 것이 아니라서, 내돌리고 그라믄 복 달아난다는 말이 있응게, 안 줬제."

"그런 거예요?"

"그라제."

"그러면 그 복주머니는 어쩌셨어요? 일 원 든 복주머니하고, 천 원 든 복주머니를?"

"그 돈은 쓰는 돈이 아닝게 집 어딘가 있것제. 하도 오래 돼 갖고 엇다가 뒀는가는 모르겠다만."

"어머니, 저도 보고 싶어요. 찾아봐 주세요."

"엇다 뒀는지 몰른단마다."

여든 줄에 들어선 아낙과 환갑이 된 아낙이 젊은 날 매구 할매한테 받은 복주머니 타령을 해 대는 사이에 차는 금당으로 들어서고 일섭 씨네 대문 앞에 당도한다. 다 늙고 살짝 덜 늙은 아낙들이 집안으로 들어간 뒤 일섭 씨는 치국에게 묻는다.

"언제 갈래?"

"왜요?"

"느그가 이따 가믄 나는 양사에나 잠깐 갔다 올란다."

지금쯤 차현이 와 있을 것이었다. 동네 안에서 살 땅을 물색하러 오는 성싶은데, 오늘은 기어코 물어볼 참이다. 뭘 하려고 동네 땅을 사 모으는 거냐고.

"그럼 아부지 양사 가시기 전에 여쭤 볼게요. 제가 도투메기 밭에 나무 심고 벌통 놓는 거 허락하실 겁니까?"

"벌통은 안 된당게 그란다! 동네 사람들이 앞으로 동네에 벌통은 들이지 말자고 결정했당게."

"나무는요?"

"뭔 나무를 심고 자퍼서 그 타령이냐?"

"황칠나무를 심어볼까 싶어서 이것저것 좀 알아보고 있습니다."

"해마다 마늘 심고 고추 싱가 묵는 밭에다 황칠나무를 싱가갖고 뭘 할라고야?"

"키우는 재미 보다가 돈 벌지요."

"그걸 십 년은 키워야 쓸 것인디 어느 세월에야? 그라고 나무가 꽂아만 논다고 크는 줄 아냐?"

"작정하고 심으면 부지런히 키우겠지요."

"싱가 놓고 누구 애를 믹일라고야. 늬 엄니나 나나 인자 자식 치다꺼리 할 심이 없단마다."

"엄니랑 아버지한테 부담 안 되게 해야지요."

"말이 쉽제 늬가 일판 벌여 노면 우리가 두 손 묶인대끼 쳐다만 보고 있어진다냐?"

"부담 안 드린다니까요."

"같은 소리 자꾸 할 거 없고, 느그 내외간에 같이 내려와 삼시롱 나무를 싱군다하문, 벌을 치든지 닭을 치든지, 허락하마. 근디 애비 늬 혼자 왔다갔다 하겠다고 하문 허락 못헌다."

"엄니랑 아부지, 이제 농사짓기 힘드시잖아요."

"긍게 느그 내외가 같이 와서 우리 봉양하고 삼시롱 나무를 싱구 등가 벌을 치등가 하란마다. 글안헐 것 같으면 늙은 에미 애비 애 믹 이지 말고 늬 사는디서 연금 받음서 편히 살라는 것이고."

일섭 씨는 단호하게 일러놓고는 돌아보지 않고 양사로 향한다. 사실 뒤가 켕겨서 달아나는 셈이다. 차현이 동정지 땅을 사네마네 했을 때 땅을 팔아 석국에게 돈을 주기는 글렀다는 것을 깨달았다. 그래서 자식들은 물론 내자도 모르게 오종굴의 논 열닷 마지기를 막둥이 명의로 돌려놓았다. 그러느라 세금을 수월찮게 냈는데, 면소 앞에서 대서소를 하고 있는 갑장 친구가 일섭 씨한테 말했다.

"자네 이렇게 하다가는, 나중에 자식들 간에 난리가 날 것인디 어쩔라고?"

"나 죽은 뒤에 즈그들까정 난리를 치든지 말든지! 몇 푼어치나 된다고!"

말은 어깃장 놓듯이 했으나 일섭 씨는 대서장이 친구한테 그 말을 듣고 고심한 끝에 유언장이라는 것을 써서 공증했다.

논 열닷 마지기를 석국한테 주는 까닭은 대학 4년간의 등록금을 셈한 것이니 그에 대해 다른 사람들은 가타부타 말아라. 도투메기 밭과 집 주변 텃밭은 큰아들이 갖고, 뒷재 밭은 둘째가 갖고, 동정지 밭은 막둥이가 가져라.

유언장을 함께 작성해 준 대서장이 친구가, 팔십 년 키운 재산이 알량하기도 하다며 쯧쯧 혀를 찼다. 일섭 씨 생각에도 자신의 팔십여 평생이 참말 알량했다. 그 알량함이 부끄럽지는 않았으나 쓸쓸했다. 오늘 밤 죽을지 내일 아침 죽을지 모르는 망구의 세월을 살면서 환갑 넘은 큰아들 앞에서 내 뜻이 이렇노라 당당하게 말하지 못하는 것은 서글프다.

피고 지고 피고 지고 또

"아이고오!"

동정지 밭머리에 도착한 피어리스댁은 한숨을 곡성처럼 터뜨린
다. 에어컨이 팽팽 돌아가는 시원한 숭모당에서 나와 계성재에 들
릴까 말까 하다가 이쪽으로 왔다. 봄볕이 오살나게 쨍쨍한 석양녘
이다.

한창 마늘 밑이 들어야 할 때인데 썩을 놈의 비가 일주일에 한두
번씩 지랄났다고 퍼부어댔다. 비 안 오는 날은 한여름도 아닌데 사
람을 쩌먹으려는 것처럼 더웠다. 이 더위 속에서 마늘종을 얼마간이
라도 뽑을 것인가. 모가지만 딸 것인가. 피어리스댁은 근 며칠 그 고
민을 했다. 몇 다발 뽑아서 손질해 냉동고에 넣어두면 일 년 내 간간
이 볶아 먹을 수 있고, 장아찌를 담아두면 밑반찬이 되는 게 마늘종
이다.

한 시절은 마늘종을 양껏 뽑아서 가지런히 추려놓으면 트럭 장사

치가 와서 사가기도 했다. 온 마을 아낙네들이 수십 다발씩 내놓은 마늘종이 트럭에 가득 차곤 했다. 그럴 때 아낙들 손에는 만 원짜리 두어 장씩이 쥐어지고 그랬다. 이제 마늘종 뽑아 파는 아낙은 없다. 사갈 사람이 없거나 돈이 아쉽지 않아서가 아니라 일이 무서워서다. 지금 피어리스댁이 마늘종을 뽑을 것인지 모가지를 칠 것인지 고민하는 것도 일이 무서운 탓이다.

"모가지 치는 게 백 배나 덜한 것도 아닌디, 에라이! 죽으면 썩을 삭신 애껴 뭐하냐? 뭐 다발만 뽑자, 뽑아."

피어리스댁은 스스로한테 한껏 강조하고 모자 끈을 여미고 장갑을 당겨 끼고는 마늘밭으로 들어선다. 허리에 찬 포대를 앞으로 돌려놓고 왼손에 잡은 쪽가위로 벌써 쇠가는 마늘종 모가지를 똑똑 끊는다. 끊긴 마늘종들이 밑동 쪽으로 툭툭 떨어져 내린다. 눈이 게으를 뿐 일단 덤비고 보면 손이 빨라진다. 왼손으로는 끊고 오른손으로 연한 것들을 뽑아낸다. 두 손이 다 정신없게 일해도 머릿속은 또 바쁘다. 온갖 생각들이 왔다가 갔다가 하다 윤후네에 멈춘다. 어제 윤후네가 마늘종을 솎는 것 같았다. 그거 맛나게 볶아서 들고 오늘은 반산으로 갔을 것이다. 요새 윤후네의 나들이가 잦다.

점덕어매가 윤후네 감나무를 그렇게 못 봐 내고 몸서리를 쳐왔는지 다른 사람들은 몰랐다. 십년 전쯤부터 간간이 싫은 소리를 해대다가 3년 전부터는 심해졌던가 보았다. 지난 11월 하순 그날은 아예 작정하고 찾아와 감나무를 베라고 요구한 모양이었다. 윤후네는 점덕어매한테 그 말 듣고나서 속이 상해 친정에 갔다가 동창생을 만났고 그 길로 정분이 났다. 동창생과 얘기 끝에 나무를 자르는 대신 가지를 치기로 했고 치기 전에 고사를 지내기로 했다.

감나무 가지 치던 날 아침 피어리스댁도 가서 고사 상 차리는 것을 도왔다. 점덕어매도 와서 고사상에 5만 원짜리를 올리고 절을 했다. 성가셔하던 감나무를 반이나 쳐낸다고 하니 좋아서 통 크게 부조를 한 성싶었다. 그리고는 똥 마려운 개처럼 종종거리고 다니면서 더 자르라고 종주먹을 들이대며 엥엥 불었다.

윤후네가 소주 두 잔을 연거푸 마시더니 인부들한테 점덕어매가 원하는 대로 다 잘라주라고 말했다. 용역회사 인부들은 감나무를 살 없는 송이버섯처럼 만들어 놨다. 그러면서 봄에 새싹이 나면 브로콜리처럼 될 것이라면서 웃었다. 용역들이 잘라낸 가지들을 잘게 만들어 윤후네 마당 끝에다 차곡차곡 담벼락처럼 쌓았다.

이튿날 윤후네는 대문 걸어 잠가놓고 대문 앞까지 데리러 온 동창생 차를 타고 보란 듯이 동네를 나갔다. 겨울 내내 여행을 다녔다. 열흘 돌다 돌아와 사흘쯤 지내고 또 나가는 식이었다. 매화꽃 지면서 동네 앞 벚꽃이 은하수처럼 펼쳐질 때쯤 윤후네의 여행이 끝났다. 돌아온 윤후네는 뭔가가 달라졌다. 늘 어깨를 움츠리고 종종거리던 걸음새가 배부른 고양이마냥 여유로워졌다. 늘 그늘이 드리운 것 같던 낯빛에서도 환한 윤기가 났다.

윤후네가 돌아와 일주일 되던 날 점덕어매가 제비나리 언덕길에서 2미터 높이도 넘는 논으로 떨어졌다. 빈 몸으로 떨어졌어도 어디 한 군데는 부러졌을 높이인데 사발이에 짓눌려 버렸다. 윤후네 아니었으면 다음날 주검으로 발견됐을 것이다. 그 저녁으로 병원에 실려 갔기에 수술하고 온몸에 깁스를 감게 됐다. 지금은 읍내 제일병원 요양병동에서 입만 살아 자식들을 볶아대고 있다. 어느 아낙도 차마 말은 못하지만 동티가 난 게 틀림없었다. 멀쩡한 남의 집 감나무를 자르라 마라 나댈 일인가 말이다.

어쨌든 고사 지내던 그날 윤후네의 동창이라는 신주현 씨를 봤다. 눈여겨보지 않아 그렇지 이웃동네 사람이라 생판은 아니었다. 가까이 보니 깨끗이, 점잖게 늙은 사람이었다. 홀아비 티도 나지 않았다.

요즘 윤후네가 살짝 부러운 것 같기도 하다. 다 늙어 남정 만난 게 부러운 게 아니라 둘이 만나면 새살새살 온갖 이야기를 나눈다고 하지 않은가. 석 달을 함께 쏘다니고 돌아와서도 둘이서 할 말이 많다고 했다. 그 집 가면 그쪽이 밥 차려주고, 이 집 오면 이쪽이 밥 차려먹고, 가끔은 읍내서 만나 맛난 것 사 먹고, 차로 한 바퀴 돈다고 했다. 그런 동무가 부러운지도 모르겠다. 남 흉보지 않고, 욕심 내지 않고, 가만가만 들어 주고 봐 주는 동무. 겪을 걸 다 겪어버려 더는 큰 근심 없이 어울릴 수 있는 그들이.

피어리스댁은 아들만 셋이다. 중간에 들어 있던 딸을 저 다섯 살 때 잃었다. 애가 해질녘에 혼자 빨래 샘에 어떻게 갔는지 몰랐다. 대문 앞에서 노는가 보다 하며 저녁 밥솥에 불을 땠다. 일곱 살이었던 큰애가 혼자 대문을 들어오기에 물었더니 모른다고 했다. 그때서야 딸애를 찾아다니는데 장희 아버지가 빨래 샘에서 소리를 질러댔다. 수십 명이 둘러앉아 빨래를 하게 돼 있는 빨래 샘은 턱이 낮았다. 샘

깊이는 이 미터나 될까. 장희 아버지가 논일을 하고 손발을 씻으러 들렀던 모양이었다. 샘에 떠 있는 애를 발견하곤 뛰어들어 건져내면서 외쳤던 것이다. 빠진 지 얼마나 됐는지 모르지만 아이 숨결은 돌아오지 않았다.

그렇게 누이를 잃은 큰아들이 이혼하고 몇 년만에 재혼한 지도 오래됐다. 둘째는 마흔 가까워 늦장가를 들었다. 그럭저럭 사는데 애가 생기지 않는다. 저희들은 낳지 않기로 했다고 하는데 가만 보자니 며느리가 불임 같았다. 그 중 안심했던 막둥이 민국이 제 처하고 사네마네 하더니 갈라선 게 4년 전이다. 어지간하면 붙어살지 자식을 셋이나 두고 어떻게 이혼을 하나. 뒤늦게 갈라서 남이 됐다는 애들 어미한테 그때 전화해서 물었다.

"아범이 술에 취하면 저를 때립니다. 맞고는 못 삽니다."

애들 어미의 그 말에 피어리스댁은 할 말을 잃고 전화를 끊었다. 민국한테 전화를 걸어 당장 내려오라고, 오지 않으면 엄마가 죽어버릴 거라고 협박했다. 민국이 와서 울며 말했다.

"예, 손찌검 두 번 했어요. 왜 했냐고요? 에미가 다른 사내를 만나고 다닌 걸 알게 됐거든요. 애들 봐서 그만하라고, 그만하면 없었던 일로 해 주겠다고 하는데도 바락바락 덤비는 통에 못 참고 손이 나갔어요."

애들 어미가 이혼을 한껏 벼르고 있었던지 두 번째 손찌검 하던 날 밤으로 병원에 가서 진단서 끊고 경찰서에 신고했더라고 했다. 길 걷다 넘어져 병원에 가도 전치 2주 진단이 나오는 게 보통인데 애들 어미는 전치 2주 진단서로 제 서방을 고소하고, 이혼하는 조건으로 고소를 취하했다.

그렇게 막둥이 민국이 오쟁이 지고 이혼 당한 사내가 됐다. 자식 셋을 애들 아비한테 놔두고 날개 달린 듯이 훨훨 날아간 그년은 브라질인지 우라질인지 하는 나라 사람하고 붙어서 브라질인지 우라질인지에 가서 사는 모양이었다. 첨부터 그놈하고 붙은 탓에 이혼하려 작정했던 것이다.

막둥이 두 돌 무렵에 과부가 된 피어리스댁은 남정네를 잘 몰랐다. 알았을지라도 워낙 오래 전이라 잊어버렸다. 그래서 새끼 셋을 두고 딴 나라 놈하고 붙어 달아난 그년을 도저히 이해할 수가 없었다. 그년 생각만 나면 피어리스댁은 자다가도 벌떡 일어났다. 일어나면 욕설이 쏟아졌다.

"염병할 년. 우라질 년. 브라질인지 우라질인지서 칵, 머리가 깨져서 뒈져라 이년. 서방놈한테 맞아 뒈져라 이년. 염병에 걸려 썩다 죽어라 이년."

욕을 퍼붓다가 날이 새면 가슴팍을 두드려 자신을 달래고 민국이네에 전화를 걸었다. 민국은 노상 어미를 위로했다.

"엄마, 난 이제 괜찮아요, 내 걱정 마시고, 애들 걱정도 마셔. 애들 많이 커서 제 할일들 잘 해요."

그 속이 어떨망정 또 그런대로 살게 된 것이었다. 다 늙어버린 피어리스댁이 해 줄 수 있는 것도 없었다. 그렇게 속을 다스리며 사는데 엊그제 민국의 큰아이가 할매라고 전화를 걸어와 말했다.

"할머니, 저 군대 가요. 훈련소 가기 전에 할머니한테 들르려고 했는데 아르바이트 날짜 채워 줘야 해서 시간이 없어요. 휴가 나오면 갈게요."

다 커서 군대 간다는데 왜 그리 속이 아픈지. 다 큰 애가 어찌 그리 짠한지. 애가 짠하고 내 속이 아프니 또 그년 생각이 나면서 욕이 나왔다.

"맘보를 곱게 쓰자."

피어리스댁은 며칠 뒤 입대할 손자를 위해 마늘종 모가지 끊듯 애들 어미, 그년 생각을 끊어낸다.

"쫑지에다 잔멸치 넣어 보드랍게 볶아서 내일 낮에 숭모당 상노인들한테 갖다 줘야 쓰것다."

자신은 아직 할매가 아닌 듯 중얼거린다. 홍림당 마늘 밭의 마늘종은 광주댁이 혼자 뽑을 텐데 거기도 좀 가봐야 하겠다. 은현이 쌍둥이 데리고 제 서울 집에 가서 홍림당이 심심해하니 자주 들여다봐야겠다. 장희는 이제 정신이 좀 들어 보이는데 양쪽 집 살림을 꾸려 나가 보려는가.

"그나저나 엊그저께 봉게 봄이 에미 몸이 뚱뚱하든디 혹시 또 애기가 생겼을까?"

생각인지 소리 나는 말인지 의식하지 못하고 중얼거리던 피어리스댁은 자신의 말에 놀라 허리를 슥 편다. 주변을 둘러본다. 저만치 밭에서 민우 할매가 엎드려 마늘종을 뽑고 있고 그 너머에서 달아실댁이 역시나 마늘종을 뽑고 있을 뿐 듣는 사람은 없다. 느자구 없는 새가 홀딱 벗고 홀딱 벗고 하면서 노래하고 있을 뿐이다. 봄이면 홀딱 벗고 새가 허구한 날 홀딱 벗고 노래를 한다. 무슨 새든지 봄날 우짖는 까닭은 짝을 찾는 것이라고 텔레비전에서 들을 때 홀딱 벗고 우는 새는 홀딱 벗고 짝을 찾는다는 생각이 들어 웃었다.

"하기사 누가 들으면 또 어찌냐."

피어리스댁은 자신의 허리를 툭툭 쳐서 달랜 뒤 일로 돌아간다. 장희는 엄연히 서방이 있고 임신할 나이가 아닌가. 봄이 아비 선섭도 장희와 같은 마흔세 살이다. 중증의 통풍에 걸려 몰골이 험해졌다고 하지만 피어리스댁이 기억하는 선섭은 십년 전쯤의 헌칠한 모습뿐이다. 제 아비도 인물 좋고 풍채도 좋았다. 그 좋은 인물로 제 평생 어미와 각시만 뜯어먹고 살다가 일찌감치 죽었다. 선섭은 제 아비 인물을 그대로 닮았다. 성정은 닮지 않아 제 나름 어미한테 잘했고 뭣보다 머리가 좋아 고등학교 졸업하면서 공무원 시험에 떡하니 붙었다. 구암댁의 팔자가 비로소 피는가 했다. 복이 그뿐이었던가. 사람들 앞에 나서지도 못할 병이 들어 돌아와 굴 속에만 처박혀 살고 있다고 한다. 그래도 젊은지라 장희와 다시 연을 맺고 아이를 낳았다. 결혼식은 안 했을망정 혼인신고 해서 봄이를 호적에 올렸다. 얼마든지 봄이 동생이 생길 수 있다.

요새는 옛날과 달라서 부모가 부실해도 어지간한 애들 공부는 나라에서 시켜 준다고 한다. 봄이 아비는 장애인으로 등록돼 수당을 받고 있다. 봄이 할매인 구암댁은 노인 수당에 생활보호 대상자로서 다달이 약간씩 받는 게 있고, 봄이 외할매인 별량댁도 그렇다. 봄이가 동생을 봐도 되는 것이다. 자라 보고 놀란 가슴 솥뚜껑에도 놀란다고 장희가 봄이를 낳을 때 애비 없는 새끼를 낳은 줄 알고 놀랐던 일 때문에 괜히 철렁했다.

피어리스댁이 혼자 웃는데 스피커에서 칫칫 소리가 나기 시작한다. 이장 민성이 뭔 소리인가 하려는 모양이다. 비료 값을 내라든지 농약을 가져가라든지 면소에서 뭐라고 시켰다든지 할 것이다.

"동민 여러분께 알립니다. 부고입니다. 작은뜸 별량 아짐이 두 시간쯤 전에 제일병원 응급실에서 운명하셨습니다."

"운명이 머하는 것인디?"

무심코 중얼거리던 피어리스댁은 퍼뜩 고개를 든다. 뒤늦게 가슴이 철렁하면서 한기가 훅 끼친다. 저 건너 밭의 민우 할매와 그 건너 순하어매도 놀란 듯 일어나서 이쪽을 쳐다보고 있다. 민성의 목소리가 이어진다.

"지금 제가 외지에 있는 별량 아짐의 자제 분들께 연락을 취하고, 이런저런 조치도 하고 있습니다만, 우선 빈소를 준비해야 하것으니 부녀회장님과 양사 회장님, 숭모당 회장님께서는 이 방송을 들으신 즉시로 별량 아짐 댁으로 와 주시기 바랍니다. 이상입니다."

저 할 말 마친 민성의 목소리가 여운 없이 사라졌다. 순하어매는 그냥 마늘 종지 사이에 엎드리는데 민우 할매가 허위허위 밭에서 나온다. 부녀회장을 지냈던 민우 할매가 올해는 숭모당 회장이 됐다. 피어리스댁도 밭에서 나서 민우 할매 쪽으로 향한다. 두 사람 밭 사이에 구암댁 밭이 있다. 피어리스댁이 구암댁 밭을 지나 길로 나서

자 민우 할매도 마늘종 자루를 끌고 나와 자신의 사발이 오토바이에다 올려놓고 말한다.

"금방 이장이 한 말이 별량 아짐 죽었다는 소리가 맞지라?"

"그런 거 같은디, 응급실로 실려갔다문 응급차가 왔을 거 아닌가? 난 암것도 못 보고 못 들었는디?"

"붉은데기 길로 들어갔으믄 우리가 못 보제라."

"사흘 전에 붉은데기서 별량댁 봤을 때 씽씽하든디?"

"성님은 사흘 전에 봤소? 나는 어지께 새복에 여그서 봤는디라? 구암댁 밭에서 마늘종 뽑는 거. 사둔네 밭에 마늘종 뽑아주요? 내가 그랑게, 별량댁이, 밭 쥔이 백날천날 공장만 댕김서 종지가 피는지 꽃이 피는지 몰릉게 나라도 쪼깐 딜다 보요, 그라등만요. 근디 어찌께 하루만에 죽는다요? 평생 병원 한 번도 안 가등만?"

"평생 병원 한 번 안 간 거시 빙이겄제. 때 돼서 훅 가불라고 혼자 풍선 불대끼 키운 빙. 그나저나 얼렁 가 보세. 가 보믄 알것제."

"글먼 별량댁네서 만나게요."

민우 할매가 사발이에 올라앉더니 요란한 소리를 내며 달려간다. 피어리스댁은 허리에 찬 푸대를 푼다. 두 다발은 될 만치 묵직하다. 별량댁 운명 소식에 눈물은 나지 않는다. 아흔 넘은 노인들이 열댓이나 되고 백 살 넘은 노인도 세 분이나 되는 동네에서 일흔여섯 살의 죽음은 급작스러운 것 같지만 적은 나이는 아니다. 세상에 온 순서는 있어도 가는 순서는 없다고도 했다. 누구라도 언제든 갈 수 있다. 가긴 가는데 어찌 가는지가 문제일 뿐이다. 어제 마늘종 뽑고 오늘 갈 수 있다면 그보다 좋은 길이 어디 있으랴. 작년 말에 김치 담다가 쓰러져 그 길로 가버린 금산댁을 부러워한 아낙들이 많았다. 오래 오래 살고는 싶을지라도 갈 때는 그처럼 쉽게 가길 바라기 때문이다.

지난겨울에만 해도 이웃이나 숭모당에서 함께 새살거리고 화투패를 돌리며 십 원짜리 동전에 눈에 불을 켜던 전평댁과 원사댁이 2월과 3월 사이에 요양원으로 옮겨갔다. 전평댁은 아침에 일어나다가 쓰러졌고, 원사댁은 미역공장 다녀오던 차에서 내리며 주저앉아 정신을 잃었다. 쓰러지고 주저앉았을 때 그 길로 저 세상으로 갔더라면 자식들 차에 실려 요양원으로 가지는 않았을 것이다. 원사댁이 갈 때는 못 봤다. 전평댁은 숭모당에 들러서 두 눈에 진물 질금질금 흘리며 분명치 않은 발음으로 말했다. 피어리스댁은 잘 알아들었다.

"잘 들 있으쇼야. 다시는 못 보겠네. 여그서 놀다가 죽고 자펐는디. 요양원 같은 디 안 가고 내 집서, 우리 동네서 픽 죽고 자펐는디, 나는 어짜까. 어짜문 쓸까."

그렇게 전평댁이 떠나기 한참 전부터도 숭모당 아낙들이 죽음한테 바라는 건 딱 한 가지였다. 갈 때는 금산댁이나 지금의 별량댁처럼 가는 것. 그렇게 바라기는 할망정 큰소리는 칠 수 있는 사람은 없다. 홀로 살건 둘이 살건 자식과 이웃해 살건 죽을 복을 타고난 사람만 쉽게 죽는다.

그날 별량댁이 오전 내 밭일을 하고 끼니 때가 되어 집에 드니 날마다 그렇듯이, 장희는 봄이 데리고 대문안집에 가고 없었다. 일에 지친 별량댁은 입맛이 없어서 허기나 때우려고 어제 먹고 남아 냉장고에 넣어뒀던 고구마를 꺼냈다. 전자레인지에 데운 고구마를 꺼내고, 물김치 보시기 꺼내서 옆에 놓고, 두어 번 떼어 먹었을까. 그게 걸려버린 것이었다. 물김치를 뚤뚤 마셨으면 될 것인데 그조차 못한 건 돌아갈 때가 되었기 때문이 아니겠는가. 피어리스댁을 비롯한 동네 아낙들이 짐작하기로 그랬다.

그 시각에 장희는 대문안집에서 광주댁과 수다 떨면서 할매 점심상을 차리고 있었다. 대문안집에 날마다 가는 게 이제는 장희의 일이었다. 동국 씨나 광주댁은 온갖 일을 해야 하므로 상노인과 환자 곁에 노상 붙어 있기 어려웠다. 장희는 세 살배기 봄이를 아지랑이처럼 풀어놓고 놀면서 할매와 홍림당의 말동무 노릇을 톡톡히 해냈다. 어리보기라서 아무 생각이 없는 탓에 물리지도 않고 푼수노릇을 하는데 상노인과 환자한테는 그게 약이 됐다. 동국 씨가 장희한테 봄이 우유 값으로 매달 50만 원씩을 주므로 장희한테는 대문안집이 놀이터이자 일터였다.

그날은 동국 씨와 홍림당이 광주 대학병원에 검진 받으러 간 날이었다. 광주댁과 장희는 깨죽을 쒀서 할매 드리고 봄이도 먹이고 나서 식은밥에 있는 반찬 쓸어 넣고 비벼먹을 셈이었다. 죽을 다 쒀서 할매한테 드리기 위해 소반에다 수저를 놓고 있을 때 할매가 부엌으로 건너오셨다.

"성심아, 장이 데꼬 장이에미한테 잔 가봐라."

장희가 태어나기 훨씬 전에 귀를 잡쉬버린 할매는 장희가 장이인 줄로 아셨다. 덕분에 마을 아낙 대부분이 장희를 장이라 불렀다. 은현을 연이라 부르는 것도 같은 이유다. 어쨌든 광주댁이 봄이를 할매한테 놔두고 장희를 데리고 부리나케 별량댁한테 갔다. 별량댁은 고구마 접시와 김치보시기를 차린 쟁반에서 몇 걸음 떨어진 냉장고 앞에 쓰러져 있었다. 숨결이 가셔버린 뒤였다. 광주댁이 119를 불렀고 119가 와서 이미 죽은 별량댁을 싣고 병원으로 갔다. 병원에 도착하자마자 의사가 사망선고를 했다. 죽은 걸 확인하러 병원에 간 셈이 됐다. 아니 장례를 치르기 위해 간 폭이었다.

　별량댁의 두 아들과 큰딸이 와서 모친의 죽음을 확인하고 사흘장을 치렀다. 묘지는 별량댁이 지어먹던 붉은데기 밭머리에다 썼다. 장희 아버지 묘지에 바투 붙은 자리이자 홍림당 명의로 돼 있는 대문안집 땅이었다. 장희 오라비들과 언니가 숭모당에 한차례 들러 인사하고 떠나면서 별량댁의 장례가 지나갔다. 이 봄에 또 한 사람이 지나갔다. 남은 사람은 남은 자리에서 하던 일을 계속하는 게 사는 일이었다. 피어리스댁은 하던 일을 계속하기 위해 마늘밭으로 왔다.

　"아짐!"

　저쪽 밭에서 민우 할매가 피어리스댁을 부른다. 별량댁 초상이 나자 마늘종이고 뭐고 밭에 나오기 싫어 내버려뒀다가 닷새만에 꼭두새벽부터 나왔다. 며칠 새에 마늘종이 쇠어져서 먹기는 글러버렸으므로 마구 끊어낼 일만 남았다. 피어리스댁이 알기로 민우 할매도 닷새만에 이쪽 밭에 왔다. 햇볕이 왁살스러워지기 전에 좀 끊으려고 새벽같이 나왔는데 민우 할매는 더 일찍 나온 것이다.

"날도 덜 샜구만 어느새 나왔능가? 이슬이 흥건하제?"

"금세 비 맞은 것처럼 푹 젖어부렀소. 근디 아짐, 거그 구암댁 밭 잔 보쇼야."

"왜?"

"내가 쫌전에 그 밭에서 누굴 봤당게요."

"누가 구암댁 마늘 돌라가등가?"

"아니고요, 밭 잔 봐 보랑게요."

민우 할매 성화에 피어리스댁은 구암댁의 밭둑으로 들어선다. 사발이를 타고 왔을 때는 어차피 구암댁 밭둑을 지나 피어리스댁 밭으로 가기 마련이다. 날이 막 새서 어둔 기가 아직 살풋 남은 터라 피어리스댁은 눈을 가늘게 뜨고 구암댁의 마늘 밭을 본다. 자세히 보니 마늘종이 보이지 않는다. 끊긴 마늘종 모가지가 마늘 밑동 새에 꼬물꼬물 떨어져 있다. 더 자세히 보노라니 닷 마지기 밭의 마늘종 모가지가 전부 끊긴 것 같다. 닷새 전에는, 그 전날 별량댁 손을 몇 시간 탔을 뿐이라 이 밭이나 저 밭이나 한가지였다. 지금 구암댁 밭의 마늘종 끊기는 끝나 있다.

"일을 다 해부렀구만! 누가 했당가? 자네가 본 사람이 누군디? 제 엄니 잃고 넋 빠져 있는 장희가 했을 리는 없고. 구암댁이 밤새 쫑지 모가지 끊어놓고 공장 갔단가?"

"내가 아까 컴컴할 때 왔는디 구암댁 밭에서 불빛 하나가 깜박깜박 헙디다?"

"뭐시여, 도깨비불이 반짝이더라 그 말이여? 귀신이 댕겨갔다고? 별량댁 귀신이? 사둔네 종지 뽑아줄라고?"

"참말 앞서 가기도 허시네."

"글믄 뭔 불이 깜박깜박 험서 하룻밤 새에 이 많은 일을 다 해부렀는디?"

"두억시니 같기는 헙디다마는 어쨌거나 남정 삼시랑입디다."

"긍게, 두억시니 같은 삼시랑이 불빛을 비쳐서 마늘종을 다 땄다고?"

"아이고오!"

민우 할매가 배꼽 잡는 시늉을 하면서 마늘 사이로 주저앉아 버린다. 우는지 웃는지 낄낄 소리를 내더니 다시 나타난다.

"그거시 아니고라, 어둔디도 모자 푹 눌러쓴 크다란 남정이 모자 밑에, 이마에다 전등을 쓰고요, 그걸 헤. 헤딩인가 헤드인가 뭔 램프라고 안 그라요, 그걸 쓰고 마늘종을 끊고 있드라 그말이요."

"헤딩 머시기가 먼 남정인디?"

"구암댁 밭에서 일해 줄 남정이 누가 있겠소?"

"그, 그라문 그것이 선섭이란 것이여?"

"안 글것소?"

"그, 그까?"

"내가 새복이라 사발이 소리가 시끄러서 걸어왔는디라, 옴서 봉게 불빛이 깜박깜박해서 무섬증이 훅 듭디다. 그래서 부러 소리를 질렀지라. 거 누구시오? 그랬등만 불빛이 픽 없어집디다? 시방 성님 계신 그 짝서 커다란 몸피가 벌떡 일어났고요. 내가 놀래갖고 벌벌 떨고 있는디 그 꺼문 삼시랑이 우렁한 소리로, 안녕하십니까, 헙디다. 내가 누구라고도 안 불르고, 지가 누구라고도 아니 허고 그냥 안녕하십니까, 서울말로 툭 뱉어놓고 밭에서 나옵디다. 밭머리서 휙 몸을 돌리등만 위쪽으로, 구절산 쪽으로 슥슥 올라가 없어져붑디다. 삼시랑이 없어지고 나서 한참 생각해 봉게 봄이 애비인 것 같다는 생각이 듭디다. 안 그라요? 누가 밤에 너메 밭에서 종지를 뽑아 주겠어요? 아들이나 게 해주제?"

"그라것제."

"또 생각해 봉게요. 선섭이가 동네로 돌아온 지가 햇수로 4년이제 따져보문 겨우 2년 반이나 됐단 말이오. 근디 작년하고 재작년 생각을 한번 해 보시오. 구암댁이 천날만날 공장을 댕김시롱도 그 전하고 다르게 농사를 잘 안 지섰소? 마늘은 싱가놓고 끝이고, 콩은 씨 뿌려놓고 그만이고, 고칫대는 꽂아놓고 나 몰라라 하고. 근디도 언날 보문 지슴 다 메져 있고, 언날 보문 잘 익은 콩대 다 뽑혀 사려 있고, 고치는 빨개졌다 싶으문 따가고 없고. 안 그랬소?"

그랬던 것 같다. 그럴 때마다 피어리스댁은 구암댁이 나이 들수록 더 바지런해 진다고 감탄했고, 일밖에 모른다고 흉도 봤다. 서로서로 품앗이하며 농사짓는데 구암댁은 원래 품앗이도 안 하고 혼자 일 다해버리는 게 신기하면서도 농사가 적어 그런 거라고 혼자 고개 끄덕이고 말았다.

"그거시 다 선섭이가 밤에 헤딩 머시기 깜박깜박 험시롱 한 일이

194

다, 그말이제?"

"다야 했것어요마는 자주 그랬을 것 같다는 말이지라. 그라고 생각하고 낭게, 참 짠하고 안됐습니다. 오직허문 밝은 날에 못 나오고 컴컴한 데서만 살까 싶고. 그런 자석을 보고 사는 구암댁의 속은 어짤까 싶고, 내 새끼라문 또 어짤까 싶고. 봄이는 또 어짤까 걱정되고. 인자 봄이 외할매가 가시고 없응게 구암댁이나 선섭이가 걱정이 많겠다 싶기도 허고."

"자네는 새복부터 생각 많이 한 덕에 한 소식 했네그랴."

"긍게요. 그라다 날 새부렀소야."

정말 날이 다 새버렸다. 어제 또 비가 지나간 탓에 아침이 거울 속처럼 말갛게 열리는 참이다.

"인자 일 허세. 근디, 선섭이 얼굴은 봤능가?"

"시커멓고 큰 몸피만 봤당게요."

민우 할매한테 가서 일하라고 손을 내저어 보인 피어리스댁은 자신의 밭으로 걸음을 옮긴다. 꺼먼 삼시랑이 귀신일 리는 없으니 선섭이 맞을 것이다. 암만 아프다고 굴 속에만 처박혀 살면서 늙은 제 어매 살 뜯어먹고 산다고 속으로 여러 번 흉봤는데 미안하게 됐다. 알고 보면 욕할 사람이 아무도 없다. 브라질인지 우라질인지에 가서 산다는 그년도 제 깐에는 그럴 수밖에 없는 이유가 있을지도 모른다.

밭머리에서 푸대를 두르고 모자 끈을 묶고 쪽가위를 왼손에 잡은 피어리스댁은 부르르 몸을 떤다. 기껏 다스렸던 심사가 보람 없게 욕이 나오고 만다. 서방질 한 년이 시어매 대놓고, 맞고는 못 산다? 염병할 년. 이혼을 할라믄 새끼를 낳기 전에 하든가. 새끼들 다 키워 놓고 하든가. 썩을 년 우라질서 베락이나 칵 맞아라.

발 밑을 봐

인덕은 장희와 동창이다. 고등학교를 졸업할 무렵 장희는 서울에 있는 은행에 입사했고 인덕은 광주 소재 간호전문대에 입학했다. 서울로 간 장희가 집에 다니러 오는 일이 워낙 드물어 얼굴 볼 기회가 없었다. 학교를 졸업한 인덕이 서울에 있는 병원 간호사로 취직하게 되면서 다시 만났다. 인덕이 갓 취직했을 때 장희는 은행원으로서 이미 자리를 잡은 상태였다. 자취방도 제법 넓었다. 장희가 인덕에게 함께 살자고 했다. 일 년쯤 함께 지냈다.

읍내 종합고등학교를 다닐 때 인덕은 선섭을 좋아했다. 잘생긴 데다 키 크고 공부 잘하는 머시매. 고등학교 시절 선섭은 군계일학이었다. 그를 보고 있노라면 똥구멍 찢어지게 가난한 집의 막내아들이라는 사실이 떠오르지 않았다. 인덕은 설레고 수줍은 마음을 어떻게 표현해야 할지 몰라 서성이다가 한 번 시도했다. 고등학교 3학년 여름방학 때였다. 밤에 그의 집 사립문을 흔들어 불러낸 뒤에 말했다.

"할 말이 있응게 괴연재로 와."

괴연재는 금당의 최고 어른인 매구 할매가 젊은 날에 세웠다는 산신당이었다. 동네 뒷산 중턱에 있는 괴연재는 동네에서 제일 높이 자리한 선섭의 집에서 가까웠다. 괴연재로 오라 말한 인덕이 돌아서는데 선섭이 소리 질렀다.

"야, 신령님한테 기도할 일 있냐? 할 말이 있으면 여기서 하면 되제, 다 큰 가시내가 한밤중에 겁대가리 없이 머시매한테 으슥한 데로 오라 가라 하냐? 할 말이 먼디?"

인덕은 부끄러웠고 낫날에 베인 듯이 맘이 상했다. 눈물이 쏟아질 것 같아서 휙 돌아섰다.

"됐다. 할 말이 뭐였는지 잊어부렀다."

결국 마음을 나타내지 못한 채 고등학교를 마쳤다. 서울 가서 장희 방에 얹히고서야 선섭을 다시 만났다. 장희와 함께 지낸 1년 사이에 세 사람은 이따금 같이 만났다. 셋이 만나는 횟수가 늘어가면서 인덕은 선섭이 장희를 맘에 두고 있다는 걸 알게 됐다. 셋이 생맥주를 마실 때 선섭은 장희의 맥주잔을 흔히 뺏어 제가 마셨다. 그때마다 선섭이 장희를 향해 말했다.

"술도 약한 게! 야, 작작 좀 마셔라."

장희가 술에 좀 약하기는 했어도 못 마시지는 않았다. 인덕도 비슷했는데 선섭은 장희의 술만 뺏어 마셨다. 그런 술자리가 끝난 뒤에 선섭은 장희만 부축해 둘의 자취방 앞까지 데려다 주곤 했다. 술 뺏어 마시는 게 사랑의 한 방식일 수도 있다는 걸 알게 된 그 즈음에 인덕은 질투를 알게 됐다. 내가 좋아하는 남자가 다른 여자를 좋아할 때 느껴지는 질투는 비애를 동반했다. 장희와 계속 같이 지내다간 둘 다 미워하게 될 것 같아 독립했다.

10여 년 후 텔레비전 뉴스에서 장희를 보았다. 내연관계의 상사와 공모하여 30억을 빼돌린 어마어마한 은행원이 장희였다. 멍청이가 되어 금당으로 돌아왔다는 소리는 어머니를 통해 들었다. 감옥에서 무슨 일을 겪어 멍청이가 됐을 리 없었다. 돈 챙겨 외국으로 달아났다는 그 유부남 상사 때문에 돌아버린 게 분명했다. 멍청한 지집애. 바보천치, 명태대가리 같으니라고! 인덕은 그때 혼잣소리로 흉봤다. 얼마나 멍청하면 30억을 빼돌려 바치는 동안 제가 사랑 받는다고 착각할 수 있단 말인가.

그즈음 인덕은 결혼까지 생각했던 남자와 막 헤어진 상태였다. 열두어 번째쯤의 남자였을 것이다. 실연은 한 번이든 열 번이든 힘들었다. 도무지 면역이 되지 않았다. 그래서 남자와 헤어지고 나면 곧장 다른 남자를 향하곤 했다.

열두어 번째쯤이었던 남자와 헤어지고 나서 금세 눈에 들인 남자가 교통사고로 장기 입원해 있던 전신마비 환자의 남편이었다. 환자는 1년째 입원해 있는 상태였고 일어나 스스로 걸어 나갈 가망은 전무했다. 그즈음 어느 날 환자의 남편인 그가 아내를 보러 들렀다가 나가는 시간과 인덕의 교대 시간이 겹쳤다. 병동 엘리베이터에서 부딪쳐 인사를 나누다가 술 한 잔 같이 하기로 되었다. 그날 밤 그가 열서너 번째쯤의 남자가 됐다. 반 년쯤 뒤 그의 아내는 전신마비 상태로 퇴원했다. 그뿐이었다.

스물두어 번째쯤의 남자를 만나던 몇 해 전에 선섭에 대해 들었다. 온몸에 혹이 돋는 무서운 병에 걸려서 직장에서 잘리고 마누라한테 이혼 당하고 금당으로 돌아와 집안에서만 산다는 것.

그 훨씬 전부터 인덕은 시골집에 거의 오지 않았다. 어머니도 막내딸이 오지 않는다고 섭섭해 하지 않았다. 어머니에게는 마흔 살넘어서도 결혼 못한 막내딸이 부끄러운 존재였다. 효도는 다달이 용돈 부쳐 드리는 걸로 충분했다.

그렇게 금당을 피하고 살았건만 와야 할 일이 생기고 말았다. 어머니가 오토바이와 함께 언덕 아래로 구르는 사고를 당했기 때문이다. 사고 난 지 넉 달이 지났다. 전신을 싸다시피 했던 깁스를 풀고 요양병동으로 옮긴 후부터 퇴원 시켜달라는 어머니의 성화가 시작됐다.

칠남매는 서울과 부산과 울산과 대전과 광주 등에서 살고 있었다. 인덕에게도 하루 대여섯 번씩 전화가 왔다. 어떤 날은 열 번도 넘었다. 어머니의 전화기 1번 단축키가 점덕이고 7번 단축키가 인덕이었다. 1번 눌러 7번 찾고 3번 눌러 4번 찾고 5번 눌러 1번 찾는 숨바꼭질 같은 전화질은 어머니에게는 놀이이자 당신 몸을 맘대로 못하는 분풀이인 것 같았다. 전화를 누구한테 몇 번 걸든 어머니가 시작하는 말이 엄포였다.

"늬 어째 엄마 보러 안 오냐? 엄마 죽으면 송장 치러나 올라냐?"

어머니 말투가 아니었다. 어머니는 생각 없이 내뱉는 수다쟁이라서 상대의 맘을 상하게 하는 경우가 흔해도 독한 단어를 사용하지는 않았다. 어머니의 성격이 변한 것이었다. 거의 일방적으로 혼자 쏟 아대다가 통화를 끝낼 때는 더 험한 소리를 덧붙였다.

"늙은 에미를 가둬놓고 얼렁 죽어부라고 비손하고 있지야? 내가 기냥 칵 죽어부라냐?"

그런 말을 듣고 버틸 자식이 있으랴. 칠남매가 번갈아 어머니를 찾아다닐 수밖에 없는데 일곱 중 누구라도 병실에 들어서면 똑같은 말을 들었다.

"내 집에서 살다가 죽을랑게 집으로 델다 달란 마다!"

어머니는 퇴원하여 집으로 가기만 하면 사고 전처럼 말짱해질 것 같은가 보았다. 착각에서 비롯된 부정이었다. 어머니의 척추와 다리 는 기능을 완전히 상실했다. 연골이 되살아날 가망이 없는 터라 걷 기는커녕 앉기 위해서나 눕기 위해서도 거들어 줘야 했다. 설상가상 어머니는 치매도 시작한 듯했다. 인덕은 21년차 간호사였다. 주로 신경외과 병동에서 일했다. 치매는 신경외과에서 다루지 않았다. 그 렇다고 어머니의 증세가 치매에 가깝다는 것쯤 모르랴.

인덕은 언니오빠들한테 어머니가 치매 같으니 정밀검사를 해 봐 야한다는 말을 아직 못했다. 여든두 살의 치매는 심각한 병이라 하 기도 어렵지 않을까. 인덕이 스스로한테 대는 핑계였다. 홀로 움직 일 수도 없게 된 노인에게 치매가 시작됐다고 한들 어쩔 것인가라 고. 언니오빠들도 모두 짐작하고 있는 것 같지만 치매에 관해서는 아예 모르는 척 입을 떼지 않았다. 그들 또한 어머니처럼, 인덕 자신처럼 기를 쓰며 부정하는 것이다.

아무리 부정해도 다음 단계로 나아가야 하는 일이 있다. 어머니 같은 경우였다. 어머니를 어떻게 할 것인가. 그걸 결정해야 할 판이 됐다. 일주일 전 장남인 국수가 어머니 보러 갔다가 칠남매 단체 카톡방에다 게시했다.

"병동에서 어머니를 퇴원 시키란다. 어머니가 너무 시끄러워서 주변 환자들과 그 보호자들이 계속 항의를 하는 모양이야. 일단 집으로 모신 뒤에 얼마간 지내보자."

인덕은 어머니 퇴원날짜를 사흘 앞두고 휴가를 냈다. 어머니가 병원에서 지내는 동안에도 금당에 들르지 않았다. 읍내 병원에서 어머니만 보고 돌아가기 바빴다. 오늘은 별수없이 금당으로 들어왔다. 국수와 영수와 문수 삼형제가 폐가처럼 되어가던 집을 정리하다가 인덕을 맞았다.

삼형제가 힘을 합쳐 낡은 장롱이며 텔레비전 등을 실어내다 버렸다. 입지 않은 옷가지들이며 자잘한 물건들을 한 트럭분이나 쓸어냈다. 도배지와 장판을 사다 도배하고 깔았다. 벽걸이 텔레비전을 사다 걸고 주문해 놨던 환자용 침상을 들였다. 벽걸이 에어컨을 달았다. 어머니 방을 병실로 만든 것이었다. 그러는 사이에 점덕과 순덕과 미덕이 차례대로 왔다. 점덕은 여러 가지 김치를 담아왔고 순덕은 이불을 사왔으며 미덕은 환자복처럼 입고 벗기 쉬운 옷가지를 준비해 왔다.

점덕어매는 넉 달여만에 집으로 돌아왔다. 구급차에 실려 나가 큰 아들의 차를 타고 되돌아온 점덕어매를 보기 위해 숭모당 노인들이 연신 찾아온다. 방이 꽉 차서 문을 열어놓은 채 마루방이며 툇마루까지 나앉았다.

숭모당 노인들은 요양병원을 저승대합실이라 부른다 했다. 점덕어매가 요양병동에서 지내다 곧장 요양병원으로 가게 될 거라 여겼다가 집으로 돌아온 게 꽤 신기한 모양이다. 봇물 터지듯 수다가 쏟아진다. 덕담의 성찬이 차려진다.

"점덕어매, 인자 매구 할매 같이 오래 살것네."

와중에 점덕어매가 뒷집 윤후 엄마를 향해 말했다.

"어이, 동새! 미안허시."

윤후네 감나무 때문에 점덕 형제들이 기를 못 편다고 윽박질러 나무를 잘라내게 했다. 어머니의 그런 억지도 치매의 한 증세였는지도 몰랐다. 윤후 엄마가 무슨 말씀이냐고 받아주는 소리를 들으며 방을 나온다.

언니들이 노인들을 수발하고 있으므로 집을 나선 인덕은 숭모당 쪽으로 가려다 윤후네를 돌아본다. 언제나 가지를 드리우고 있던 윤후네 감나무가 길에서 거의 보이지 않는다. 윤후네 대문의 쪽문을 밀고 들어서자 송이버섯 모양으로 변했다는 감나무가 보인다. 높이 20미터 이상에 반경 30미터 이상 드리웠을 가지들을 가혹하게 쳐냈다. 높이가 잘해야 5미터쯤이고 가지 반경은 3미터나 될까. 이파리가 제법 피어서인지 송이버섯보다는 브로콜리를 닮았다. 머리가 작고 대궁이가 긴 브로콜리.

"다이어트 했다 여기고, 울 엄마를 용서해."

브로콜리 닮은 감나무 둥치를 쓰다듬으며 용서를 빌고 윤후네를 나온다.

당장 환자 곁에 붙어 있어 줄 전담 간병인을 구해야 할 판이다. 간병인 비용에 대한 부담은 나중 문제로 치더라도 당장 그런 사람을 어디서 구한단 말인가. 국수가 이장을 통해서 알아본 바에 따르면 면사무소에서 노인환자 지원사업 일환으로 간병인을 보내 주기도 하는 모양이었다. 일주일에 두 차례 들러 네 시간씩 돌봐 준다던가. 아예 없는 것보다는 나을지라도 어머니 경우는 그 정도로 어림 턱도 없었다.

계성재에서 지낸다는 장희를 만나볼 참이다. 면목이 없기는 하다.

지난 오월 초 전화기의 카톡 방이 갑자기 시끄러웠다. 초등학교 동창생들의 카톡방이었다. 그날 카톡 방에 장희의 어머니이자 선섭의 장모인 별량댁이 돌아갔다는 소식이 떴다. 장희와 선섭이 어영부영 합쳤다는 말을 듣고 있기는 했지만 카톡방에 부부로 나타나자 새삼스럽게 한심했다. 아무리 끼리끼리 모여 산다지만 병신들끼리 합쳐 오죽할까 싶었다.

인덕의 심사를 알 리 없는 부지런한 동창들이 동창회 벌이듯 문상 소식을 카톡방에 올려놓았다. 누가 왔네, 누가 오고 있네, 누가 오기로 했네. 당사자들은 아무 기척이 없는데 동창들만 소란했다. 인덕은 그 전주에 어머니 병문안을 다녀갔던 터라 그 주에는 문상하러 올 시간을 내기 어려웠다. 사실 시간을 내려 애쓰지도 않았다. 장희, 선섭과 맞닥뜨릴 게 두렵고 금당에 들러야 할 게 껄끄러웠다.

그래도 미리 좀 오고 갈 것 그랬다 싶다. 당장 어머니를 맡길 사람이라곤 장희밖에 없어 보이는 이런 상황이 될 줄 알았으랴.

인덕은 내일 밤부터 근무를 해야 한다. 다음주부터 3주 동안은 쉬는 날 없이 근무하게 돼 있었다. 어머니 보러 다니느라 휴일을 당겨 쓰고 바꿔 썼기 때문이다. 그렇게 칠남매의 일상이 엉망이 됐다. 다들 빠듯하게 살다가 수시로 시간을 빼려니 일상이 엉키고 꼬였다.

지금으로서는 어머니가 요양병원으로 다시 들어가 주는 게 최선이다. 그건 칠남매의 요망일 뿐 어머니는 다시 병원으로 갈 태세가 아니다. 퇴원하기 직전에, 한 열흘 동안 집에서 지내다 다시 입원하시자고 말씀 드렸을 때 어머니가 말했다.

"날 죽어서 장례식장으로 내다가 채래놓고 부의 받아 묵어라."

다시 병원으로 가자하면 또 무슨 독한 말을 내뱉을지 몰랐다. 억지로 병원에 데려다 놓는다고 해도 또 병동을 뒤집어놓아 강제 퇴원 조치 당할 게 빤했다. 어머니는 병원에 있지 않을 방법을 스스로 찾아내 버렸다.

계성재 대문채 바깥이 예전에는 넓은 바깥마당이었다. 그 바깥마당 외곽으로 지금은 사람 키 높이의 연둣빛 펜스가 둘렸다. 펜스 안쪽에는 사철나무 울타리가 빼곡해 안이 보이지 않는다. 펜스 높이의 녹색 문설주가 널따랗게 세워졌고 열리면 차가 드나들 수 있게끔 폭이 넓게 제작된 녹색 대문은 닫혀 있다. 쪽문도 녹색이다. 문설주에 달린 인터폰 벨을 누르자 안에서 누구냐고 묻는다. 장희 목소리다.

"장희니? 나야, 송인덕."

아! 하는 탄성과 함께 철컥, 쪽문의 걸쇠 풀리는 소리가 난다. 안으로 들어서며 문을 닫으니 턱 하고 문이 잠긴다. 사철나무 담장 안에서 보니 옛날 대문채가 그대로다. 인덕이 어렸을 때 계성재의 대문은 항상 열려 있었다. 그래도 자주 와 보지는 못했다. 계성재가 다른 세상 같아서 어려웠다. 매구 할매가 사는 집이 인덕 또래의 아이들에게는 어쩐지 귀신이 사는 집 같았다.

"송인덕!"

나무 대문을 열고 나오며 외치는 장희는 배불뚝이다. 아, 안되겠구나! 실망한 인덕이 속으로 뇌까린다. 장희한테 정식으로 어머니 간병을 부탁할 참이었다. 아장아장 걷는 애가 달렸다고 해도 젊으니 아이 데리고 다니면서 우리 엄마 간병 좀 해달라 하렸는데 배가 잔뜩 불렀지 않은가. 제 어머니 빈소에 있는 장희 사진 몇 장이 동창 카톡방에 떠서 봤다. 검정 치마저고리를 입은 몸피가 좀 두툼해 보이긴 했다. 몇 해 전에 어머니가 인덕에게 장희를 도야지처럼 피둥피둥하다고 했기에 사진을 보며 임신했을 거라곤 생각지 못했다.

"너, 또 임신했니?"

"어, 한 달 안에 낳을 거야. 너는 엄마 편찮으셔서 왔구나? 엄마 퇴원하셨어?"

"어, 집에 계셔. 숭모당 노인들이 잔뜩 오셨기에 너 보려고 잠깐 나왔어."

"엄마 편찮으신 건 안됐어도 오랜만에 네 얼굴 보니 반갑고 좋다. 들어가자."

"꼭 네 집 같구나?"

"내가 붙어사니까 내 집이기도 하지 뭐. 우리엄마 장례 치르고 나서 아예 이쪽에서 살게 됐어."

"선섭이는?"

"봄이 아빠는 어쩌다 잠깐씩 볼 수는 있어도 같이 오래 못 있어."

"어째서?"

"통증이 아무 때나 발생하는데, 되게 아프대. 아프면 무섭게 화가 난대. 그럴 때마다 봄이 아빠는 굴 속으로 들어가서 흙을 파거나 컴컴한 들판에 나가서 미친놈처럼 일을 하나 봐. 그래서 우리랑 같이 살 수 없다고 하고. 봄이는 제 아빠 얼굴이 무섭게 생겼다는 걸 모르고 잘 따르는데 봄이 아빠는 그런 딸한테 자기가 해를 끼칠까봐 무서워하지. 잠깐 안아보곤 나한테 얼른 넘겨 주고 가라고 해. 나는 봄이 아빠가 불쌍해서 얼른 데리고 나오고. 그나마 요새는 통증이 훨씬 잦아져서 잠깐 보기도 힘들어 해."

"봄이 너희 아이 이름이야?"

"응. 지금 세 살이야. 제 아빠 닮아서 아주 예쁘게 생겼어."

나무 대문 안으로 들어서서 문을 닫자 또 철커덕 잠긴다. 문이 잠겼는데도 장희가 빗장을 지른다.

"홍림당 때문에 이렇게 문단속을 하는 거니?"

"어. 홍림당께서 대문을 나가시는 순간 이 집은 지옥으로 변해 버

리기 때문에 담장이 두 겹이고 대문도 이중이야. 온 식구가 정신 똑
바로 차리고 문단속을 하지. 평소엔 아무렇지도 않으시는데 대문이
열려 있는 걸 보시기만 하면 꼭 누가 시킨 것처럼 밖으로 나가시거
든. 그게 나하고 봄이가 이 집에 살게 된 이유이기도 해. 그렇지만
오늘은 홍림당 내외분이 계시지 않아. 두 분이 병원 검진을 겸해 여
행 가셨거든. 은현이 서울 갔다가 얼마 전에 돌아왔는데, 두 분 모시
고 나갔고."

"그런데 문단속을 왜 해?"

"버릇이 돼서."

"홍림당은 문을 못 여서?"

"열쇠 번호를 모르시지. 숫자 눌러야 하는 자물쇠를 낯설어 하시
기도 하고."

대문 안 마당을 지나면 사랑채 마당이다. 사랑채에 아무도 없는지
조용하다 못해 호젓하다. 안마당으로 들어서자 아이소리가 난다. 안
마당에서 몸피 큰 남자가 아기 둘을 양팔에 안고 뒤뚱거리는 한 아
기를 놀리고 있다가 돌아본다. 뒤뚱거리며 걸어 다니는 아이가 봄인
가 보다. 장희 말대로 선섭의 모습이 제법 있다. 봄이가 제 엄마한테
두 팔을 뻗자 장희가 안아 올리며 말한다.

"제부! 이쪽은 내 친구 송인덕이에요. 인덕아, 쌍둥이 안고 있는
사람은 은현이 남편 한중경 씨야."

인덕이 인사하자 그가 아기 둘을 안은 채 허리 수그리고 나서 인
사한다.

"안녕하세요, 송인덕 씨. 결이와 빛이의 아빠입니다."

은현이 결혼하고 친정살이를 한다는 말을 들었다. 남편이 혼혈인이라는 말도 들은 것 같다. 얼핏 본 그의 눈동자 색깔이 색다르다. 그의 품에 안긴 두 아기의 눈동자는 보통인 것 같다.

"들어가서 할머님께 인사드리자."

장희가 인덕을 채근해 대청으로 오르게 하더니 건넌방으로 들어선다. 장희가 봄이를 내려놓자 아이가 아장아장 걸어가 매구 할매 등 뒤로 가서 엉겨 붙는다. 매구 할매를 뵙는 게 이십여 년만이다. 여름 한복을 곱게 입은 할머니는 텔레비전을 소리 없이 켜놓고 리모컨을 든 채 드라마를 보다가 당신 등 뒤에 엉겨 붙은 봄이를 당겨 무릎에 앉힌다. 장희가 큰 소리로 인덕을 소개한다.

"할머니, 얘는 점덕네 집의 막둥이 인덕이에요. 서울에 있는 병원에서 간호사를 하고 있어요. 얘 엄마가, 그러니까 점덕어매가 지난봄에 사고를 당했잖아요? 여태 병원에 계시다가 오늘 퇴원하셨대요. 이점저점 왔다가 저 보려고 들렀다네요. 인덕이 절 받으세요."

매구 할매는 귀머거리인데 장희는 보통 노인한테 말하는 것처럼 지성스레 소개한다. 인덕은 노인을 향해서 큰절을 올리고 앉는다. 눈이 마주치자 노인께서 마치 알아들은 듯 입을 여신다.

"점덕이네 막둥이라고?"

"예, 할머니. 송인덕입니다. 저 태어날 때 할머니가 받아 주셨다고 들었습니다."

"네 엄마가 널 낳느라고 고생을 좀 했지야. 여럿을 낳았는디도 널

낳을 땐 오래 걸렸제. 후산이 잘 안 돼서 더 고생했고."

"예, 할머니. 저도 그렇게 들었습니다."

"그래, 네 엄마가 요새 많이 아프담서?"

"예, 할머니."

"느그 성제가 고생이 많겄다."

"엄마가 고생이시죠."

"안 아프고 살다 떠나믄 좋은디 사람 맘대로 안 되는 거시 죽는 것이라, 느그 엄마도 고생이겄고."

"예, 할머니."

"허는 수 없는 것이고, 장이 보러 왔응게 장이랑 놀다 가거라. 우리 봄이는 여그 두고 저짝 가서."

장희가 제 아이를 노인 방에 두고 나서자 은현의 남편이 쌍둥이를 안고 그 방으로 들어간다.

장희는 인덕을 뒤채로 이끈다. 마당에 자그만 연못이 있는 집이다. 모원이라 쓰인 현판이 붙어있다. 대청 양쪽에 방이 있다. 인덕이 모원 마루로 올라앉자 장희가 왼쪽 방으로 들어가더니 깡통 주스 두 개를 들고 나와 하나를 건넨다.

"여기서 대접할 게 이것 밖에 없다."

"그쪽이 네가 사는 방이야?"

"그런 셈인데 옷가지 같은 것만 두고 잠은 할머니 방에서 자."

"불편하지 않아?"

"할머니가 불편하실지도 모르지. 나는 혼자 자기 싫어서 할머니와 함께 자는 거니까.”

“봄이가 있으니까 혼자 자는 거 아니잖아.”

“그러게. 봄이를 돌보며 의지하는 것보다 할머니한테 의지하고 싶은 걸 보면 내가 아직 백치인가 봐.”

장희는 전혀 바보 같지 않다.

“너 괜찮아 보이는데?”

“응, 나 이제 괜찮은 것 같애. 괜찮으려고 늘 발 밑을 살피며 살거든.”

“발 밑을? 발 밑에 뭐가 있는데?”

“내가 보살펴야 할 것들이 있지.”

“가령 뭐?”

“우리 봄이. 머지않아 태어날 샘이. 봄이 아빠 유선섭. 선섭이 엄마 구암댁. 매구 할매. 홍림당. 홍림당의 딸 은현이. 은현이 아기들인 결이와 빛이. 성심고모.”

“네가 그들을 다 보살핀다고?”

“방금 열거한 사람들 중 누구도 혼자서는 살 수 없으니까, 서로서로 보살피는 거지.”

결국 객식구이고 은현의 아이들 보모라는 거 아닌가.

“넌 이런 상황이 괜찮아?”

“괜찮다고 했는데 또 묻니?”

“네 생활이 없잖아?”

“내 생활이 뭔데?”

"그 많은 식구들과 연결돼 있으면 유장희라는 너 개인의 삶은 어떻게 되냐는 거지."

"으응, 무슨 뜻인지 알겠다. 글쎄, 네가 말하는 개인의 삶은 나한테는 의미가 없는 거 같아. 나, 나만 행복하면 된다고 여겼던 그거 실컷 해 봤는데 결과는 감옥행이었거든. 워낙 호되게 겪어서인지 지금 나는 뭐든 충분해. 뭐든 고맙고."

도통한 것 같다. 표정이 더할수없이 편하고 부드럽다.

"너는 어떻게 그런 생각을 하게 됐는데?"

"음, 작년 12월 16일, 은현이 쌍둥이를 낳던 날 홍림당이 사라지셨어. 홍림당이 사라지신 거에 충격 받은 은현이가 조산을 한 셈이지. 다행히 그 날로 홍림당을 찾았어. 늦은 밤에 홍림당께서 은현이 아기를 낳은 병원으로 향하신다는 연락을 받고 할머니와 나는 비로소 편해졌어. 자려고 잠자리를 봐 드리는데 할머니가 그러시더라."

"뭐라고 하셨는데?"

"이제 높은 곳에다 눈을 두지 말고 고개를 숙여서 네 발 밑을 봐라. 네 걸음걸이에 누가, 또 뭐가 맺혀 있는지 눈을 크게 뜨고 살펴 봐. 네가 정신을 좀 차려 주면 몇 사람이 좋아지겠는지도 생각을 해 보고. 할머니가 그렇게 말씀하시는데 불쑥 정신이 드는 것 같더라. 높은 곳에 둔 내 눈이라는 건 현실에서 떠난 나라는 것. 발 밑은 내가 딛고 선 현실이면서 나 때문에 삶이 힘든 사람들이라는 것. 동시에 나로 인해 삶이 평화로워질 수 있는 사람들도 있다는 것. 그런 게 보이더라고, 신기하게. 지금 나는 평화로워. 우리 봄이와 곧 낳게 될

212

샘이도 평화로울 테고. 봄이, 샘이하고 어울려 크게 될 결이와 빛이
도 좋겠지. 그러면 어른들도 좋을 테고."

장희가 어찌해 볼 수 없는, 지옥과 비슷한 상태에서, 그조차도 모
르는 바보로 살기를 바라지는 않았다. 그냥 그렇게 살고 있는 줄 알
았다. 모든 상황이 그랬다. 나쁜 남자한테 걸려 은행 돈을 횡령해 바
친 멍청이. 감옥에서 3년 6개월을 살다 나온 전과자. 겉모습이 괴물
처럼 변했다는 어린 날의 연인과 더불어 아이를 낳은 천치. 그런데
지금 장희는 평화롭기만 하다. 이상한 건 인덕 자신의 맘이다. 장희
가 불행하기를 바란 적 없는데 평화로운 모습에 자신의 마음이 아픈
것 같다.

"그렇게 계속 여기서 살 거야? 너희 애들이 크면?"

"지금으로서는 달리 생각할 게 없어. 나는 이 집 식구니까. 그나
저나 너희 어머니, 혹시 우리 홍림당처럼 치매기가 생기신 거 아니
니?"

"뭐?"

"내가 매구 할매와 지내면서 오지랖이 넓어져, 괜한 생각을 한 건
지 모르겠어. 그러니까 작년 늦가을 윤후네 감나무 가지 치던 날, 네
어머니가 저녁참에 매구 할매한테 오셨거든. 그때 네 어머니가 좀
이상하셨어."

"어떻게?"

"50년 전쯤에 동네 앞산에 큰불이 났던가 봐. 불을 낸 사람은 선
섭이 아버지였던 모양이고. 그 산불은 붉은데기 선섭네 밭에서 시작

됐는데 계성재 묘원을 제외하고는 산을 홀라당 태운 모양이야. 그때 이 집의 어른은 여례당이셨는데, 되게 엄하셨대. 그때 산불이 나자 여례당께서 산에는 물론이고 산자락에 붙어 있던 밭들에다가 나무를 심으라 하셨던 모양이야. 지금 이 집의 수목원이 돼 있는 곳들 말이야. 그 무렵 너희 집에서 밭 몇 마지기를 짓고 있었던 것 같애. 그 밭들에다 전부 나무를 심을 거라고 하니까 너희 어머니가 매구 할매를 찾아오신 거야. 불은 헌수가 냈는데 불똥이 왜 우리 집까지 튀냐고, 그러시지 말라고 부탁하러 들린 건데, 여례당은 무섭고 어려워서 못 뵙고 매구 할매한테 대신 말씀드려 달라고 사정하시더라고."

"50년 전 일을 말씀하셨다고? 그게 뭐 어때서?"

"네 어머니가 50년 전 일을, 지금 막 일어난 것처럼 말씀하시더라니까. 서른 살쯤 된, 어린 점덕이 엄마로서! 나도 은현이가 낸 소설책을 읽지 않았다면 산불 이야기 같은 건 알아듣지 못했을 거야. 소설책에 네 어머니 대목은 없지만 호영댁 아들 헌수, 그러니까 선섭이 아버지가 술김에 계성재 선산에다 불 지른 이야기는 꽤 자세히 나오거든. 은현이 소설책 읽어봤니?"

이태 전인가. 은현이 마을로 돌아와 산다는 이야기를 들었다. 은현이 책 때문에 영화장이들이 마을에 들어와 살면서 매구 할매를 다큐멘터리 영화로 찍고 있다는 말이었다. 인터넷을 검색해 봤다. 은현이 소설책을 네 번이나 낸 참이었다. 그 중 하나가 두 권짜리 장편소설 『매구 할매』였다. 검색을 했어도 책을 주문하지는 않았다.

"아니. 난 읽기 싫더라. 지금 네 얘기 듣자니까 내가 왜 읽기 싫었는지 알 것 같네."

"네 말뜻 알겠어. 암튼 네 어머니가 그날 밤에 많이 이상하셨어. 옛날이야기를 그렇게 정신없이 하면서 그쪽 밭을 거둬 가실 거면 다른 밭이라도 달라고, 여례당께 말씀드려 달라고 할머니한테 진심으로 부탁하시더라니까. 그러고 있는데 성심 고모가 커피를 가지고 들어와서 말했어. 아따, 점덕엄니, 뭔 옛날소리를 그렇게 해싸요? 그렇게 긴 얘기는 우리 할매가 다 알아듣지도 못하시는디!

그러니까 너희 엄마가 갑자기 정신이 드시는 것 같았어. 궁게, 늙응게 맨날 옛일이 생각나네! 그러시더라. 성심 고모도 너처럼, 너희 어머니가 옛날이야기 하신 걸로 생각하는 것 같았어. 나는 정신이 깜박깜박 해 본 일이 많은 데다 홍림당을 뵈며 지내니까 그 순간을 알겠더라고"

"그런 순간에 어떤데?"

"깊이 자다가 불쑥 눈을 뜬 거 같애. 어리둥절하달까, 생뚱맞달까, 그렇거든. 그래서 너한테 물어보는 거야. 걱정돼서. 아니라면 정말 좋은 거고."

아니라면 정말 좋겠다. 인덕은 뒤늦게 손에 쥐고 있던 깡통을 따서 주스를 들이킨다. 포도주스가 너무 달아 진저리가 난다.

이제 어째야 할까.

치매에 걸린 홍림당을 위해서 은현은 친정에서 산다. 장희를 식구로 받아들인 것이나 성심 아줌마가 들어와 사는 것이나 다 홍림당을 지키기 위해서다. 한 사람을 지키기 위해 온 식구가 삶의 틀 자체를

바꿨다. 뭐가 있는지 모르는 위가 아니라 발 밑을 보게 되면서 평화
롭다고 한다. 계성재에서나 가능한 이야기일 것이다. 어떻든 혼자서
는 아무것도 못하게 된 어머니가 인덕의 발 아래에 있다. 그게 현실
이다. 인덕은 한숨을 쉬며 연못을 건너다본다.

세상의 한 끝

병선 씨가 민화 집에 온 지 사흘째 되던 날 아침, 건너편 209호에 사는 아낙과 양 문간에서 마주쳤다. 병선 씨가 쓰레기를 비우러 나가는 참에 똑같이 쓰레기 봉지며 재활용품 봉지를 들고 나오던 아낙과 만났던 것이다. 병선 씨 또래로 보였는데 주름살도 별로 없이 얼굴이 말갰다. 아낙이 환히 웃으면서 먼저 인사를 해왔다.

"안녕하세요? 민화 씨 어머니신가 봐요?"

"어, 어찌께 아신다요? 첨 뵈는디?"

"민화 씨랑 똑 닮았네요."

딸이 어미를 닮는 게 당연함에도 그 순간 병선 씨는 자신과 딸이 닮았다는 사실에 안심하며 웃었다. 둘이 앞서거니 뒤서거니 계단을 내려갔다. 쓰레기 봉지를 놓고 재활용품을 분리해 넣고 나자 아낙이 돌아서지 않고 재활용품 분리소 안을 치우기 시작했다. 바닥에 뒹구는 페트병이며 비닐 통에 들어 있는 플라스틱을 제자리에 넣는 식이었다. 병선 씨는 구석에 있는 빗자루를 발견해 잡고 바닥을 쓸었다. 그렇게 재활용품 분리소를 치우던 와중에 경비원이 나타나 아낙을 김복현 여사님이라 불러서 이름을 알게 됐다. 김복현 씨가 병선 씨를 210호 유민화 씨 어머니라고 소개했고 병선 씨는 얼떨결에 자신의 이름을 말했다.

"나는 이병선인디요."

그러자 경비원이 자신은 최가라고 해서 셋이 웃었다. 덕분에 경비원과도 안면을 트게 되었다. 복현 씨는 병선 씨와 나이가 같았다. 두 딸과 아들 하나를 두었는데 큰딸은 미국 살고, 작은딸은 의사로 인천에 있는 병원에서 근무하며 그쪽에서 살고, 아들은 옆동에서 살고 있노라 했다. 남편은 10년 전쯤에 돌아가 혼자가 됐다고도 했다.

재활용품 분리소 청소가 끝나고 복현 씨가 자신의 집에서 커피를 마시자 청했다. 방이 세 개인 민화의 집과 방향만 다를 뿐 똑같은 구조였다. 분위기는 몹시 달랐다. 민화네는 젊고 어수선한데 복현 씨네는 은은하고 중후하달까. 금당에서는 대문안집에나 있을까 다른 집에서는 꼴 보기 어렵게 된 반닫이며 이층장, 문갑 등의 오래 된 가구들이 곳곳에 맞춤하게 놓여 있었다. 차를 마시는 탁자는 옛날 문짝에다 다리를 달고 유리를 올려놓은 것이었다.

문짝 탁자에서 커피를 마시면서 병선 씨는 금당 아낙네들이 떼서 던져버리거나 태워버린 옛날 물건들과 문짝들을 생각했다. 이렇게 예쁘게 잘 쓸 수도 있는 것들을 집을 고칠 때마다 원수 갚듯이 때려 부수고 활활 태워 없애다니. 옛날 물건들이 원수가 아니라 옛날에 살았던 세월이 원수 같아서 모두 그랬는가.

　그런 생각을 하면서 병선 씨는 시골집을 나와 민화네로 온 사연을 말했다. 마을 잔치를 하는데 토악질이 나서 집을 나왔노라고. 따지고 보면 부끄러운 이야기인데도 첨 만난 사람 앞에서 줄줄이 나왔다. 복현 씨가 갑장인 데다 맞장구를 잘 쳐 주어 그랬는지도 몰랐다. 더구나 맞장구치는 복현 씨 말투가 점점 병선 씨를 닮아 갔다.

　"으미, 그랬소? 잘 했소야. 그랄 때는 잠시 집을 나서는 것도 괜찮지라."

　복현 씨의 전라도 말씨에 웃던 병선 씨가 물었다.

　"혹시 고향이 우리 전라도요?"

　병선 씨의 질문에 복현 씨가 젊은 아낙처럼 깔깔 대며 나주에서 태어나 자라고, 결혼하면서 서울로 왔노라고 했다. 서로의 신상 이야기를 하는 동안 오전이 금세 지나가 점심때가 됐다. 병선 씨가 전날 담은 배추김치와 백김치를 말하면서 복현 씨를 민화네로 청했다. 함께 점심을 먹은 뒤 복현 씨가 문화센터에 장구를 치러 갈 시간이라며 일어났다.

　"장구요? 뚱땅거리는 그 장구?"

　복현 씨가 또 웃었다. 얼마간 여기서 지낼 거라면 집에만 있지 말고 동사무소 문화센터에 다니는 것도 좋을 것이라고 권해왔다. 한 달 교습비가 5만 원이라 부담 없을 거라면서. 그 며칠 뒤부터 병선 씨도 복현 씨를 따라 동사무소 문화센터에 나갔다. 초급반에 등록해 일주일에 세 번, 한 시간씩 장구를 배우게 됐다.

병선 씨는 평생, 친정 동네 이름에서 따온 학동댁이라거나 재화 어매나 민화어매 등으로 불렸다. 이름을 써보는 건 대통령이나 국회 의원 뽑는 투표 할 때 같은 특별한 날뿐이었다. 병원에 입원한 적도 없어서 따로 이름이 있다는 사실조차 거의 잊은 채 살아왔다.

문화센터에서는 누구 엄마나 누구 아낙이 아니라 자신의 이름으로만 불렸다. 서른 살이나 됐을 장구반 선생님이 매번 이병선 씨라고 불렀고 같이 장구를 배우는 사람들도 서로의 이름을 불렀다. 이름을 불릴 때마다 병선 씨는 자신이 젊어지는 것 같아 신기하고 재미났다. 까마득하게 잊어버렸던 어린 날의 기억들이 새록새록 떠오르기도 했다. 어릴 때 동무들은 병선 씨를 선이라고 불렀다. 선이야, 놀자. 선이야, 쑥 캐러 가자. 선이야, 학교 가자.

초급 장구반 사람이 서른 명쯤인데 남자가 열 명쯤은 되는 성싶었다. 남자건 여자건 장구를 잘 치는 것 같아 보이는 사람은 열 명 남짓이고 대개는 병선 씨처럼 생짜들이었다. 등록하고 몇 번 나오다 마는 사람이 흔했고 수시로 새로운 사람이 찾아왔다. 병선 씨가 잘 따라하지 못해도 부끄러울 게 없었다.

복현 씨는 여러 해째라 고급반에 속하는 설장구 반이었다. 그 반 수업은 오후인데 복현 씨는 초급반 수업에 보조 강사로 드나들었다. 보조강사인 복현 씨가 초급반 학생들 앞에서 장구를 메고 춤추는 설장구 시범을 자주 보여 줬다.

궁, 따, 덩, 다, 따르르르, 기따.

한복으로 된 설장구 춤옷을 입은 복현 씨가 장구를 메고 궁채와

열채를 두드리며 날렵하게 돌아치는 걸 볼 때마다 병선 씨는 홀려서 쳐다보곤 했다. 저 아낙이 나와 같은 나이가 맞나. 일흔다섯에도 저리 고울 수가 있나. 매번 다른 세상에 와 있는 것 같았고 실제 그랬다.

나날이 훌쩍 훌쩍 지나갔으나 병선 씨는 금당 떠나온 날을 세지 않았다. 영감과는 일절 통화하지 않았고 아들들의 전화도 받지 않게 되었다. 두 달쯤 됐을 때 큰아들이 찾아와 말했다.

"이만하면 충분하시지 않아요? 이제 그만 집으로 가세요."

병선 씨는 한 귀로 듣고 한 귀로 흘렸다. 열아홉 살에 시집 와서 꼬박 56년을 거기서 살았으니 충분하다고 생각했으나 그마저도 대꾸하지 않았다. 큰아들은 어매한테 화가 나서 나갔다. 그 뒤통수에 대고 용돈이나 내놓고 가라고, 쉰 살을 넘어 먹고도 늙은 어매한테 용돈 줄 줄도 모르냐, 소리치고 싶었으나 치사해서 참았다. 일주일 뒤에 둘째아들이 찾아와 소리쳤다.

"엄마, 혼자 밥 끓여 잡숫는 아버지가 불쌍하지도 않아요? 여든 살이나 되셨잖아요?"

여든 살 아니라 백 여든 살이라도 불쌍치 않다고, 네 놈 눈에는 아배만 보이고 어매는 안 보이냐고, 그리 불쌍하면 네 놈이 가서 밥 끓여 주라고 소리치고 싶었으나 병선 씨는 여전히 입을 떼기가 싫었다. 입을 떼는 순간 평생이 다 쏟아져 나올 것 같았다.

병선 씨가 시집이라고 갔을 때 시어매가 겨우 마흔여덟 살이었다. 그 나이에 끼니때면 상노인처럼 손끝 한 번 까닥하지 않고 방안에 들어앉아 며느리 손에 얻어먹었다. 그러면서 하루에도 열두 번씩 갖은 트집을 잡아대다 달려들어 며느리 머리털을 뜯어대곤 했다. 시어매한테 머리털을 뜯기고 나면 서방은 위로는커녕 주먹질을 해댔다. 그 징그럽던 젊은 날이 모조리 되돌아와 토악질이 난다고 둘째아들 놈 앞에서 말하고 싶지 않았다.

그 한 달 뒤 셋째아들은 처자식까지 달고 찾아왔다. 만나지 않았다. 셋째네 식구가 온다는 말에 병선 씨가 피해 버렸다. 해질녘이었다. 집을 나서서 전화기를 꺼버리고 동네 시장에 갔다. 이미 익숙해진 시장 골목을 걷다가 국밥집에서 순대를 사먹었다. 순대를 주문하면 맛있게 곤 돼지 뼈 국물에 파를 송송 띄워내 주는 국밥집이었다. 쉰 살 가량의 주인 내외가 모친한테서 물려받아 한다는 국밥집은 탁자가 다섯 개뿐인 자그만 가게였다.

그날은 토요일이라 여느 날보다 북적였다. 병선 씨가 갈 때마다 같이 일하던 아낙의 바깥이 보이지 않고 스무 살이나 됐을 사내아이가 거들고 있었다. 아낙의 아들인 성싶은데 사내아이가 버들가지처럼 야리야리했다. 새내기 대학생인가. 머리털이 길고 뾰족한 턱에 여드름자국 몇 개가 있는데 시장통 국밥집에서 일하기는 어렸다. 아이가 들고 나르는 뜨거운 뚝배기가 아슬아슬 위태로워 보였다. 안쓰러운 맘에 병선 씨가 주인 아낙한테, 할 일도 없으니 순대 값으로 뒤 시간 설거지나 해 주겠다고 했다. 주인 아낙이 반가워했다. 같이하던 바깥이 교통사고로 몸을 다쳐 병원에 누워 있다는 것이었다.

그날로 병선 씨는 취직을 했다. 바깥의 몸이 나아 돌아올 때까지 일한다는 조건이 붙긴 했어도 해질녘 안팎 네 시간 거들어주고 3만 원씩 받기로 됐다. 시장은 한 달에 두 번 전체가 쉬는데 첫째, 셋째 월요일이었다. 그런 날 쉬면서 처음으로 휴일의 의미를 알게 됐다. 아침에 문화센터에 갔다가 오후에 국밥집으로 출근하는 날들은 은 근히 바빠 혼자 웃으며 중얼거리기도 했다.

"도시 사람들이 이래서 바쁜가 보네."

국밥집에서 일한 지 석 달이 넘었다. 국밥집 바깥주인은 척추와 다리를 다치는 바람에 가게에 나와 일할 정도가 되려면 몇 달 더 걸 리려나 보았다. 병선 씨가 일할 날도 몇 달 간 더 남았다. 보통은 네 시부터 여덟시까지 네 시간씩 일하지만 다섯 시간이나 여섯 시간일 때도 있었다. 가끔 점심때부터 나와 달라는 날도 있는데 그런 날은 여덟 시간이나 아홉 시간 일하기도 했다. 주인아낙은 시간 당 6천 원 씩 꼬박꼬박 쳐서 그날그날 일삯을 주었다. 민화한테 얹혀사는 덕에 한 푼도 쓰지 않고 모았더니 2백만 원이 넘었다. 일평생 가져본 돈 중 가장 많은 금액이었다.

영감의 월급은 평생 한 번도 구경해 보지 못했다. 마늘이며 고추 며 유자며 매실 등의 농사를 짓고 겨울이면 유자공장이나 미역공장 에 다니면서 철철이 돈을 벌었으나 그 돈들은 병선 씨한테 고인 적 없었다. 자식들 밑으로 들어가기 바빴고 자식들 밑으로 들어갈 때도 애들 아버지의 통장을 통해서였다.

그렇게 평생 한 일과 번 돈이 다 어디로 갔건 아까운 줄 모르고 살 아왔다. 지금도 지나간 칠십 몇 년이 아까운 건 아니다. 그 속으로 다시 들어가기 싫을 뿐이다. 모든 걸 당연하게 여기고 살며 다 늙었는데 새삼 금당이, 또 그 집과 영감이 이렇게 싫은 까닭이 뭔지 몰랐다. 아니 싫다는 생각도 없다. 그저 그쪽으로 돌아간다는 생각만 하면 구역질이 났다. 구역질하다가 숨 막혀 죽을 것 같았다. 그런 판이라 2백만 원이 뿌듯하고 좋다. 민화한테 짐으로만 얹혀 있는 게 아니라는 생각을 하게 해 주기 때문이다. 내가 낳고 키워서 대학까지 마쳐 주었던 내 딸이고, 그 딸한테 이제 네가 내 집이 돼 주고 지갑도 돼 줘야겠다고 큰 소리도 쳤지만 그건 별개였다. 돈이 없을 때는 어쩐지 맘이 오이장아찌처럼 찌부러진 것 같았다. 돈이 조금씩 모이기 시작하면서 맘도 어깨도 차츰 펴졌다.

오늘은 셋째 월요일, 시장이 쉬는 날이다. 병선 씨의 생일이기도 하다. 아침에 미역국을 끓여 차려 주니 민화가 엄마, 생신 축하드려요, 그랬다. 그걸로 충분했다. 금당에서는 한창 초벌고추를 따 말리고 올콩을 거두고 마늘씨를 손질하느라 바쁠 때이다. 점덕어매는 사고로 누운뱅이가 된 지 넉 달만에 집으로 왔는데 치매까지 겹쳤다고 윤후네가 알려주었다.

그 자식들이 하도 사정을 해서 윤후네가 점덕어매를 짬짬이 봐 주기로 했다. 점덕어매는 아침 아홉시에 읍내 요양보호소 차를 타고 갔다가 다섯 시에 돌아오게 됐다. 윤후네가 점덕어매를 아침에 차 태워 보내고 저녁에 맞이해서 잠들 때까지 돌보는 것이라 했다. 점덕어매가 요양보호소에 가지 않는 주말에는 자식들이 번갈아 와서 모친을 돌보기로 됐다. 그런데 지난 두 달 가량의 주말에 자식이 온 건 네 번

뿐이라 했다. 물론 간병비를 받고 있으나 너무 매여 살게 되니 힘들다고, 그만 하고 싶은데 어째야 할 줄 모르겠다고 하소연했다.

"으미 어찌까잉."

병선 씨는 그러고 말았다. 금당에서 무슨 일이 벌어지고, 또 벌어질 것이든 거기서 나와 있는 병선 씨는 한가하다. 아침에 문화센터 다녀와 복현 씨와 차를 마시고 건너와 민화가 좋아하는 열무김치를 담았다. 어제 국밥집 일 끝나고 나오던 시장에서 열무 두 단을 싸게 샀다. 파장 무렵이라 채소가게에서 싸게 팔고 있었다. 싸든 비싸든 두 단을 산 까닭은 복현 씨네도 좀 나눠주기 위해서였다. 복현 씨가 동무가 돼 주지 않았다면 서울살이가 얼마나 답답했을 것인가. 그게 늘 고마워서 김치를 담을 때면 으레 그 집 몫까지 생각하게 됐다. 풋고추와 밥을 믹서에 갈아 버무린 열무김치를 복현 씨한테 한 통 건네 주니 좋아하며 말한다.

"김치를 이리 얻어먹다가 자네가 시골로 돌아가면 난 어쩐대? 금당 가서도 김치 담아 보내 줄라나?"

"그람세."

"말이라도 좋구만. 고맙네. 오늘도 아들 집에 좀 갖다 줘야겠네. 우리 아들도 자네 김치를 아주 좋아한다니까."

병선 씨 며느리들은 시어미의 김치를 고마워하지 않았다. 택배기사한테서 건네받는 게 번거롭다는 이유였다. 몇 해 전 추석에 며느리들이 그런 푸념하는 것을 들었다. 며느리들한테 서운한 게 아니라 자신이 분했다. 생각해보니 그들이 김치 담아 달라한 적이 없었다. 남들이 그리 하기에 나도 해야 하는 줄 알고 했다. 남들 따라 하면서 남들과 같이 나도 어미노릇 잘하고 있다고 위세했다. 며느리들의 푸념을 듣고 난 뒤 병선 씨는 아들들 집에 김치 보내는 짓을 멈췄다. 김장 김치도 김장할 때 저희들이 와서 거들지 않으면 그 몫만치 담지 않았고 보내지도 않았다.

"시골 아낙이 담은 김치 맛나게 먹어 준당게 나도 좋네. 들어가소."

"어, 고마워."

김치를 나누고 난 병선 씨는 집안을 치우기 시작한다. 김치 담느라 어지러워진 부엌을 정리하고 거실 물건들을 제 자리에 놓고 청소기를 돌리고 민화 방의 화장실에서 빨랫감을 들고 나와 세탁기에 넣는다.

민화는 제가 나중에 치우겠다고 놔두라고 하지만 나중이 언제일지 몰랐다. 저녁을 먹고 늦게 들어오기 일쑤였다. 일찍 들어오는 날은 저녁 먹고 피트니스 센터에 운동을 하러 나갔다. 아예 운동까지 하고 들어오는 날도 있었다. 눈치로 보자니 연애를 하는 것 같기도 했다. 행여 임자 있는 사내를 만난다고 할까 봐 겁이 나서 묻지는 못한다.

오래 전 금당 새토구에 조성댁이라 불린 정순심이 살았다. 병선 씨와 같은 해에 금당으로 시집왔다. 조성댁은 애를 낳지 못한 채 일찌감치 과부가 되었고 시어매 밑에서 시동생들과 시누들 뒷바라지 하며 살았다. 시어매 돌아가고 시동생과 시누들이 모두 나가기까지 십 년이나 걸렸던가. 조성댁은 아직도 펄펄하게 젊었다. 홀로 지내다보니 옆집 민성 아버지와 정분이 났고 작은집처럼 지내게 됐다.

그리 지낸 지 일 년이나 됐을 때 민성어매가 조성댁네 헛간에다 불을 질러버렸다. 민성아배가 조성댁 방에서 자고 있던 새벽이었다. 헛간에 지른 불은 삽시간에 안채로 번졌고 온 동네 사람이 불을 끄느라 난리를 피웠다. 그 틈에 민성어매는 동정지로 올라가서 목을 매버렸다. 불을 다 끄고 나서야 소나무에 매달린 민성어매를 발견했다.

조성댁은 민성어매 장례식을 치르고 난 이튿날 새벽에 동네에서 사라졌다. 일이 원체 컸던지라 당시에는 아무도 조성댁을 흉볼 생각조차 못했다. 목을 매버린 민성네를 짠해 하지도 못했다. 그렇지만 수십 년이 지났어도 그 일은 금당 사람들 안에 박혀 있다가 틈만 나면 비집고 나온다.

"에이그, 뭔 쓰잘 데 없는 생각을 한다냐."

중얼거린 병선 씨는 건조대의 빨래를 걷어다 소파에 놓고 앉는다. 민화와 연결해 떠올랐던 민성어매와 조성댁 이야기가 달아실댁 생각으로 번진다. 달아실댁 순하 엄마는 딸 여섯을 낳고 과부가 됐다. 달아실댁이 과부된 지 이태쯤 됐을 때, 가을이었다.

병선 씨는 그날 해질녘에 여섯 살짜리 민화를 데리고 읍내 봉황산 아래 영춘의원에 있었다. 뒷개서 꼬막을 캐 수매하고 집으로 들어왔더니 민하 몸이 불덩이였다. 숨을 제대로 못 쉬는 것 같았다. 머리에 수건이나 얹어줄 상황이 아니었다. 꼬막 만한 계집애 감기 걸린 것 가지고 수선 피워댄다는 시어미 말을 무시하고 애를 들쳐 업고 나섰다. 차가 드물었던 그 시절, 동네에 차라고는 딱 한 대 계성재에 있었다. 동네사람들 누구도 그 차를 탈 수 있다고 여기지 않았다. 병선 씨는 애를 업고 운대정류소로 내려가 맨먼저 나타난 트럭을 가로막았다. 애가 죽을 것 같다고 했더니 영춘의원 앞까지 태워주었다.

민화는 급성폐렴이었다. 입원했다. 주사 맞고 약을 먹은 아이가 잠이 든 뒤 병선 씨는 병원 대합실 출입문 옆에 있는 공중전화로 민화 아버지 사무실로 전화했다. 민화 아버지는 마감이 덜 됐다고 다 끝난 뒤에 들리겠노라 했다.

아픈 애를 업고 숨 가쁘게 왔을망정 애는 약기운을 타고 잠들었고 병선 씨는 급작스레 한가했다. 그 시간에 집이 아닌 곳, 동네 밖에 있다는 사실이 낯설면서도 좋았다. 출입문 옆 창에다 머리를 대고 어둠이 내려앉는 길과 길옆 숲을 건너다보았다. 민화만 데리고 이처럼 한가한 먼 곳으로 갔으면 좋겠다는 생각이 들었다.

그렇게 망연한 시선 속으로 아는 사람이 들어왔다. 전매청 다니는 철진 아버지 방섭 씨였다. 병원 앞길이 봉황산 팔각정까지 이어져 있고 중간에 공원도 있다고 했다. 식당도 있나보다 했다. 민화 아버지만 해도 저녁 자리 때문에 막차를 떨치고 이십 리를 걸어오는 날이 드물지 않았다. 그런 생각을 하고 있는데 아는 사람이 또 나타났다. 달아실댁 순하 엄마였다.

'순하 엄마도 저녁 자리가 있능가 보네.'

무심코 중얼거리다가 퍼뜩 머리를 들었다. 달아실댁이 봉황산에서 저녁 먹을 일이 뭔가 싶어서였다. 달아실댁이 세 살이 많지만 동무지간으로 지냈다. 동갑인 윤후네와 셋이서 친한 편이었다.

다시 눈을 창에 댔다. 달아실댁 뒷모습이 보였다. 긴치마에 앞단추인 긴 스웨터를 입었고 손에는 지갑을 든 것 같았다. 달아실댁이 이 시각에 읍에 있으려면 꼬막을 담아 이고 나온 고무함지를 팔에 끼고 있어야 맞춤했다. 빈 고무함지에는 사려진 그물뭉치며 꼬막을 담아 판 보시기와 애들한테 줄 과자 한두 봉지 들어 있을 것이었다. 어두워진 데다 시야에서 벗어난 달아실댁은 더 이상 보이지 않았다. 바깥은 이미 어두웠다.

더 보려도 볼 수가 없었다. 민화가 깨어나 우는 소리가 들렸기 때문이었다. 그날 밤 애는 밤새 보챘고 사흘이나 지나서 차도를 보였다. 그러느라 두 사람을 본 일을 잊었다. 한 번도 생각나지 않은 건 아니었으나 달아실댁한테 묻지 않았다. 입에 걸지 않으므로 생각도 나지 않게 되었다.

봉황산 길의 두 사람 모습을 달리 볼 수밖에 없게 된 사건은 3년 뒤쯤에 일어났다. 철진 엄마가 철진 아버지와 달아실댁이 바람을 폈다고 동네를 뒤집어 놨을 때였다. 순하네 집에 가서 난리 피우고, 승모당 가서 울부짖고, 동각에 가서 소리치고 양사까지 가서 울어댔다. 철진 아버지와 달아실댁이 여기저기 불려 다니며 그런 일 없다고, 생사람 잡지 말라고 반박했다. 워낙 완강히 부인하는 데다 두 사람이 바람피우는 걸 봤다는 사람이 전혀 나타나지 않았으므로 철진 엄마만 미친년이 되고 말았다.

"나도 그때 본 것은 없응게 뭐."

병선 씨는 입을 삐죽하고는 마른 빨래더미를 끌어당긴다. 당시 그 두 사람 사이에 무슨 일이 있었기를 바랐는지도 모른다. 모르므로 병선 씨 맘 깊은 곳에 묻은 비밀이었다. 남의 비밀일망정 내 맘속에 묻어두니 내 것인 양 은밀했다.

"둘이 사는 빨래가 많기도 하네."

괜한 소리를 해 보며 수건부터 갠다. 민화가 무엇 때문에 노상 바쁘건 눈앞의 일거리를 두고 보지 못하는 건 병선 씨 버릇이다. 또 시골집과 달리 잠깐만 치워도 말끔해지는 게 아파트라 청소해 놓고 둘러보는 재미가 쏠쏠했다. 깨끗한 식탁에서 혼자 간단하게 밥 차려 먹는 맛도 괜찮았다. 좀 호젓하고, 약간 가볍고, 살짝 달다고나 할까. 그렇게 혼자 간단히 점심을 먹을 때 영감을 떠올리기도 한다. 영감도 혼자 차려 먹는 밥이 이렇게 호젓하고 가볍고 달기를. 딱 그만큼만 생각하곤 도리질해 버린다. 더 생각하다간 밥맛은커녕 구역질이 나겠기에.

점심을 먹고는 방으로 들어와 선풍기를 켜놓고 앉아 소설책을 잡는다. 두 달 전 지방선거 때 사전투표를 했다. 투표용지에 나온 사람들이 누군지 몰라도 일생 찍는 당이 정해져 있는지라 투표가 어려울 것 없었다. 아무데서나 투표를 할 수 있게 된 걸 보면 세상이 좋아진 게 분명했다.

투표하고 돌아와 집안을 치우다가 민화의 책장 모서리 먼지를 닦는데 눈에 익은 책이 보였다. 책이 눈에 익은 게 아니라 글자가 들어온 것이었다. '매구 할매'라고 적혀 있지 않은가. 두 권이 나란히 꽂혀 있는 『매구 할매』 아래에 유은현이라는 이름도 있었다. 은현이 소설가라고 했고 그 덕에 영화장이들이 1년이나 금당에 들어와 살고 매구 할매가 텔레비전에도 나왔다. 은현이 썼다는 책 구경은 처음이었다. 신기해 빼서 넘겨봤다.

'작가의 말'이라는 게 맨 앞에 나왔다. 작가의 말 시작이 '사람들은 흔히 자신의 삶이 소설책 몇 권은 될 것이라고 말한다.'였다. 이게 뭔 말인가. 여러 번 소리 내어 읽어보고서야 무슨 뜻인지 어림했다. 사람마다 책 몇 권씩 채울 만큼 기막힌 사연을 갖고 산다는 말이었다. 병선 씨는 고개를 저으며 중얼거렸다.

"나는 책에 쓸 것이 하나도 없다. 남들 다 하는 것만 하고, 남들 다 하는 것을 못 한 것은 빼고 쌨응게."

시어매나 서방한테 한 번도 대들어보지 못했지 않은가. 젊을 때 대들어봤다면 일흔다섯 살이나 먹어서 집을 나오지 않았을 것이다. 백 살인지 이백 살인지 모르는 매구 할매는 어땠을까. 얼마나 특별한 사연을 가졌기에 증손녀가 소설로 썼을까. 그게 궁금해서 병선 씨는 그날 은현이 쓴 책을 읽어보기로 했다.

맘처럼 쉽지 않았다. 국민학교를 다녔고 그때 공부를 잘했던 것 같기는 하지만 육십여 년 전이었다. 당시 아버지는 계집애가 국민학교 다녔으면 충분하다고 중학교를 보내주지 않았다. 아버지한테 중학교 보내달라고 대들거나 사정해 보지도 못했다. 학교는 그걸로 끝이었다. 책은 남의 세상 것이 되었다. 책이라는 걸 읽어본 적이 없었다.

육십여 년만에 처음 잡은 책 한 쪽 읽는데 한 시간은 걸리는 것 같았다. 소리 내어 몇 번이고 다시 읽어야 무슨 말인지 알아졌다. 그래도 읽어나갔다. 참고 읽으니 읽혔다. 『매구 할매』는 매구 할매인 녹두가 서방과 아들들을 잡아먹었다고 시집에서 쫓겨난 뒤 죽으려고 물에 빠졌던 이야기로 시작하고 있었다. 매구 할매가 사는 동네에서 56년을 살고 있는 병선 씨가 모르는 이야기였다. 매구 할매가 스물여덟 살 때라는 그 시작 대목에서 녹두는 '세상의 끝에 다다랐다'고 했다. '억지로 죽지 못했으니 저절로 죽을 때까지는 살아야 할' 거라고 했다. '세상 끝에서.'

겨우 세 쪽인 시작 대목을 읽고 난 그때 병선 씨는 한참을 울었다. 세상의 끝이라는 말 때문이었고 세상의 끝에 다다라 죽지 못하고 살아난 녹두가 불쌍해서였다. 울면서 녹두 때문에 우는 게 아니라는 것을 깨달았다. 불쌍한 여자는 녹두만이 아니라 이병선이었고 금당 아낙네들이기도 했다. 아니 세상 모든 여자들이었다.

매구 할매 이야기책은 두 권인데 아직 한 권을 다 못 읽었다. 어려워서라기보다 이야기 속에 나오는 아는 사람들과 알 것 같은 사람들 때문이었다. 병선 씨가 금당으로 갓 시집왔을 때 이미 노인이었던 사람들, 그때 어리거나 젊었던 사람들, 그들을 통해 주워들었던 그 옛날 사람들. 그들이 살던 삶들. 이야기 속에서 옛날은 옛날이 아니라 지금이었다.

첫 권의 말미에 이른 참인데 여순반란 사건이 터졌다. 군인들이 반란을 일으켜 여수며 순천에 난리가 났다. 그 소식을 듣게 된 계성재의 여례당 마님은 순천고등학교 선생인 아드님을 찾아 나선다. 순천 집에 아들이 없자 여례당 마님은 학교로 가서 내 아들 어디 있냐고 선생들한테 묻는다. 선생들은 오늘 유선생을 못 봤다고 한다. 유선생은 여례당 마님의 외아들 진섭이다. 사방에서 사람들이 죽어가고 있다는데, 아들이 보이지 않으니 이제 여례당 마님이 어찌 하시려나!

"아이고, 어짜냐!"

병선 씨는 가슴이 떨려 더 읽지 못하고 책을 덮는다. 마침 전화가 오기도 했다. 병선 씨는 다행이라 여기며 전화기가 있는 거실로 나선다. 들어 아는 이야기라 더 떨리는 것 같다. 유진섭 선생은 여순반란 사건 때 순천에서 죽었고 여례당 마님이 그 주검을 데리고 동네로 돌아왔다고 했다. 더구나 아들 장례를 치른 저녁에 읍내로 나갔던 여례당 마님의 남편도 공비들한테 죽었다. 그때 여례당 마님의 남편은 읍장이었다. 병선 씨가 금당으로 시집 와서 조금씩 들었던 소문 같은 일들이 소설책에 소상히 나타나므로 옛날의 남의 일들이 지금 내게 벌어진 일들인 것만 같다. 다시 겪어야 할 세상의 끝.

민화다.

"엄마, 오늘 국밥집 나가지 않는 날이라고 하셨죠?"

"오냐."

"지금 뭐 하세요?"

"김치 담고 청소했다."

민화한테 책 읽는다는 소리는 못한다. 어쩐지 부끄러워서 민화 없을 때 방에서만 읽었다.

"그럼 계속 집에 계실 거예요?"

"그러것제. 왜?"

"저녁에 친구 한 명 데리고 갈 게요. 오늘 엄마랑 외식하려고 했는데 그 친구가 전화로 저녁 먹자기에, 엄마 생신이라고 했더니 그럼 같이 먹자고 해서요."

"뭔 친구디?"

"친구가 친구지 뭔 친구가 어디 있어요?"

"생일이고 뭐고 간에 늬가 친구 데꼬 온다고 전화한 것이 첨이고, 그건 밥 해노라는 말일 건디, 엄마가 뭔 친구냐고 묻는 것이 이상하냐?"

잠깐 잠잠하더니 한숨 소리와 함께 민화가 말한다.

"유교현이에요."

"유교현이가 누군디? 네 대학 친구냐? 아니문 병원 친구?"

"엄마가 요새 읽으시는 소설 책 『매구 할매』 있죠?"

"그, 글제. 근디?"

"그 소설 쓴 은현이 셋째 오빠가 교현이에요."

"머시? 대문안집 셋째아들이라고?"

"네에. 그 대문안집 셋째아들이요."

"갸가 너보다 월 건디 어떻게 늬 친구냐? 갸랑 한 대학교 다녔냐?"

"아니에요. 예전에 갸가 우리 병원에 왔다가 보게 됐는데 한 동네 사람이라는 걸 서로 알아보고 연락하고 지내게 됐어요. 갸가 외국에 가서 여러 해 근무하다가 작년 말에 돌아와 다시 만나게 됐고요."

"근다 치고, 집에 데꼬 와서 나한테 보여 준다는 건 뭔 뜻이냐? 갸, 여적 홀몸이냐? 몇 살인디?"

대문안집 셋째아들이 이혼했다고 들은 게 십 년은 된 것 같아 나온 질문이다.

"갸, 저보다 두 살 많고 홀몸 맞아요. 오래 전에 이혼했고 재혼은 안 했으니까요. 근데 엄마, 갸하고 나하고 결혼, 그런 거 안 해요. 그러니까 이상한 생각 마시고 오늘 저녁밥이나 같이 먹어요."

임자 있는 놈은 아니라는 말에 맘이 푹 놓인 순간 어쩐지 부아가 난다. 결혼 같은 거 안 한다는 말 때문이다.

"결혼도 안 함서 뭣 땜시 엄마한테 밥을 해 달라냐? 느그 둘이 먹제. 그라고 그 놈은 직 엄니 아퍼도 통 내려가보도 안 허는 것 같든디, 그 동네서 나와 있는 나한테 와서 밥을 얻어먹고 싶다냐? 뭔 느 자구가 그 모양이다냐?"

"뭘 안 내려가 봐요. 그저께도 갔다가 어제 저녁에 올라왔다는데요. 엄마가 몰라서 그렇지 귀국한 뒤로는 한 달에 한 번 꼴로는 어른들 뵈러 다녀요."

대문안 집은 진입로가 따로 있어서 일부러 그 집에 가 보지 않는 한 누가 다녀가는지 동네 사람들이 잘 모르는 건 사실이다. 더구나 병선 씨가 2월에 집을 나와 반 년째 여기서 지내고 있는데 그쪽 일을 얼마나 알겠는가.

"알았다. 느자구 없는 놈이라고 한 건 내가 잘못했다. 글문 오늘은 일단 데꼬 와 봐라. 뭘 잔 해 놓을까나?"

"갸는 아무거나 잘 먹어요. 김치 담으셨다면서요? 그거 하고 불고기 해 주세요."

"몇 시에나 올 건디?"

"여덟 시쯤에요."

"알았다."

병선 씨는 더 묻고 싶은 숱한 말을 삼키고 전화를 끊는다. 교현을 본 건 작년 5월 은현의 혼례 때다. 대문안집 바깥마당에서 벌어졌던 전통 혼례식에 외국에 가 있던 셋째 아들이며 둘째 며느리까지 모두 왔었다. 생김새 다른 신랑 덕에 외국인들도 드물지 않았던 그 혼례식은 병선 씨가 평생 봐 온 그 어떤 결혼식보다 화려했고 소란했다. 매구 할매 영화를 찍을 때라 영화장이들이 커다란 카메라를 세워놓고 하루 종일 사진을 찍기도 했던 그때 그 식구들을 보면서 아낙들이 소곤거렸다. 옛날식 혼례 구경은 이번이 마지막일 거라고. 오래 살고 볼 일이라고.

병선 씨는 마트를 가기 위해 집을 나선다. 뒤늦게 온갖 생각이 밀려든다. 둘이 만나 밥이나 먹는 사이가 아닌 게 분명하다. 민화나 교현이나 혼자 몸이니 그건 다행인 것 같은데 마흔 중반의 한창 나이에 결혼도 안하면서 몸만 섞으며 지내는 건 괜찮은가. 그러다 도리질한다.

"안 괜찮을 건 뭐냐. 늙으면 죽어 썩을 몸 애껴서 뭐 한다고."

스스로에게 가르쳐 주는 것처럼 소리 내어 중얼거려 보지만 뭔가가 아쉽다. 뭐가 아쉬운 건지 몰라 주변을 두리번거린다. 경비실 앞이다. 오늘 경비 담당인 최씨가 창 안에서 손을 들어 인사를 해온다. 고개를 끄덕이던 병선 씨는 아쉬운 게 뭔지 깨닫는다. 세상에나, 이럴 수가! 민화와 교현이 결혼을 하게 되면 홍림당과 사돈지간이 되는 것이었다.

동네 사람들은 오십여 년 전에 돌아간 여례당을 아직도 마님이라 부른다. 세상이 아무리 변해도 그 마님을 기억하는 금당 사람들한테는 높고 컸던 그 집에 대한 생각이 여전했다. 지금도 그 집 사람들은 다르다. 백 몇 살인지 모를 매구 할매를 지성스레 모시고 치매 앓는 홍림당을 잘 지키기 위해 그 너른 집의 바깥을 둘러 울타리를 치고 딸은 친정살이를 한다. 그 집이 아직도 특별하고 높은 이유는 그 때문이다. 사람을 아낀다는 것. 그런 집과 사돈지간이 될 수도 있는 것이다. 둘이 결혼을 하면. 상상하던 병선 씨는 부르르 진저리를 치곤 도리질을 한다. 그렇게 되려면 자신이 금당으로 돌아가야 할 것 같지 않은가.

고양이 목에 방울 달기

올해 쉰여덟 살인 국수는 철물점을 벌이고 산다. 철물점으로 시작했을망정 리모델링에 관한 온갖 일을 다 하는 나름 사업체다. 아내를 만난 것도 그네가 일하던 미용실의 화장실 개수 공사를 하면서였다. 만난 지 1년 만에 결혼했다. 국수가 서른네 살 때였으므로 당시로서는 늦은 결혼이었다.

아들 경재를 낳은 지 이태만에 아내한테 미용실을 차려 주었다. 경재를 키우기 위해 홀로 지내던 장모와 합가했다. 집을 샀고 넓은 집으로 이사도 했다. 10년쯤 뒤 장모가 암에 걸려 돌아가고 식구가 단출해졌다. 경재가 초등학교 6학년 때였는데 아내가 미용실을 그만 두겠다고 했다. 남의 머리 만지는 게 넌더리난다는 것이었다.

국수는 쉬는 날 없을 만치 바쁘던 때였다. 그만치 사업이 잘 됐다. 아내가 넌더리난다는 일을 그만 둬도 살 만했으므로 흔쾌히 동의했다. 아내가 공부를 더 하고 싶어했으므로 그것도 찬성했다. 그러면서 무슨 공부를 할 거냐고 물었더니 시 쓰기를 배울 거라 했다.

시라니!

괭이가 알 낳았다는 소리를 들은 것만큼이나 황당했으나 대놓고 웃지는 않았다. 잘해 봐, 그러곤 말았다. 사실 국수가 외우는 시가 딱 한편 있었다. 서정춘 시인의 「죽편」이다.

여기서부터 멀다
칸칸이 밤이 깊은 푸른 열차를 타고
대꽃이 피는 마을까지 백 년이 걸린다

십여 년 전, 어떤 집 주방 공사를 위해 철거하려던 참에 수납장 문에 붙어 있는 신문지조각을 봤다. 문짝을 떼어내려다 읽게 됐는데 왠지 사무쳤다. 내가 출발하려는 기차에 앉아서 창을 내다보며 대꽃이 피는 마을을 찾아가려 하고 있는 듯했다. 그 신문지조각을 뜯어 주머니에 넣고 공사를 시작했다. 이후 그 시는 신문지조각채로 철물점 사무실 책상 앞에 붙어 있다가 어느 결엔가 사라졌다. 그래도 시라는 단어를 들으면 저절로 그 「죽편」이 떠오르면서 입을 달싹거리게 됐다.

어쩌면 「죽편」 덕에 아내가 시 공부한다는 말에 쉽게 동조했을 것이다. 대학 국문과라도 진학하려나, 대학 진학을 위해 입시학원에라도 다니려나. 은근히 기대했다. 그 한 달쯤 뒤에 아내는 입시 학원이 아니라 백화점 문화센터에 등록했다.

주제에 공부는 무슨!

그렇게 비아냥거리면서도 실망스러웠다. 아내나 국수 자신이나 고등학교 졸업하면서 기술을 배운 터라 대학이 남의 세상이었다. 경재도 공부를 썩 좋아하는 것 같지 않았다. 경재가 공부를 좋아하지 않는 것에 크게 걱정하지는 않았다. 요즘 엔간하면 다 간다는 대학이지만 대학 나온다고 취직이 만만한 것도 아니고 기술 한 가지 배우면 먹고 살 만하지 않는가. 아들놈이 대학 못가고 안 가면 국수가 끌고 다니며 기술 가르쳐 일하게 할 참이었다.

그렇더라도 경재가 대학생이 된다면 괜찮을 것 같았다. 대학은 큰 세상, 넓은 세상 아니겠는가. 그러려면 경재가 공부를 잘 해야 할 터. 어미가 대학이라고 다니면 아이가 공부를 좀 하려나 기대했던 것이다. 어쨌든 그러고 잊어버렸다.

2년 뒤쯤 텔레비전 드라마에서나 볼 법한 일이 일어났다. 월요일 아침 현장에 나갔을 때 동아리를 이뤄 공사하는 박 씨가 말했다.

"어제 오후에 갤러리아 백화점 뒤쪽 거리에서 제수씨를 봤는데, 어떤 남자하고 싸우는 것 같더라고? 역성을 들어 주려다가 어쩐지 끼어들 상황이 아닌 것 같아서 말았는데, 자네가 한번 알아 봐."

아내가 거리에서 남자하고 싸우다니! 아내는 그런 여자가 아니었다. 아내는 남과 큰소리로 싸울 줄 몰랐다. 살림을 깔끔하게 잘했고 남편인 국수한테는 고분고분했으며 아들한테도 자상했다. 며느리 노릇도 그만하면 구색은 맞췄다. 게다가 갤러리아 백화점 문화센터에서 시 쓰는 사람들과 만나 어울리면서 교양도 생겼다. 작은방에다 서재를 만들어 책 읽고 음악 듣고 차 마시며 지냈다. 가끔 시가 써지지 않는다고 투정할 때는 벌써 시인 같았다.

"에이, 집 사람은 여행 갔는데, 형님이 잘못 봤겠지."

잘못 봤을 거라고 박 씨 입을 막으면서도 불길하긴 했다. 박 씨가 역성을 들어 주려다가 말았을 정도면 잘못 봤다고 하기 어려웠다. 일요일인 전날 오후에 국수는 아들과 함께 배드민턴을 치고 사우나를 하고 집에서 저녁으로 피자를 시켜 먹었다. 문화센터 시 쓰기 반 동료들과 함께 문학기행을 간다고 나갔던 아내는 자정 넘어서 술이 많이 취해 들어왔다. 시를 쓰겠다고 미용실을 걷어치운 아내가 시를 얼마나 잘 쓰게 됐는지는 알 수 없어도 술이 왕창 늘어난 건 확실했다.

박 씨와 얘기했던 그날 밤 아내가 집에 돌아오지 않았다. 전화도 받지 않았다. 이튿날 낮에야 현장에 있는 국수한테 전화를 걸어와 대뜸 미안하다고 하더니 전화를 끊었다. 뭐가 미안한지는 이틀 뒤에 알게 됐다.

아내는 이태 사이에 자신이 관리하고 있던 미용실 전세 보증금 5천만 원과 37평 아파트를 담보 잡히고 대출 받은 1억 원을 시 쓰기 반에서 만난 놈한테 갖다 바친 것이었다. 아내가 돌려막고 있던 카드빚도 2천만 원에 달했다.

그 사기꾼 놈은 출판사를 하는데 시 읽는 눈을 갖추기 위해 시 공부를 하러 왔다고 문화센터에서 만난 여자들을 꾀었던가 보았다. 놈은 소설쓰기 반에도 등록해 같은 소리를 했던 것 같았다. 놈이 출판사 등록을 해놓고 책 몇 권을 낸 건 사실이었다. 출판사를 키우려 하는데 자금이 모자라니 투자 좀 하라 한 게 놈의 수법이었다. 시인이 되면 시집을 내면서 출판사 운영 지분도 갖게 되는 거라고 유혹했던 것이다. 놈한테 돈 주고 몸 주며 당한 여자가 밝혀진 것만으로도 여섯 명이나 됐다. 아내가 갖다 바친 돈이 가장 많은 것 같았다. 놈은 땡전 한 푼 토해내지 않고 감옥으로 갔다. 국수는 빚쟁이가 되어 이혼을 했다. 9년 전이었다.

그 빚을 간신히 다 갚고 나니 쉰여덟 살이 됐다. 백 년 동안 달린 기차 꽁무니에 묶여 끌려 다니다 풀려난 것 같았다. 이제 한숨 쉴 만하다 여긴 게 방정맞았던가. 어머니가 사고를 당하고 전신불수가 되었다. 지난봄이었다. 아들 경재가 제대한 지 1년 남짓 됐고 현장에 데리고 다니며 일을 가르친 지도 그만치 됐다. 아직 현장의 잡일과 청소나 하는 수준이었다. 아직 3년은 더 가르쳐야 할 판이라 국수가 일을 놓을 수는 없었다.

어머니가 사고를 당한 날로부터 8개월 여. 어머니는 홀로 열 자식을 키운다 하지만 칠남매는 한 어머니를 돌보기 위해 나날이 전쟁 치르듯 지냈다. 어머니를 집으로 모시고부터는 훨씬 심각했다.

"이 동네서 요양병원 갔다가 살아온 사람이 있는 줄 아냐?"

어머니는 요양병원으로 가면 죽는 줄 알았다. 그 말씀이 맞긴 했다. 국수 남매들도 어머니가 요양병원에서 몸이 나아서 집으로 돌아오게 될 거라고 믿지 않았다. 사실 어머니가 요양병원에서도 너무 오래 사시지 않기를 바라는 것일지도 몰랐다. 어머니는 그걸 알 만큼은 정신이 멀쩡하므로 한사코 요양병원을 마다하는 것이다. 문제는 요양병원에는 죽어도 안 가겠다는 정신만 말짱할 뿐 8개월 전의 어머니가 아니라는 사실이었다. 자식들에게 손톱 만한 불편도 주지 않으려고 노상, 나는 짱짱하다고 말하던 점덕어매는 더 이상 없었다. 넉 달 전쯤 집으로 와 하룻밤을 자고 난 아침에, 어머니가 칠남매를 모아놓고 요구했다.

"나는 느그한테 60년을 썼응게 느그는 돌아감시롱 나한테 1년씩만 써라. 내가 한 7년만 더 살랑게, 느그는 애기 하나 키운다 쳐라. 그라고 못 하겠으면 시방, 묵고 죽는 약 사다가 나한테 믹애라."

어머니의 계산속과 협박이 어찌나 분명하던지 아무도 대답을 못 했다. 모두 난감해 하고 있을 때 앞집의 윤후 어머니가 찾아와 읍내에 있는 〈주간 노인 보호소〉를 거론했다. 유치원처럼 아침 아홉 시경에 보호소에서 노인환자를 데리러 오고 오후 다섯 시경에 집으로 데려다 주는 시설이라 했다. 유치원처럼 토요일과 일요일, 공휴일은 쉬지만 평일 낮 동안은 보살펴 주니 환자는 물론이고 식구들한테도 좋지 않겠냐는 것이었다. 더구나 나라에서 비용을 반 부담해 주어 그리 비싸지 않다고 했다. 그 말을 들을 때 국수는 아무것도 보이지 않는 곳에 갇혀 있다가 서광을 만난 것 같았다. 요양원은 죽어도 못 간다던 어머니도 하는 수 없다 싶었는지 보호소는 다니겠노라고 했다.

그렇게 해서 칠남매가 순번을 정했다. 평일 날 어머니를 보호소에 보내고 맞이해 주무실 때까지 돌볼 사람, 주말과 국정 공휴일에 어머니를 돌볼 사람. 순번을 정할 때 각자의 거리나 형편은 고려하지 않았다. 못 올 형편이면 배우자라도 오기로 했다. 배우자가 없는 국수와 인덕은 홀로 감당해야 했다.

규칙을 정하고 보니 한 사람 당 한 달에 나흘 꼴이었다. 월급쟁이인 미덕과 문수와 인덕은 휴일과 월차 날 무조건 집으로 오기로 했다. 자기 손자를 키우는 점덕은 주중에 손자를 데리고라도 오고, 자영업을 하는 국수와 순덕과 영수는 무조건 주중 하루를 빼서 다니기로 했다.

사이사이 어쩔 수 없이 비는 시간은 앞집 윤후 엄마한테 간병비를 주겠다며 맡아달라 사정했다. 간병비는 평일은 한나절, 휴일은 하루로 분류해 한 나절은 2만 원, 하루는 4만 원으로 치기로 했다. 윤후 엄마가 허락해 보호소를 찾아가 수속하고 낮 시간의 어머니를 맡기게 되었다. 그리고 전담을 내놨다. 너무 쉽게 팔려서 아까워하거나 후회할 겨를도 없었다. 값을 좀 더 부를 걸 싶은 아쉬움은 남았다.

각기 한 달에 겨우 나흘이므로 해낼 수 있을 줄 알았다. 오산이었다. 월급쟁이는 주말에 일이 생길 수 있었다. 자영업자도 월급쟁이처럼 거의 주말이나 공휴일에 쉬었다. 주로 상하수도며 화장실 리모델링 공사를 하는 국수의 일은 대개 평일 낮 시간대에 진행되는 게 관례였다. 점덕은 손자가 유치원에 가지 않는 휴일에 아이를 제 어미아비한테 맡겨야 움직일 수 있었다. 인덕은 3교대하는 간호사라 형제들과 비낀 날짜를 찾기가 어려웠다. 거의 주말로 몰렸고 다른 사람이 이번 주말에 가므로 나는 다음주에 가려니 하는 사람이 생겼다. 윤후 엄마가 대신 하는 하루가 자꾸 늘었다.

넉 달이 지난 이번 주말에는 급기야 아무도 집에 못 가는 사태가 발생했다. 추석 연후와 이어진 토요일인 오늘도 국수는 아파트 화장실 개조 공사 중이었다. 아파트 주인 식구가 이틀 전 아침부터 외국 여행을 떠난다며 추석 연휴 지나고 돌아올 때까지 공사를 끝내 놓으라고 주문했다. 그저께 종일토록 철거작업을 했다. 어제는 상하수도와 전기 배선 작업과 1차 방수공사를 했다. 오늘은 2차 방수공사를 하느라 한창 방수 시멘트를 붓고 있는데 윤후 엄마가 전화를 걸어왔다.

"어야, 경재 아빠야! 내가 많이 참었는디, 심이 부쳐서 더는 자네 엄니 거천 못하겠네. 나는 몸무게가 보통 50킬론디 자네 엄니는 65킬로는 나가시잖은가. 보호소 사람들이 자네 엄니를 휠체어에 내래놓고 가문 내가 혼자 마루로 올래야재, 방으로 들애야재, 침대로 올래야재, 날마다 어찌케 하겠는가? 덥기는 또 얼마나 더웠는가. 덥다덥다 이렇게 더운 여름은 평생 첨 봤네. 내 몸무게가 44킬로가 돼부렀단 말이시. 자네 엄니가 말이나 잘 들어잡순사! 몸이 맘이라등만 몸 아픈게 맘도 아프싱가, 입살이 어찌나 고약해지셨는지, 나를 아랫것 대하듯이 하신당게. 밤에 심심하지 마시라고 숭모당으로 모시고 댕기는디, 암만 가차워도 비 오고 바람 불면 못 가제. 집에 그냥 계시라고 하문 숭모당서 당신 흉보고 있을 거시라고 애먼 소리를 해 싸시고. 나한테 당신 흉보고 댕긴다고 생사람을 잡고."

윤후 엄마가 남 흉볼 사람이 아닌 걸 알므로 국수가 인사차 끼어들어 물었다.

"엄니가 왜 그런 말씀을 하신답니까?"

"재작년에 대통령하고 같이 나라를 들어먹은 순실이가 젤로 유명했잖은가. 자네 엄니 이름도 순실이고. 그때 할매들이 숭모당서 텔레비전 봄시롱 맨날 순실이 그년이 어짜고 함시롱 욕을 했제. 어지께 텔레비에서 순실이 재판이 어짜고 저짜고 하는 뉴스를 봄서 또 욕을 하게 됐제. 그랬드니 자네 엄니는 당신 욕하는 줄 알고 우리한테 욕을 막 해대시드라고. 팔도에 사는 순실이들이 기가 찰 노릇이었겠제만, 그 순실이들이 텔레비에 나오는 순실이 욕을 자기 욕이라고 생각하겠는가?"

국수가 기가 막혀 웃었다. 대통령을 제 맘대로 부리며 국정까지 농단했다는 최순실의 재판은 앞으로도 얼마나 더 진행될지 몰랐다. 어머니는 박순실이었다. 박순실은 국정 농단은커녕 한글도 겨우 읽지만 60년 동안 자식들을 위해 살았다. 그 덕에 자식들 앞에서는 대통령 옆의 최순실 만큼이나 힘이 세졌다. 그렇게 세진 힘으로 요즘 자식들 삶을 엉망진창으로 만들고 있었다. 윤후 엄마는 국수가 웃는 뜻을 알고 같이 웃고는 말을 이었다.

"그뿐인 줄 앙가? 금방 밥 잡숫고 나서 밥 안 준다고 소리를 질러대시네. 그라고 당신 자석들이 주말에도 안 오는 것이 내 탓인가? 쫌전에 머라신 줄 안가? 나한테, 품삯 많이 받을라고 우리 새끼들한테 오지 말라고 했냐고 하시대."

"그거야 편찮으셔서 그런 것이잖습니까. 아짐이 좀 봐 주셔야지요."

"알제. 앙게 넉 달이나 수발했제. 근디 나, 유자공장 가면 하루 오만 원 벌고 미역공장 가면 칠팔만 원 벌이를 하네. 그래도 공장 안 댕긴 지 몇 해 됐네. 왜 안 댕기냐. 혼자 몸이라 그리 뼈 빠지게 일 안 해도 살 만해서 안 댕기네. 나이도 묵을 만치 묵었고. 내가 새끼가 있는가, 손지새끼가 있는가. 먼 욕심이 있겠는가. 자네 엄니도 물론 내가 그런 걸 잘 아시제. 근디도 그라고 말씀을 하시니 내가 어짜겄는가. 평생 말씨가 고운 분은 아니셨제만 저라고 이상하게 변해분게, 내가 참말 더는 못하겠네. 그라고 아까 내가 허리를 삐끗해 부러서 더 할래도 못하네. 내가 오늘까지는 누구 어매 불러서라도 할 텡게 오늘 날짜까지 품삯 챙개 주고, 낼부터는 자네 성제들이 알아서 하소. 마침 추석이 닥치기도 했응게 자네 성제들 모여서 타압을 하문 쓰것네."

금요일인 어제 오후부터 일요일인 내일까지 점덕이 집에 가 있기로 했는데 점덕이 독감에 걸려 못 가게 됐다고, 윤후 엄마한테 대신해 달라고 했던 상황이었다. 사실 윤후 엄마한테 간병비를 주고 있으므로 전담 간병인 들여놓은 것처럼 칠남매가 등한하기는 했다.

칠십 중반의 윤후 엄마 입장에서 환자의 하루 한두 끼 챙기면서 기저귀 몇 번 갈아 드리고 환자 주변 청소해 주는 걸로 한 달에 백만 원 넘게 버시니 괜찮은 거 아니냐고 여겼다. 홀로 못 움직이는 환자를 씻기고 먹이는 일은 부수적인 것이라 생각했다. 윤후 엄마가 미역공장 가면 하루 칠팔만 원을 벌 수 있다는 사실을 몰랐던 것도 아니다.

어머니도 몸을 다치지 않았으면 무슨 돈벌이든 하고 있을 것이다. 어머니는 나이들수록 더 일 욕심을 부렸다. 일 욕심이 돈 욕심이었다. 1000평짜리 밭에 마늘과 콩을 이모작하고 5백 평짜리 밭에 가득 심은 고추 몇 백 주에서 3백 근 이상의 고추를 수확한다. 8백 평 논에서는 물론 벼농사를 지었고 겨울이면 공장에 다닌다. 나이가 많아 농협 유자공장은 못 다니게 됐어도 찬바람 돌기 시작하면 미역가공공장에 다니고 날이 아주 차지면 생굴을 까러 다닌다. 그렇게 번 돈을 아들 삼형제가 다 써 온 셈이었다. 국수가 빚에 시달렸을 때, 문수가 주식투자로 집을 날리게 됐을 때, 영수가 보증금도 못 받고 가게를 접어야 했을 때 등, 번번이 어머니한테 손 벌릴 일이 생겼다. 어머니가 자식들한테 큰소리치지 못할 이유가 없었다.

2차 방수공사를 마치고 금당으로 향했다. 이틀은 말려야 타일공사를 시작할 수 있으므로 그만큼의 여유가 생겼다. 건조 과정 점검이며 환기 시키기는 박 씨와 경재한테 맡기고 왔다. 도착하니 열시쯤이다.

윤후네에 먼저 들렀다. 윤후 엄마가 조금 전에 건너왔다며 온통 파스 냄새를 풍기고 있었다. 허리를 삐끗한 게 사실이었던 것이다. 윤후 엄마는 보통 열시쯤에, 어머니가 잠드는 걸 보고 자신의 집으로 건너온다고 했다. 이런저런 얘기를 나눈 국수는 윤후네를 나와 집으로 왔다.

잠들어 있을 줄 알았던 어머니는 통화 중이다. 방 밖에서 듣자니 전화기 속의 점덕을 붙들고 윤후 엄마 흉을 보고 있다. 돈을 백만 원이나 받으면서 제때 기저귀도 갈아 주지 않는다! 밥은 질고 반찬은 형편없고, 청소도 잘 안 해 준다. 오늘은 밥도 안 주더라. 배고파 죽겠다. 서방질하러 다니느라 밤에 집을 나가 있기 일쑤여서 환자가 오줌을 싸는지 똥을 싸는지도 모른다. 어저께는 찬장에서 깨소금 통을 들고 나가더니 아까는 냉동고에서 고기뭉치를 들고 나가더라, 등등.

국수는 더 듣기 싫어서 인기척을 내고 방으로 들어선다. 어머니가 아들을 보고는 도둑질하다 들킨 것처럼 전화기를 탁 닫아버리곤 내던지듯 내려놓는다. 청소도 잘 안 해 준다는 방은 파리가 미끄러지게 생길 만치 말끔하다.

"왔냐?"

"예, 엄니. 근디 어짠다고 윤후 엄마 숭을 그라고 봐대요? 윤후 엄마 말고 달리 누가 엄니 봐 준다는 사람 있소?"

"내가 언제 윤후 엄마 숭을 봤다고 그라냐?"

"금방 밖에서 잠깐 들응게 윤후 엄마 숭을 막 보시등만요. 왜요, 지금 똥 싸서 깔고 계세요?"

"똥은 아까 보호소 갔다 와서 저녁 묵고 화장실 가서 싸고 씻었다."

"어찌께 씻으셨는디요?"

"윤후 엄마가 씻개 줬재."

"그러면 지금 배 고프요?"

"고프다."

"저녁 안 자셨소?"

"못 묵었다."

"왜요?"

"밥 주는 사람이 없응게 못 묵었재. 윤후 엄마가 서방질하러 가부
러서 밥을 안 주드라."

넉 달 전, 어머니를 퇴원시켜 왔을 때 막내 인덕이 어머니가 치매
를 시작한 것 같다고 했다. 한 귀로 듣고 한 귀로 흘렸다. 여든한 살
이나 된 데다 혼자 침대에서 내려오지도 못하는 환자이니 치매라고
한들 별 수 있겠나. 치매가 무서운 건 주변 사람을 힘들게 하는 것
때문이라는데 어머니는 혼자 못 움직이니 그 점에 있어선 오히려 다
행이 아닌가.

그러면서 윤후 엄마한테 맡겨놓고 방치했다. 한편으로는 대문 안
집의 홍림당이 치매에 걸리고도 집에서 잘만 지낸다 하므로 어머니
도 그럴 것이라 기대했을 수도 있다. 또 어쩌면 어머니의 기운이 빠
르게 떨어지기를 기다렸는지도 모른다. 기대와 방치 사이에서 몇 달
지내는 동안 어머니의 치매는 돌이킬 수 없는 상태가 돼가고 있었던
것이다.

"시장하시당게 뭐 좀 차려올게요."

국수는 방을 나와 부엌으로 들어선다. 리모델링 공사를 하며 사는
덕에 어머니 집의 부엌과 화장실은 오래 전에 입식으로 고쳤고, 이
후 두 차례 더 개수했다. 부엌은 윤후 엄마가 어머니와 함께 저녁을

먹고 설거지 해놓은 흔적이 고스란하다. 물기 자국조차 없다.

"윤후네 감나무를 그냥 뒀어야 하는 건데!"

혼잣말을 뇌까리곤 냉동고에서 점덕이 해다 넣어둔 인절미를 꺼낸다. 어머니가 부득부득 우겨 윤후네의 감나무를 깡뚱하게 만들어 놨다고 했을 땐 그냥 그러려니 했다. 아무 짝에도 쓸모없는 감나무 가지 좀 친 게 무슨 대수인가. 누이 점덕은 나무를 잘라 동티가 난 모양이라고 했지만 코웃음쳤다. 이제 생각해 보면 그게 어머니의 치매 증세 중 하나였다. 동티 운운에 코웃음치는 대신 치매 치료를 시작했어야 맞다. 치료가 어렵다고 해도 진행이 더디게라도 손을 썼어야 하는 것이다.

인절미를 전자레인지에 해동시키고 김치보시기를 꺼내 상을 차린다. 아들을 키우는 홀아비로 십 년 가까이 살아온 탓에 어지간한 살림은 다 한다. 경재 엄마는 이혼 뒤에 남의 미용실에 취직했다. 가끔 국수가 없을 때 집에 와서 청소하고 밑반찬을 해놓곤 했다. 한 두 해쯤 그렇게 드나들더니 경재한테 서울로 이사 간다고 했던 모양이었다. 소문을 들으니 서울 사는 남자와 재혼하여 대전을 떠난 것이었다. 아직도 경재와는 가끔 연락을 하는 것 같고 간간이 용돈을 부쳐주기도 하는 것 같았다. 국수와는 일절 연락하지 않았다. 이혼 당시 국수는 아내한테 화가 나기는 했을망정 이혼까지 할 생각은 없었다. 경재 엄마가 이혼을 요구하고 나섰다. 적반하장이라더니! 국수는 그때 만정이 떨어졌다.

"엄니?"

어이없게도 어머니는 10분쯤 새에 잠이 들어 있다. 불러도 깨지 않고 코를 곤다. 휴, 한숨을 쉰 국수는 잠든 어머니 곁에 쟁반을 두고 이불을 들추고는 어머니 괴춤 속에다 손을 들이민다. 기저귀가 보송보송하다.

"이렇게 살뜰히 살펴 주는 윤후 엄니가, 더는 못하시겠다고 하는디 인자 어쩐다요. 엄니?"

어머니는 대답이 없고 국수는 또 한숨을 쉬고는 방의 불을 끄고 마루로 나선다. 사 들고 왔던 깡통맥주를 들고 건넌방으로 들어선다. 텔레비전을 켜놓고 앉아 깡통을 따서 마신다. 텔레비전은 아직도 최순실 얘기다. 이태 전 초겨울 주말마다 광화문 광장이며 각 도시의 큰 광장에 모였던 인파들과 그들이 든 촛불 물결. 대통령한테 물러나라던 외침들! 그 덕에 감옥으로 들어간 최순실과 박근혜가 자신들의 죄를 인정하지 않을뿐더러 이번 재판에도 또 궐석하는 바람에 연신 뉴스를 만들어냈다.

"여기서부터 멀다. 칸칸이 밤이 깊은 푸른 열차를 타고 대꽃이 피는 마을까지 백 년이 걸린다."

유일하게 외는 시를 주문처럼 읊으며 깡통맥주를 세 개째 비우고 있는데 대문 열리는 소리가 난다. 저벅저벅 발걸음 소리가 나고 방문이 벌컥 열린다. 셋째 문수다.

"오늘 못 온다더니, 왔냐?"

"막둥이가 전화해서 하도 난리를 치기에 왔소. 윤후 엄마가 허리를 다쳐서 더는 못하신다고 했다면서? 최순실 욕하는데 엄마 욕하는 줄 아시고 애먼 소리를 하면서?"

윤후 엄마가 인덕에게도 똑 같은 소리를 한 모양이다.

"그렇다더라."

"엄니는?"

"잠드셨다."

국수가 문수한테 맥주 깡통을 내민다. 문수가 한 통을 다 마시고
빈 깡통을 구기면서 입을 연다.

"윤후 엄마는, 정말 더 안 해 주시려나?"

"내가 아까 들러서 여쭤봤다. 못 하시고, 안 하시겠다더라."

"간병비를 두 배로 올려드린다고 하면 어떨까?"

국수 형제들이 한 번 왔다 갈 때 드는 비용이 최소 10만 원이다.
윤후 엄마한테 하루 4만 원은 너무 박했다. 그 때문인가 싶어 아까
윤후네에 들렀을 때 말해 봤다.

"두 배로 올려드리겠다는 말도 해 봤는데, 그 동안도 돈 때문에 한
게 아니었다고, 이웃에 사는 정리로 봐 드린 것이었다고, 정말 힘이
들어서 못하겠다고 하시더라."

"태현이 엄니도 치매라면서, 어떻게 집에서 모시고 있을까?"

태현은 홍림당의 큰아들이다. 문수와 동창이다. 동창이긴 해도 어
울리는 일이 거의 없어 문수는 그 집 사정을 잘 모른다. 국수라고 잘
아는 건 아니다. 이장인 민성이 국수의 동창이라 그를 통해 몇 번 들
었다.

민성에 따르면 그 집에서는 치매 걸린 홍림당을 위해 막둥이가 친

정살이를 하고 있고 성심 고모가 들어왔고 남의 식구인 장희가 제 집인 것처럼 들어가 살고 있다고 했다. 그 정도면 온 집안은 물론이고 온 동네가 홍림당을 감싸고 있는 셈이다. 그건 그 집안의 재력이 탄탄하기 때문이고 오랜 세월 동안 매구 할매가 마을 사람들한테 좋은 영향을 미쳐온 덕이다.

"그 집은 옛날부터 남의 식구를 자기 식구처럼 대해온 덕에 남의 식구가 한 식구가 된 것 아니겠냐?"

"장희한테 말해 보면 어떨까?"

"장희는 석 달 전에 둘째 애 낳고 대문안집에서 산다더라."

"다른 사람은 없을까?"

민성에 따르면 동네에 일할 만한 여자들이 없는 건 아니다. 그들이 동네 안에서 일하지 않으려 할 뿐이다. 공장에 다니고 면소를 통해 다른 동네 노인들의 간병인과 도우미 노릇을 하고 있을망정 동네에서는 안 한다는 것이다. 동네에서 일하는 건 직장으로 여겨지지 않기 때문인 것 같다는 분석도 내놨다. 그래서 동네 안 노인들을 돌보는 간병사나 도우미들도 외부에서 드나든다는 것이다.

"동네 안에서 찾기는 힘들 거 같다."

"그러면 우리 순실 씨를 어쩌지?"

쥐들이 모여 고양이 목에 방울을 달면 어떻겠냐고 의논하는 꼴이다. 누가 나서서 고양이 목에 방울 달 것인가. 칠남매 중 하나가 이곳으로 와서 살던가, 어머니를 요양병원으로 보내는 방법밖에 없다. 하지만 어머니를 돌보기 위해 자신의 생활을 접을 수 있는 사람은 없고 어머니한테 요양병원으로 가시라고 말할 수 있는 사람도 없다. 선택사항도 아닌 것이다. 정말 어쩔까, 순실 씨를. 국수는 한숨을 삼키며 맥주를 들이킨다.

달빛 스캔들

올해 일흔여덟 살 난 달아실댁이 과부 된 지 41년째다. 바깥사람은 그때 읍내서 술 마시고 경운기를 끌고 돌아오다가 송곡재에서 교통사고를 당했다. 발견했을 때는 이미 절명해 있었고 사고를 낸 차는 종적도 없었다. 달아실댁이 딸 여섯을 낳은 후였다. 행여나 또 애가 들어서지 않을까 잔뜩 기대하던 즈음. 늦둥이일지라도 애를 하나 더 낳으면 틀림없이 아들이 태어날 것 같았는데 과부가 되고 말았다. 막둥이 근하가 세 살, 큰딸 순하가 고등학교 2학년이었다. 시부모는 양존해 있었다. 서방 잃었다고 정신 놓을 짬이 있었으랴. 아들은 못 낳았을망정 자식이 줄줄이 딸렸으므로 밤낮 모르고 일에 매달려 지내며 이태를 보냈다.

순하가 고등학교를 졸업하고 취직한 그 해. 가을걷이를 끝낸 음력 구월 열나흘 날 오후였다. 서른아홉 살의 달아실댁은 장에 있었다. 보통 장보기는 아침녘에 이루어지지만 그날 오전에 뒷개에서 캔 꼬막을 팔러 나갔다.

그 무렵엔 사흘이 멀다 하고 뒷개에서 마을 공동작업이 이루어지
곤 했다. 공동 작업한 꼬막이며 바지락, 굴 등은 공동 수매했다. 물
때 시간 동안 캐는 건 각자 능력이어도 수매할 때는 집집의 양이 50
킬로그램, 60킬로그램 식으로 같았다. 달아실댁은 매번 공동 수매하
고도 2,30킬로그램씩 남을 정도로 손속이 야물었다. 수매하고 남은
걸 가지고 읍내 장거리로 나가곤 했다. 어물전에다 넘기면 몸이 편
한 대신 이문이 박했다. 노점 한 구석에 앉아 대접으로 팔면 손에 쥐
는 돈이 훨씬 컸다.

그날 꼬막을 다 팔고 나니 해가 꼴딱 넘어갔다. 친정아버지 제삿
날이라 꼬막을 다 팔고 달아실로 가기로 했는데 늦어버렸다. 아버지
제상에 제찬으로 올릴 고기 세 근을 끊어 서둘러 차부에 닿았다. 차
표를 끊고 돌아서는데 오라비한테 담배 한 갑이라도 사다 주고 싶은
생각이 났다. 달아실댁이 늦둥이라 오라비 내외와 터울이 컸다. 오
라비와 올케가 부모 맞잡이였다. 근방 가게로 들어갔고 오라비에게
줄 담배 한 보루와 올케한테 줄 사탕을 골랐다.

차가 출발하기 직전에야 간신히 탔다. 읍내 중학교나 고등학교에
다니는 학생들로 차 안이 북적였다. 금당 아이들도 여럿 있을 것이
나 알아보긴 힘들었다. 까딱했으면 차를 놓치고 이십 리 길을 걸어
갈 뻔했다.

차를 타서 다행이라고 달아실댁이 혼자 웃는데 누가 "순하 엄마."
하고 불렀다. 운대학교 동창인 방섭 씨였다. 전매청에 다니는 그가

퇴근하는 길이었던가. 여러 사람 틈에 서 있던 그가 달아실댁 짐을 받아 짐칸에 올려주곤 "늦었네?" 하며 웃었다. 그 순간 달아실댁 맘이 어쩐지 떨렸다.

운대 학교를 같이 다녔을망정 말 섞어 본 일이 드물었다. 금당으로 시집와서야 그가 그 동네에 살고 있는 걸 알아보았다. 동창인 걸 알아보았댔자 무슨 상관인가. 동네 크기로 유명한 금당에는 그 말고도 동창이 여럿이었다. 근동 아홉 마을 아이들이 죄 같은 학교를 다녔고 달아실댁과 방섭 씨 동창만 해도 백 명이 넘었다. 그 나이 이르도록 얼굴 볼 일이 흔치 않았고 봐도 데면데면하게 지냈다. 그런데 막차 안에서 본 그의 웃음이 몹시도 환해 달아실댁 맘이 일렁였다.

운대 오거리 정류소에 이르러 버스가 섰다. 정류장 공터에는 아름드리 버드나무가 있고 그 아래 버스표며 담배며 과자 등, 온갖 것을 파는 운대 상회가 있었다. 근동 마을 학생들이 우르르 내리더니 제들 갈 방향으로 흩어졌다. 대여섯이나 되는 금당 아이들도 마을 쪽을 향해 몰려갔다. 정류장에서 금당까지는 삼사 리나 될까. 반대편 마을인 금오를 지나 올라야 하는 달아실까지는 십 리 길쯤 됐다. 운대상회에다 맡겨 놓은 꼬막 뭉치를 찾아 짐을 뭉뚱그린 달아실댁이 방섭 씨를 향해 인사했다.

"올라가소. 나는 친정 갈랑게."

"달아실까지 간다고? 뭣 하러? 이렇게 어두운데?"

"오늘이 아부지 젯날이라 친정 갈라고."

"글문 오늘 장사하지 말고 친정으로 가제?"

"출가외인이 제상 앞 찾아가 절이나 한 자리 하문 되는디 유별나게 굴 거 있간니?"

"어둠이 짙은 게 그라제. 어느 세월에 달아실까지 가냐고."

"달이 저리 밝은디 무슨 걱정이랑가. 그만 올라 가. 나도 갈랑게."

달아실댁이 짐을 이곤 돌아섰다. 길을 건너고 금오 마을로 접어들어 허위허위 걷는데 뒤에서 따라붙는 기척이 나더니 머리에 인 짐이 훅 떨려나갔다. 방섭 씨였다.

"암만 해도 안 되겠어. 짐도 무거워 보이고. 델다 줄게."

"참 벨스럽기도 허네. 나야 노상 다니는 친정 길인디 어짠다고? 누가 보문 어쩔라고?"

"누가 보문 어떻다고. 그냥 가기나 해."

더 구시렁거리기 싫었다. 새벽에 일어나 밥 지어 식구들 먹이고 아침 일곱시에 갯바다에 나가 서너 시간 뻘밭을 기었고, 돌아와서 시부모 점심 차려드리곤 장으로 나갔다. 장바닥에서 네댓 시간 보냈다. 종일 얻어맞은 것처럼 온몸이 쑤셨다. 친정에 닿으면 아버지 제상에 절하기는커녕 그냥 엎어질 것 같았다. 사실 그러고 싶어서 기를 쓰고 친정으로 가는 참이었다. 친정에 가면 하룻밤일지라도 잠이 달았다. 줄줄이 달린 자식들이나 시부모가 생각나지 않았다. 일을 해야 한다는 조급함도 느끼지 않았다. 그래서 가는 길이기는 해도 혼자 걸을 일이 수월치 않는데 함께 걸어주겠다 하지 않는가. 짐까지 들어주면서. 묵묵히 걷던 방섭 씨가 마을길을 벗어나자 입을 열었다.

"달아실에는 요새 몇 집이나 있는가?"

"세 집 있제. 띄엄띄엄."

"옛날에는 사람이 제법 살았지 않은가?"

"나 혼인하기 전에는 일곱 집이 있었제."

"수월헌도 아직 쌩쌩한가?"

수월헌은 달아실 위에 있던 서당 집이었다. 옛날에는 근동의 공부하는 사람들이 찾아들어 몇 달, 몇 해씩 공부했던가 보았다. 왜정시대에 한학하는 사람이 줄어들다가 결국 없어지자 수월헌은 잊혀졌다. 그 집은 6년 전쯤에 자식들 교육을 위해 수월헌을 정리하고 서울로 갔다. 뭘 해 먹고 사는지는 알 수 없었다.

"수월헌은 달아실 바로 위에 있어서 한동네 같긴 해도 정확히 말하면 달아실이 아니라 대절에 있제. 여튼 지금은 비어부렀고. 백중이 할매가 그 집을 사서 육모정 하나 남기고는 죄 헐어불고 약초를 심었어. 백중이 할매는 들어 알제?"

"그 할매가 여자들 속병을 잘 고쳐 준담서? 우리 엄니도 일 년이면 두어 차례 백중이 할매를 찾아가는 것 같든디. 백중이 할매는 우리 매구 할매랑 비슷한 거 같어."

"그랄지도 모르제. 아닐지도 몰르고. 백중이 할매 딸이 진복인디 우리랑 같이 운대학교에 네 핸가 댕기다가 말었어. 생각 낭가?"

"생각 안 나. 어째 댕기다가 말었대?"

"미쳐가지고 그랬제."

"미쳤다고? 그 어린 나이에? 지금은?"

"지금은 이 세상 사람이 아니여. 몇 해 전에 뱀에 물려 죽었다고 하더라고. 진복이가 죽은 지 몇 달 뒤에사 친정 갔다가 들었는디, 나는 진복이가 자살한 것만 같어."

"미친 사람이 자살했다는 소리는 들어보지 못했는디? 결혼은 했었어?"

"결혼해서 딸이 둘이여. 연희하고 율희. 서방은 곰배팔에 절뚝인데다 얼굴에 흉한 상처자국도 있는데 애들이 얼마나 이쁘게 생겼는지 몰라."

"진복이라는 그 사람도 예뻤어?"

"예뻤제. 달아실이 환해질 정도로."

"어째서 미쳤대?"

"미쳤다는 건 진복이가 보통이랑 너무 달라서 내가 하는 말이여. 진복이는 산천에 있는 나무며 풀에 대해서 모르는 게 없고, 허구한 날 끌이나 대패 같은 걸 가지고 나무를 팠거든. 그 집 가면 문살이 전부 꽃살문으로 돼 있어. 전부 진복이 솜씨제. 요샛말로 하자면 진복이는 예술가 같은 거였을지도 몰라. 계속 살았으면 언젠가는 예술가로 이름이 났을지도 모르고."

"아깝네. 근데 그 서방이 얼굴에 흉터가 심하고 곰배팔에 절뚝이라면 혹시 소달구지 끌고 읍내 왔다갔다 하는 그 사람인가?"

"맞어. 천날만날 소달구지 끌고 읍내 한의원이나 장에 드나들게. 약초를 실어내거든."

"그 사람이 진복이 서방이라고? 너무 기운 짝인 것 같은디? 그 사람 벙어리이기도 하지 않은가?"

"벙어리인지 벙어리 숭내를 내는 사람인지는 그 집안사람들이나 알것제."

"뭔 사연이 있구만?"

"있겄제. 있을 것이여."

"원래 어디 사람인디?"

"벙어린게 어디 사람인지 말 못하제. 수도암서 중질하다가 내려왔다는 말이 나기는 했어."

진복의 서방은 아마도 여순반란 사건과 관계가 있을 것이라고 속 닥이는 소리를 들은 적이 있었다. 그 사건 때 쳐들어온 반란군들한 테 숱한 사람이 상했다. 금당의 계성제만 해도 대주 부자가 반란군 들 손에 죽었다. 진복의 서방은 그때 달아나지 못한 반란군 중 하나 일지도 모른다는 게 달아실 사람들이 아는 비밀이었다. 그가 부상 입고 달아나던 중 운암산 수도암으로 찾아들었고 그때 스님들이 그 를 숨겨 주었을 것이다. 수도암이 작은 절이라 길게 숨길 수 없으므 로 스님의 동생이라 속이고 달아실 백중이 할매 집으로 보냈을 것이 다. 그렇게 짐작은 했을망정 달아실의 비밀이므로 바깥사람들한테 는 말하지 않는 게 당연했다.

"그나저나 진복이가 자살했을 거라고 생각하는 이유는 뭔디?"

"그냥 그렇게 생개묵은 지집애가 오래는 못 살 거 같아서. 뱀에 물 려 죽었다고 항게 지한테 딱 맞게 죽은 거 같아서 하나도 불쌍치 않 고, 애들하고 서방하고 어매만 불쌍하데. 그람서 자살했을 거라는 생각이 들드라고."

"자네 이야기 하는 품새가, 공부 많이 했으면 소설 쓰는 작가가 됐 겠네."

"긍게 말이여. 엄니 아부지가 살아 계셨으면 중학교라도 보내달라 고 달달 볶아봤을 것인디, 오라부니한테 어찌게 졸르겠는가? 누에 치고 질쌈이나 하다가 혼인해 와서 논밭, 뺄밭만 기어댕김서 살게 돼 부렀제."

"그런 소리는 할 거 없고, 작가 된 것 같이 달아실 얘기나 더 해 보 소. 수월헌 집은 어떻게 그렇게 일거에 떠 버렸당가?"

한참이나 걸은 것 같은데 겨우 반절이었다. 달아실댁은 방섭 씨 손에 들린 짐 보퉁이에 손을 넣어 같이 들었다. 짐을 나눠들고 나란 히 걸으면서 자분자분 달아실 얘기를 했다. 얘기를 하다 보니 달아 실 저수지에 이르렀고 저수지에 뜬 달을 보았다. 하늘에 뜬 달과 물 에 뜬 달이 아찔하게 고왔다. 방섭 씨가 말했다.

"와! 어이없는 장관이네. 여기 달이 두 개나 떠 있을 줄이야. 방죽 에 잠깐만 앉았다가 갈까? 자네 심들어 보여서."

"그러세."

두 사람은 길에서 이어진 방죽으로 약간 들어서 나란히 앉았다. 밤하늘과 밤하늘이 담긴 저수지가 한숨 나게 아름다웠다. 달아실에 서 태어나 열아홉 살에 금당으로 시집갔다. 금당에서 스무 해 가량 사는 동안 일 년이면 서너 차례씩 친정을 오갔다. 그럼에도 달아실 댁이 처음 맞닥뜨린 광경이었다. 말이 나오지 않았다. 대신 눈물이 났다. 서럽지도 않은데 어째 눈물이 나는지 몰랐다.

　방섭 씨는 묵묵히 담배를 피웠다. 방섭 씨가 담배 두 개비를 피우는 동안 달아실댁은 눈물을 흘렸고 말은 하지 않았다. 말을 하지 않았는데도 실컷 말을 한 것 같았다. 맘껏 운 것처럼 속이 시원하기도 했다. 방섭 씨가 두 번째 담배꽁초를 저수지로 던지는 것을 본 달아실댁이 일어났다.

　"오늘 나는 참말 호강한 것 같다. 고맙다야."

　"괜히 울기나 했음서 호강은 무슨. 그래, 가자."

　두 사람은 일어섰고 십 분 가량 더 걸어 달아실댁 친정 앞에 닿았다. 방섭 씨가 물었다.

　"금당으로, 낼 오나?"

　"낼 점심까정 먹고 갈라고. 해년마다 그랗게."

　"그래 그럼. 아부지 제사 잘 모시고 와."

　"고맙다. 조심히 잘 가."

　방섭 씨가 돌아섰고 달아실댁은 그의 뒷모습을 쳐다보았다. 그가 보이지 않으면 집안으로 돌아갈 참이었다. 열댓 걸음이나 걸었을까, 방섭 씨가 돌아왔다.

　"모레 또 개튼다든디 그날도 장에 갈 거제?"

　"그, 그라것제. 왜?"

　"그날은 꼬막을 어물전에 넘겨불고 나한테, 사무실로 전화해."

　"왜?"

　"열엿새 달구경하자고."

264

"그, 그래."

얼떨결에 대답했다. 방섭 씨가 고개를 끄덕이곤 금세 시야에서 사라졌다. 이틀 뒤 해질녘에 두 사람은 차부에서 만났다. 봉황산 공원 길을 오를 때는 멀찌감치 떨어져서 걸었다. 봉황산 꼭대기 팔각정에서 열엿새 달을 구경했다. 눈물 나게 하는 달빛이었다. 눈이 부셔 눈을 감아야 할 만치 환한 달빛이었다.

그로부터 3년 가량 달아실댁의 몸 안에는 언제나 남이 못 보는 두 개의 달이 떠 있었다. 한 달에 한 번, 어떨 때는 두세 달에 한 번이나 만났으나 은밀한 달빛이 늘 환했다. 방섭 씨의 안사람인 철진네가 집으로 쳐들어와서 철진 아배와 바람피운다고 난리를 칠 때까지, 아니, 무슨 그런 황당한 말을 하느냐고 잡아뗄 때까지였다.

철진네가 어떻게 눈치를 챘는지는 알 도리가 없었으나 동네방네 떠들어대는 통에 한참 동안이나 시끄러웠다. 방섭 씨나 달아실댁이 워낙 잡아뗐거니와 두 사람이 만나는 장면을 봤다는 사람이 아무도 없었으므로 그 일은 철진네의 혼자 난리로 그치긴 했다. 그때 이후 달아실댁은 철진네한테 늘 미안했다. 방섭 씨가 환갑을 갓 넘기고 돌아갔어도 철진네에 대한 미안함은 여전했다. 그 시절 삼 년 가량 누린 달빛의 여운을 내내 맘속에 담고 살기 때문이었다.

오늘 숭모당에서 소주 몇 잔 마신 철진네가 느닷없이 옛날 얘기를 끄집어내지 않았다면 죽는 날까지 미안해하며 살았을 것이다.

한 달 전에 추석을 지냈고 가을일이 다 끝났다. 숭모당에서 아낙들이 모여 가을 관광을 어디로 갈 것인지 의논하며 노는 참이다. 백 살 넘은 여동 할매도 계시지만 아흔 넘은 상노인들은 관광을 함께 나서지 않으므로 왼쪽 방에서 당신들 시간을 보내고 있을 뿐이다. 자거나 텔레비전 보거나. 팔십대의 중노인들, 칠십대의 젊은 노인들, 늙은이 축에 못 끼는 오륙십대들까지 예순 명쯤은 가운데 마루방과 왼쪽 방을 터놓고 뒤섞여 있다.

집 나가 딸네 집에 가 살던 민화네가 추석 즈음에 돌아왔다. 근자에 통 바깥나들이를 하지 않는 홍림당과 성심 씨도 나와 있다. 심지어는 선섭어매까지 함께 한 참인데, 취한 철진네가 왼쪽 방 중노인들 틈에 끼어서 고래고래 소리를 질러댄다.

"즈그 둘이 뻘짓해 놓고 나만 뱅신 만든 거 아니냔 말이요. 내가 그 생각만 허면 천불이 나서 살 수가 없당게요. 철진아배 죽을라 할 때도 내가 물었소. 죽을 마당인게 솔직하게 말해 보라고, 인제라도 솔직허게 말을 해 주면 내가 숨을 쉬고 살 것 같다고요"

"아따! 저 세상 사람까지 델다가 무슨 그런 소리를 자꾸 해쌓는가. 뭔 일이 있었든지 말었든지 다 흘러가분 옛날 일 아닌가? 어른들도 다 계시는디 그만 허소야."

철진네를 말리는 사람은 영준어매다. 영준이 내도록 동네 안에서 살며 농협을 다니다 지난 정초에 퇴직했다. 영준은 앞으로도 계속 동네서 살겠지만 어매하고 같이 살지는 않는다. 옛날엔 시어미가 며느리 꼴을 못 봐내 시집살이를 시켰는데 세상이 바뀐 요새는 며느리들이 시어미 꼴을 못 본다. 영준어매와 아들네는 삼십 년 동안 한 동네서 따로 살고 있다.

마루 방 달아실댁 곁에 앉은 민화네가 혼잣말을 한다.

"뭔 소리를 하던 중에 얘기가 저기까지 가부렀으까."

민화네 곁에 있던 윤후네가 대답한다.

"내비뒤불고 신경 끄세. 저라다 말것제 뭐."

철진네가 어째도 달아실댁이 나설 입장은 못 됐다. 방섭 씨와 아무 일이 없었다면 뛰어 들어가 머리끄덩이라도 잡겠지만 엄연한 사실이 있었지 않은가. 있던 일을 없었던 것처럼 다시 또 부정하고 싶지도 않다.

오래 전, 아무 일도 없었노라고 잡아뗄 때 가슴이 얼마나 아팠는지, 그때 느낀 아픔을 아직 기억한다. 그와 더 만나지 못해 아픈 것보다 그런 일 없다고 부정한 게 훨씬 힘들었다. 다 늙은 지금 와서 이러느니 저러느니 나설 필요가 없는 것이다. 그렇다고 마냥 듣고 있기도 불편한 달아실댁이 일어난다.

"나는 먼저 나갈라네."

윤후네도 덩달아 일어난다. 그러자 원래 숭모당에 잘 오지 않고, 와도 오래 못 있는 민화네도 슬그머니 따라 나온다. 숭모당을 나온 세 사람은 광장을 건너 자연스레 가까운 윤후네 집으로 향한다. 달아실댁의 주머니에서 전화기가 진동한다. 큰딸 순하가 안부를 묻는다. 엊그제 전화에서 허리가 아프다고 했더니 그 걱정 때문에 해 온 전화다.

"한의원 가서 침 몇 대 맞고 왔등만 싹 다 낫었다. 시방은 숭모당서 밥 묵고 윤후네로 놀러 간다. 걱정 말고 일 봐라."

젊을 때는 아들을 낳지 못한 것이 큰 죄를 지은 듯 했으나 요즘은 딸만 여섯인 달아실댁이 상팔자다. 순하부터 근하까지 고등학교를 졸업한 뒤로는 제들끼리 도우며 알아서 자리잡았고 짝들도 잘 만났다. 다달이 똑같이 십만 원씩 어미한테 용돈을 보내 주고 때마다 찾아와 한바탕씩 놀다가 갔다. 팔순에는 딸들이 어미하고 유럽 여행을 나서겠다고 저들끼리 돈을 모으는 중이다.

집에 도착한 윤후네가 보일러를 올리고 전기주전자에 물을 끓여 커피를 낸다. 커피를 놓아주면서 민화네한테 묻는다.

"민화네 자네는 영영 딸네서 살 것 같이 굴등만 어째 좀 쉽게 와 분 것 아닌가? 민화가 그만 가라고 하등가?"

가을걷이로 정신없이 지내느라 속 깊은 얘기 나눌 짬이 없었다. 돌아온 민화네가 집 나가기 전과 똑같이 여간해서는 숭모당에 나오지 않기 때문이기도 하다.

"가라고는 아니 허는디 아무래도 눈치가 좀 보이기는 허대. 가만 봉게 연애를 허는 것 같은디 내가 있응게 조심하는 것 같고. 영감이 아프다고 엄살을 부려쌓기도 하고, 이점저점 추석 핑계로 와 부렀네."

"잘 왔네야. 딸도 인생 살아야 하고 우리도 죽을 자리서 사는 게 더 편허제."

"그랑게."

"근디 민화는 곧 결혼한다등가?"

"요새 애들은 연애는 해도 결혼은 안 해도 되는가 보데? 둘 다 결

268

혼은 이미 해 봤다고, 왔다갔다 연애만 함서 살 거라고 하드라고. 동
거도 않고."

"그라다가 애기라도 하나 생기믄 같이 산다고 나설지도 모르제."

"내가 참, 그게 분하당게. 요새는 마흔 넘어서 결혼하는 처녀들도
쌨등만. 그래서 민화도 아직 젊은 지 알았등만 어느새 달거리가 끊
겼다고 허드랑게."

"벌써? 쉰 살 안팎까지는 허기가 보통인디?"

"긍게 말여. 그 말 듣고 속이 얼마나 상하든지, 사실 그래서 내려
와 부렀네. 결혼도 않고 새끼도 못 낳음서 연애만 한다는 꼴이 뵈기
싫어서."

"민화가 연애하는 놈도 결혼한 적이 있다믄, 그쪽에는 자식이 있
능갑구만?"

"그쪽도 없다드랑게. 연애한 지가 상당히 된 모냥인디 그라문 달
거리 끊기기 전에 새끼 하나라도 낳을 궁리를 해야 쓸 거 아니여?
요새 사람들은 어째 그러는지, 아이고오."

"세상 변함서 사람도 변했는디 어짜겠어."

"긇기는 한디 아깝고 분하드랑게. 그나저나 윤후네 자네는 요새도
반산 양반 자주 만낭가?"

"일주일에 두 번은 만나제. 월요일 날은 읍내서 만나 밥 먹고 그
집으로 가고, 목요일 날은 읍내서 만나 내 집으로 오고. 어떤 날은
좀 멀리 가 보고, 어떤 날은 같이 병원 가고. 어떤 날은 같이 법무소
가고."

"법무소는 왜? 혼인신고 했능가?"

"무슨! 얘기 나누다가, 언제 죽을지 모릉게 뒷정리를 해놓자는 말이 나와서 그점저점 며칠 전에 대서소 구경을 했제. 그 양반은 자식들이 있응게 즈그 알아 할 일이고, 나는 암도 없응게 내가 먼저 죽으문 그 양반이 뒷정리를 해 주기로 했고. 아, 말 나온 김에 자네하고 순하 엄니한테 말해놀라네."

"뭔 말?"

"나 죽고 나문, 별 것도 없제만 이 집이랑 전답이랑, 몇 푼이나 남을지 모를 통장이랑 모두 장이 앞으로 가게 해놨네."

"장이라니, 봄이 어매 장희? 왜?"

"그냥, 그러고 자퍼서 그 양반한테도 그리 일러뒀네. 유언장 써서 공증도 해 뒀고."

"장희한테 준다는 건 잘한 일이네만 자네가 그런 생각을 한 건 뜻밖이네."

"장이 갸가 읍내 종고 댕길 때 어느 밤에 바느질감을 들고 우리 집엘 찾아온 적이 있네. 학교 가사 시간에 저고리를 만드는디, 책에 나온 대로 해 봐도 못하겠담서 나한테 갈쳐 달라고 왔등만. 내가 바느질 잘한다는 소리를 지 엄니한테 들었담서. 그래갖고 사흘 밤을 나한테 댕김서 저고리를 만들었제. 가시내가 눈이 또랑또랑하고 얼굴이 발개갖고 바느질을 하는디, 참말로 이뻬등만. 똑 내 딸이문 얼마나 좋을까나. 욕심이 났었제. 그 사흘 밤에 갸도 나한테 정이 쫌 들었등가. 그후로도 가끔 들러서 얼굴 보여주고 가대. 우리 윤후보다 서너 살이 많제만 저 가시내를 며느리로 삼으면 좋겠다고 나 혼자 욕심을 냈제."

"그런 일이 있었고만."

"글다가 은행에 취직해 갖고 서울로 훌쩍 가등만 텔레비전이 시끄럽게 사고 치고 감옥 갔다가 미친년이 돼서 돌아왔잖응가. 이 가시내가 미쳐갖고 동네를 갈고 댕김서도 가끔 밤이면 나를 찾아 오드란 말이시. 아짐, 맛난 거 먹으러 왔어요, 함서 쑥쑥 들어오드라고. 내 딸 미쳐댕기는 거 보는대끼 천불이 남서도 짠하대. 다행히 인자 도로 사람이 돼서 새끼도 둘이나 낳고 에미 노릇도 제법 하지 않은가. 애기들 크면 돈이 무작무작 들어갈 것잉게, 그때 에미노릇 하는 데 보태 쓰라고 장이한테 물려주기로 했네. 천지에 노는 땅이 쌨어도 장이는 한 뙈기도 없응게. 동네에 미리 말할 것은 아닝게 자네나 염두에 두고 있게."

"누가 먼저 갈지 어떻게 알것능가만, 잘 했네. 잘 하는 일잉게 동네 사람들하고 의논해도 됐을 것 같은디, 그래도 반산 양반이 더 가까운 모양이제? 그 양반하고 잠도 장가?"

"잠이라는 건, 그거 하냐는 소린가?"

"그걸 하거나 안 하거나 뭐, 같은 소리 아녀?"

"그라믄 같이 자기도 하네. 둘이 마주 앉으면 으레 쇠주 몇 잔씩 나누는데 술 마시면 운전을 못항게 술 마신 디서 그냥 자기도 허제."

"좋은가?"

"좋네. 서로 돌봐 주는 것 같은게. 서방인대끼, 동무인대끼. 서방이면 못 느낄 아리함이 있고, 동무면 못 느낄 은근함이 있고 그라제. 다 늙어 만낭게 서로 바라는 것이 없어서 편코."

"좋겠다."

"좋당게. 그래도 자네는 영감이 버젓이 있응게 부러워 말어. 순하 엄니라면 또 모르제만."

돌고 돌던 화제가 결국 달아실댁한테로 돌아오고 만다. 철진네가 한사코 알고 싶어하는 그 내막을 온 동네 아낙들도 궁금해 하는 것이다.

"고래적부텀 영감은 없제만 나도 그 염사는 없네."

달아실댁의 대꾸에 윤후네가 고개를 갸웃하며 묻는다.

"철진 어매는 그때 왜 그랬을까라? 하필이믄 순하 엄니를 콕 찍어서요?"

"과부라고 시피봐서 그랬겄제. 돈 번다고 뒷개로, 장으로, 논밭을 갈고 댕겼응게."

"그 무렵에 동네 안에 젊은 과부가 순하 엄니 말고도 열은 넘었을 것인디요?"

민하네가 덧붙인다.

"젤 이쁜 게 그랬을 거시여. 새끼를 여섯이나 낳고도 야리야리 해 갖고. 논밭, 뻘밭을 기고 댕김서도 얼굴은 좀 하야가니? 그 무렵 철진 어매에 비하믄 새각시 같었제. 철진 어매는, 제 서방이 곰같이 군게 순하 엄니한테다 분풀이를 한 것이것고. 서방하고 동창이라고."

윤후네가 나선다.

"어쨌그나, 순하 엄니! 평생 딱 한 번만 물어봅시다. 진짜 철진 아부지랑 무슨 일 있었어라?"

아무도 못 봤다는데 어째서 그게 그렇게나 궁금한지 모를 일이다.

"뭔 일이 있었것능가. 있을 수나 있고? 그때 동네 사람이 천오백 명은 됐을 것인디, 그 눈들이 천지사방에 깔렸는디 누가 어디서 뭔 짓을 하겠능가? 어만 소리 말소야."

그 많은 눈들을 다 피했다. 나중에 생각해 보면 신기하다 못해 이상할 노릇이었다. 그때 두 사람의 맘이 꼭 맞았기에 그랬던 것이라고 생각한 적이 있기는 했다.

"글기는 허제요. 괜한 소리해서 미안허네요."

"괜찮네. 반산 양반이 마시다 남긴 쇠주 없능가? 밍밍한 커피 말고 쇠주나 한 잔 더 하세."

"글까요?"

윤후네가 일어나 냉장고로 향한다. 달아실댁은 사십 년이 지나도 풀지 못한 한으로 날뛰는 철진네를 위해서, 또 자신을 위해서 다시 부정했다. 맘이 몹시 따가울 줄 알았더니 무던하다. 무던해진 자신도 괜찮은 것 같다.

"근디, 순하 엄니, 순하네 동정지랑 국새 밭, 안소재 논 산 사람 안 있소?"

간단하게 술상을 차려온 윤후네가 소주를 따라주며 묻는다.

"그 사람이 뭐?"

"내가 반산 양반하고 법무소 갔을 때 들은 소린디, 그 사람이, 긍게 송성수 아들 차현이가 유성이네 땅 여러 꼭지를 샀답디다. 그런 소리 들어봤어라?"

"아니, 암소리도 못 들었는디."

"점덕네 전답도 뽈새 내놨던 모양인디 나오자마자 그 사람이 사 간 모양이대. 국수 성제가 집만 냉가 놓고 싹 다 내놨는디 꼭 종구고 있기나 했던대끼 그 사람이 금세 계약을 해분 것 같드라고."

소주를 홀짝 마시고 내려놓은 민화네가 묻는다.

"뭐 할라고 그라고 땅을 사 댄대? 항꾼에 모닥모닥 있는 땅들도 아니고 여기저기 떨어져 있는디?"

"긍게 이상해서 물어보제. 와서 농사질 거라믄 안소재, 제비나리, 도투메기, 국새, 동정지, 붉은데기에 한두 뙈기씩 흩어져 있는 전답 을 사지는 않을 거 같웅게."

"우리 동네에 뭔 단지가 들어올랑가?"

"뭔 단지?"

"그런거 안 있능가. 아파트 단지라든가, 공장 단지라든가, 첨단시 설 단지라든가. 나로도에 우주센타 들어온 것 맹키로."

"아이고, 소가 하품하고 돼지가 눈물 흘리겄네."

"글문 우리 동네에 민속촌이 생길랑가? 그 차현인가가 그쪽 일을 한담서?"

"우리 동네에 민속이라고는 대문안집 뿐인디?"

"동각이랑 양사도 있제."

"긍게. 그것밖에 없는디 뭔 민속촌이냐고. 낙안읍성이니 해미읍성이니 하는 성 같은 게 있는 것도 아니고, 하다못해 녹도진성 같은 것도 여기가 아니라 녹동에 있잖은가. 저 아래 폐교에 만든 민속박물관 하나도 못 채워서 썰렁하기만 한디."

"우리가 엔간히 태워 묵었어야제. 원수만난대끼 부수고, 태우고, 버리고, 폴아 묵고. 아! 혹시, 운대학교 박물관 주인이 누군지 자네 앙가?"

"나로도에서 배 여러 척 갖고 큰 식당 하는 사람이람서?"

"우리가 본 적은 없잖은가."

"그 사람이 멀라고 우리 앞에 자기를 보여주겠능가?"

"그라믄 차현이가 아닐까?"

"으미, 정신없어. 그라등가 말등가 냅두고 술이나 마시세."

두 사람 이야기를 듣기만 하던 달아실댁은 창밖으로 고개를 돌린다. 작년 초겨울 깡똥하게 잘려버렸던 감나무가 겨울 지내고 봄이 되니 새 잎을 피웠다. 오종종한 가지에 잎을 틔우더니 가을에는 단풍이 들었다. 이제 단풍 든 이파리를 날려댄다.

점덕어매는 결국 요양병원으로 들어갔다. 제 어매의 병원 수발을 하려고 국수 형제들이 땅을 판 모양이다. 점덕어매가 간 병원은 큰아들 집에서 가까운 대전 외곽이라 했다. 제일 요양병원으로 들어갔으면 동네 사람들이 한두 번씩이라도 들여다볼 텐데 그렇게 나가는 경우 다시 보기는 어렵다.

이제 점덕어매는 죽은 뒤에 돌아와 묻힐 것이다. 당장에 누구라도 그렇게 될 수 있다는 걸 알기에 점덕어매가 떠날 때도 다들 그러려

니 했다. 다들 속으로 빌기는 했을 것이다. 부디 나는 고이 잠자리에
들었다가 그 길로 떠나기를. 윤후네가 유언장을 쓰고 공증까지 한
것이나 달아실댁이 밭을 판 것도 그래서다. 가벼이 죽기 위해서.

참 고왔던 당신

금세 눈발이 쏟아질 듯 하늘이 무겁다. 내린다면 첫눈일 것이지만 남녘 끝자락 마을의 첫눈은 어설프기 십상이다. 저 혼자 괜히 놀라 뭘 훔치지도 못하고 달아난 도둑 같다고나 할까.

오래 전 장희가 처음 상경하여 만난 서울의 첫눈은 어마어마했다. 갓 입사하여 수습행원으로 출근하던 때였다. 퇴근 무렵에 천지를 휘덮으며 쏟아지던 함박눈은 곧장 폭설로 변해 교통이 마비됐다. 그날 장희는 은행이 있던 종로에서 자취방이 있던 홍제동까지 걸어서 퇴근했다. 한 시간을 넘게 걸어야 했으나 힘든 줄 몰랐다. 아아, 이게 첫눈이구나! 연신 감탄하며 첫눈에 뒤뚱거리는 거리 풍경을 즐겼다.

"엄마, 우리 아빠는?"

승용차 뒷자리의 베이비시트에 앉아 있던 네 살배기 봄이가 느닷없이 소리친다. 금당 입구 금운교를 지나는 참이다. 샘이는 성심 씨한테 안긴 채 새근새근 자고 있다. 근 며칠 김장을 하느라 아무래도 등한했던지 아이들이 바깥바람을 좀 많이 쐤다. 봄이한테 감기 기운이 생겼다. 샘이는 예방주사를 맞아야 할 때라서 읍내 병원에 다녀오는 중이다.

"아빠는 아빠 집에서 일하고 계시겠지. 아빠는 왜?"

장희가 되묻는데 아이는 말이 없다. 후사경으로 보자니 엄지손가락을 물고 저 혼자 골똘하다. 아이 대신 성심 씨가 답한다.

"애비가 보고 싶은갑다. 집 앞에 나랑 샘이 내래놓고 올라가 봐라. 그라고봉게 요새 애비하고 뜸했다."

"그 사람이 애 보는 걸 힘들어해서 그렇죠. 저 혼자 가도 얼굴 안 보려고 하는데요."

"얼마나 심들문 그라겠냐. 그래도 가서 이름이라도 불러보고, 왔다간다고 목소리라도 들려 주면 위로가 되겠제."

몇 마디 나누는 사이 계성재 바깥문 앞이다. 은현은 제 아이들을 데리고 서울 집에 다니러 갔다. 은현의 새 책이 갓 나온 참이라 출판사에 들릴 겸해서 상경했다. 한서방이 독일로 발령이 나서 새해 둘째 날 아침에 출국할 것이라 했다. 은현은 그 배웅까지 하고 나서 돌아올 것이다.

제가 그렇게 크게 움직여야하는 것에 대한 대비였던지 은현이 장희에게 운전면허를 취득하라 했다. 지난 초가을이었다. 은현에게 그 말을 듣고서야 장희는 자신이 오래전 몇 해 동안 운전을 했다는 사실을 상기했다. 어떤 놈한테 미쳐서 사고치고 있던 무렵이었다. 아니 그놈한테 온전히 미친 건 아니었다. 헛것에 들린 장희가 스스로

278

를 놔버렸다고 해야 맞다. 여기가 아닌 저 어딘가에 가서 살고 싶다는 열망에 미쳤던 것인지도 몰랐다.

그놈이 그럴 것이라는 예감이 없지 않았다. 서류를 조작하여 빼돌린 금액을 비밀 계좌로 이체할 때마다 놈의 이름으로 했다. 정작 일이 터졌을 때 감옥으로 들어간 사람은 장희 자신이었지만 돈을 빼돌린 책임은 놈이 질 수밖에 없도록 했다. 당시 한국 제일 규모였던 은행도 놈이 외국에서 그 돈을 쓰며 편히 살게 둘 만치 만만하지는 않았다. 횡령 사실이 발각된 즉시 장희가 불어버린 계좌가 동결됐고 놈은 인터폴 수배자가 됐다.

나중에 들으니 놈은 8개월여 만에 잡혀서 국내로 송환되었다고 했다. 놈은 장희보다 높은 5년 형을 언도 받았으며 횡령금액은 거의 환수 당했다던가. 놈의 처가 감옥에 있는 장희를 면회 온 일이 있었다. 수감된 지 1년쯤 됐을 때였다. 놈의 처는 장희한테 자기 남편을 사랑한 거 아니었냐고 물었다. 장희는 아마도 사랑했을 것이라고 대꾸했다. 놈의 처가 소리쳤다.

"사랑했으면서 어떻게 그리 쉽게 배신하니? 무슨 사랑이 그 따위야?"

장희가 설명하고 싶지 않고 설명하기도 싫어 입을 열지 않는 사이 놈의 처는 온갖 욕설을 퍼부으며 분풀이를 해댔다. 그 욕설 때문에 새삼 더 부끄러울 것도 더 아플 것도 없었지만 시끄러웠으므로 면회 시간이 짧은 걸 다행으로 여겼다.

시동을 끄고 내린 장희는 바깥 대문을 열어놓고 차 문을 열어 샘이를 안은 성심 씨를 내리게 한다. 베이비시트의 안전띠를 풀고 팔을 벌리자 봄이가 고개를 저으며 종알거린다.

"봄이는 우리 아빠한테 갈 거야."

"오늘은 우리 봄이, 콜록콜록 기침해서 안 돼. 아까 의사선생님이, 찬바람 쐬지 말고 코 잘 자라고 그러셨지?"

"응."

"그러니까 우리 봄이, 아빠한테는 내일 가고 오늘은 큰할머니랑 놀자."

"코코 자고 나서?"

"응, 코코 자고 나서."

아이는 제 아버지의 순한 성정을 닮았는지 고집이 없다. 떼쓸 줄도 몰랐다. 봄이를 안은 장희가 바깥대문 안대문을 여며 닫으며 집 안으로 들어서는데 안채 쪽에서 동국 씨가 나온다. 감색 누비두루마기를 걸쳐 입은 홍림당이 뒤따랐다.

"아부니, 어무니. 어디 가시게요?"

장희가 묻는데 동국 씨가 대뜸 봄이를 안아가더니 홍림당한테 안겨주며 말한다.

"바람이 찬게 여보, 봄이 데리고 들어가 있구려. 내가 에미 데리고 다녀올랑게."

"에미가 뭘 안다고 둘이만 가요? 젊은 것이 놀래기나 허제."

"젊어도 지 식구 일잉게."

양주의 말을 듣는 장희 가슴이 철렁 내려앉는다. 계성재 밖에서

280

장희의 식구라고 부를 수 있는 사람은 이제 시어머니 구암댁과 남편인 선섭뿐이다. 구암댁은 유자공장에 갔을 터. 구암댁한테 무슨 일이 났다면 유자공장에서 곧장 병원으로 실려 갔을 테고 동시에 장희의 전화기가 울렸을 것이다. 오늘 장희는 제 모친 안부 묻는 은현과만 통화했다. 그러므로 지금 양주가 지칭한 장희의 식구는 선섭이다. 매구 할매가 선섭에게 무슨 일인가 생긴 것 같다고 양주한테 가 보라고 한 것이다.

"어, 어무니, 애기들 봐 주세요. 제가 아부니하고 가 볼게요."

오늘은 머리가 맑은 성싶은 홍림당이 수긍하고는 봄이를 품어 안은 채 고개를 끄덕인다. 봄이는 제 주변에 존재하는 여러 할머니 중에서 함께 사는 홍림당을 제일 잘 따른다. 자의든 타의든 평생의 노동에서 해방된 홍림당은 점점 아이가 되어가고 있었다. 말문이 제법 트인 봄이와 쿵짝이 아주 잘 맞았다. 봄이는 제 아버지를 어느새 잊고 홍림당의 볼을 쓰다듬으며 어리광을 피운다.

장희와 동국 씨는 문단속을 해 놓고 서둘러 나선다. 장희가 떠는 것을 눈치 챈 동국씨가 운전석으로 들어앉아 시동을 건다. 숭모당 앞마당을 지난 차가 광장을 지나 큰뜸 가운뎃길로 접어든다.

"할무니가 무, 무슨 말씀 하셨어요?"

매구 할매는 젊은 날부터 마을 안의 출생과 죽음을 예시했다. 무당으로 나서는 대신 산파노릇을 했지만 신기는 내렸을 것이라 했다. 그래서 천 년 묵은 여우, 매구 귀신 같다고 매구 할매라 불렸다. 장희의 둘째 임신을 예시한 이후 매구 할매는 더 이상 출생을 예시하

지 않았다. 숭모당 옆집에 태국에서 시집온 유성 엄마가 있고 연년
으로 셋째를 임신해 배가 불러 다니지만 유성네는 매구 할매와 만난
적이 없으므로 매구 할매의 영역 밖이었다. 작년 봄 장희의 어머니
별량댁 이후 매구 할매는 죽음 예시도 하지 않았다. 작년 봄과 현재
사이에 동네에 두 번의 장례가 있었지만 매구 할매는 아무 말이 없
었다. 당신의 행동반경이 거의 집안에 국한되면서 만나는 사람이 워
낙 드물기 때문일 것이었다.

"구암댁네서 찬바람이 인다고 가 보라 하시드라. 맘 단단히 먹고
가 보자."

"사흘 전에 가 봤는데요, 애비 얼굴은 못 봤지만 목소리가 쌩쌩했
어요. 쌩쌩하게 저한테 화냈다고요. 안 아픈 척하기 힘든디 자꾸 와
서 힘들게 한다고, 소리를 마구 지르더라고요. 어릴 때부터 큰소리
내는 걸 본 적이 없어서, 첨 당해서 아주 놀랐어요."

놀랐을 뿐만 아니라 서운하고 서러웠다. 울며 바락바락 소리쳤다.
아픈 거라도 보고 싶어 왔다고. 이제 안 아플 때가 없다면서, 그러면
영 보지 말고 살자는 거냐고. 그럴 것이면 왜 나를 품고 애를 둘이나
낳게 했냐고. 한참 소리 지르고 난 뒤에야 간신히 선섭에게서 대답
이 나왔다.

"미안해, 장희야. 그리고, 사랑해. 알지? 아주 옛날부터 내가 너
사랑한 거?"

선섭의 어이없는 고백에 장희는 또 퍽퍽 울며 욕을 해 줬다.

"미친놈아, 우리 스무 살쯤에 그 말을 하지 그랬냐. 만날 쫓아다니

면서도 헛소리만 해대니까 우리가 지금 이 꼴인 거 아냐?"

그러고 나왔다. 적반하장의 억지였다. 스무 살 무렵부터 몇 해간 선섭은 여러 번 고백했고 청혼했다. 장희가 무시했다. 금당에서도 가장 가난했던 두 집의 막내들이 붙어사는 꼴을 상상할 때마다 몸서리가 나서였다.

"애비가 동굴 앞방에서 그러더냐?"

"불러도 대답이 없길래 제가 동굴 앞방으로 들어가서 동굴 안쪽을 향해서 소리쳐 불렀어요. 그랬더니 안쪽에서 화내는 소리가 나왔고요."

"하기사 젊은 놈인디, 별 일 있겠냐. 노인네가 원체 과민하셔서 그러시지. 그럴 것이다."

몇 마디 나누는 사이 뒷등에 오른 차가 구암댁 담장 밑에 있는 선섭의 허름한 회색 차 옆에 멈춘다. 선섭의 차는 누가 몰래 가져다 버린 폐차처럼 노상 그 자리에서 낡아갔다. 그렇다고 선섭의 차가 전혀 움직이지 않는 건 아니다. 마을 사람들 눈에 잘 띄지는 않아도 선섭의 차는 한 달에 두어 차례는 구암댁을 싣고 읍내 나들이를 한다. 사람 앞에 나서지 못하는 선섭이 필요한 물건이 생기면 구암댁을 싣고 나가 대신 사게 하는 것이다.

차에서 동국 씨 앞서 내린 장희는 구암댁네의 쪽문을 밀고 들어선다. 뜰방에 놓인 길다란 밥그릇 주변에서 고양이 몇 마리가 놀라 툇마루 밑으로 달아난다. 선섭이 불치의 통풍에 걸려 돌아온 직후부터 구암댁이 고양이를 잡아 선섭에게 먹였다는 사실은 온 동네가 다 안

참 고왔던 당신 **283**

다. 고양이가 통풍에 좋다고 믿은 구암댁은 날마다 고양이 죽을 끓여 집안 곳곳에 놓았다. 장거리 어물전에서 잔뜩 얻어온 생선 부산물을 냉동고에 잔뜩 얼려두고 날마다 끓였다.

그 덕에 온 동네 고양이가 구암댁 집이 있는 뒷등 언저리에 모여 살았다. 구암댁은 열흘에 한 번 꼴로 때죽나무 달인 물을 넣고 고양이 죽을 끓였다. 연하게 먹으면 기절하듯 잠들었다 깨어나지만 독하게 먹으면 사람도 잡을 수 있는 게 때죽나무의 성분이라 했다. 때죽나무로 죽을 끓인 날 욕심껏 먹은 고양이들이 구암댁한테 잡혀 선섭의 약이 되는 것이다.

장희가 선섭과 교접하게 된 계기도 구암댁한테 잡힌 고양이의 새끼 때문이었다. 선섭의 동굴에서 새끼 한 마리를 낳은 고양이가 구암댁의 죽을 먹고 넘어졌다. 그 새끼 고양이를 가여워한 선섭이 우유를 사러 가기 위해 집을 나섰을 때 제 정신을 놓고 살던 장희가 따라붙었다. 그때 둘이 우유를 사다 먹인 새끼 고양이 이름이 흰나비였다. 온 몸의 털이 하얘서 그렇게 불렀다. 우유를 사다 데워 흰나비한테 먹였던 날 몸을 섞었다. 흰나비는 사흘만에 숨을 거뒀으나 그 무렵에 봄이가 장희한테 깃들었다. 스스로를 방기한 채 살던 장희가 차츰 정신을 차리기 시작한 게 그 즈음부터였다.

구암댁 집의 큰방과 작은방, 부엌까지 열어본 장희는 뒤란으로 와서 동굴 앞방 앞에 선다. 문고리 잡는 손이 덜덜 떨린다. 선섭의 거처인 동굴 앞방은 언덕바지에 있는 동굴 입구에다 판자를 세우고 깔아 만들어졌다. 한쪽에는 화로를 겸한 화덕이고 건너편에는 침대로 사용하는 평상이 놓였을 뿐이라 방이라 부르긴 애매했다. 탁자 겸 수납함으로 쓰이는 큰 궤짝이 놓인 가운데 공간은 동굴로 향한 통로다. 지름이 일 미터 남짓한 동굴 입구에는 문이 달려 있었다. 장희가 들어갈 수 있는 곳은 그 방까지였다. 선섭이 허락치 않으므로 동굴 안으로는 한 번도 못 들어갔다.

"엄니!"

동굴 앞방의 문을 왈칵 열며 들어서려던 장희가 우뚝 선다. 유자가공 공장에 가 있는 줄 알았던 구암댁이 떡하니 평상에 앉아 있지 않은가. 구암댁은 웬일로 먼지 부스러기 같던 백발을 곱게 빗고 치마저고리에 두루마기까지 갖춰 입었다. 오십여 년 전 시집오며 갖췄던 일습인 듯 고색창연한 차림이다. 꼭꼭 싸매뒀다가 어쩌다 한 번씩이나 입는 옷이다. 한 눈이 눈꺼풀로 덮여버린 외눈인지라 늘 한 눈을 감고 있는 것 같은 주름진 얼굴이 지금은 말갛다.

"엄니, 뭐 하세요? 애비는요?"

장희의 비명 같은 물음에 구암댁이 자신의 무릎 앞쪽에 길게 누운 궤짝 위에다 손을 얹는다. 얹은 손으로 궤짝을 두어 번 토닥이며 속삭이듯 중얼거린다.

"애비, 이 안에 있다."

"그게 무슨 말씀이세요?"

"애비 돌아온 담부터 내가 오늘 같은 날을 대비해 약물을 우려 고면서 여퉈왔니라. 애비도 그걸 알고 있었제. 어지께 밤에 애비가 약물을 달라고 하드라. 주었등만 한 대접 다 마시고 옷 갈아입고 이 안에 들어가 잠들었다. 어저께 밤부터 오늘 내내 자다가, 아까, 숨이 완전히 멎었다. 애비 숨 그친 게, 나도 세상 편타. 할 일 다 한 것맹키 편해져서 애비 따라 갈 수 있을 것 같다. 애비 마신 약물의 곱절을 더 마셨응게 내 숨도 곧 그칠 것이다. 애비가 진작 짜 둔 내 관은 헛간 시렁 위에 있다. 고맙고 미안타, 에미야. 정짓간 살강에 하얀 단지가 있는디 그 안에 돈 쪼깐 있니라. 얼마 안 되재만 우리 모자 화장할 값은 될 것이다. 우리 두 몸땡이를 활활 태워서 뼛가루 만들어다가 애비는 뒷개에 썰물 날 때 붓고, 나는 금당이 건너보이는 운암산 꼭대기에다 아무렇게나 뿌려다오."

장희는 구암댁이 속삭이듯 하는 말을 순차적으로, 다 알아들었다. 그러니까 극악한 통증에 시달리던 아들이, 어쩌면 자신의 죽음이 임박했음을 느꼈을 아들이 어머니한테 때죽나무를 진하게 달인 약을 부탁했다. 아들의 고통을 지켜보며 더불어 고통 당했던 어머니가 수긍하고 아들에게 약물을 건넸다. 금세 죽는 약물이 아니므로 어머니는 하루 내내 아들의 숨결이 그치기를 기다렸다. 마침내 아들의 숨결이 그치자 어머니는 몸단장을 하고 옷을 갈아입고 자신 몫으로 준비했던 약물을 마셨다. 그리고 아들은 동네 뒷바다에 뿌리고 당신은 동네 뒷산도 아닌 십여 리 밖 운암산 꼭대기에 뿌려 달라고 했다.

다 알아듣는다고 이해가 되는 건 아니다. 이해는커녕 어이가 없다. 어이없으니 농담 같고 농담 같다 여기니 웃음이 난다.

"엄니도 참! 애비랑 같이 가실 거라면서 어째 애비는 썰물 때 붓고, 엄니는 운암산 꼭대기에 뿌리라고 하셔요? 운암산은 우리 동네

산도 아닌데. 그리 좋아하시는 아들이 가는 거라도 보시려면 구절산 꼭대기에 뿌리라고 하셔야지요."

"구절산에 있으면 내가 우리 섭이를 따라가고 싶을 겅게, 내가 우리 섭이를 안 따라 갈라고 그라제야. 짐덩이 같은 못난 에미가 아들 따라 가믄 미안헝게. 우리 섭이, 내가 안 낳고 다른 잘난 아낙이 낳았으문 군수도 하고 대통령도 했을 것인디, 무담시 내가 낳아갖고 아프게만 하고."

어미로서의 구암댁은 잘못한 게 전혀 없다. 죽을힘을 다해 어미로 살았지 않은가. 평생을 그렇게 살고도 어미인 자신을 미안해 한다. 장희도 두 아이의 어미다. 구암댁의 말을 수긍하기 싫어 도리질하며 나선다.

"알았어요, 엄니. 알았고요, 봄이 애비 어딨어요? 오늘은 굴 안에서 아예 안 나오고 있는 거예요? 그래서 이러세요?"

구암댁이 한 눈 감긴 얼굴로 찡그리듯 웃더니 가시내도 참! 한다. 갈퀴처럼 메마른 두 손을 마주대고 몇 번 비비다가 자신을 얼굴을 쓸어올린다. 몇 차례 얼굴을 쓸어올린 두 손으로 머리를 매만지더니 가만히 옆으로 눕는다. 모로 누워 팔베개를 하고는 속삭인다.

"애비나 나나, 119 불러서 병원 가도 소용없응게, 야단피지 마라, 에미야."

"엄니, 진짜 왜 이러세요? 제가 애비 돌보지 않는다고 섭섭해 이러세요? 애비가 애들한테, 저한테도 얼굴 보이기 싫다고, 곁에 오지 말라고 해서 그렇잖아요."

"일껏 말했등만 딴소리 한다, 가시내. 하는 수 없제. 인자 나는 잘 란다. 고맙고, 고맙고, 고맙다, 악아! 내가 저 세상 가서도 늬 잘 살 라고 기도할 거게, 복 많이 받음서 애기들 키우고 오래오래 재미나 게 살아라."

복 많이 받고 오래 살라는 말은 장희가 억지로 새겨들은 소리다. 구암댁의 말은 119 불러도 소용없다는 말쯤부터 거의 잦아든 참이 다. 장희는 구암댁을 깨우는 대신 자신의 등 뒤에 붙어 있는 궤짝을 본다. 길이는 2미터쯤이고 폭은 50센티나 될까. 높이는 40센티쯤이 다. 수년간 보면서도 식탁이고 작업대이고 탁상이고 수납장이라고 만 여겼지 관이 될 수 있으리라고는 상상도 못해 봤다.

아버지가 돌아간 열 살 때 입관이 끝난 관을 봤다. 작년에 어머니 가 돌아갔을 때는 입관식부터 참례했다. 그 두 관 사이에 본 관은 셀 수도 없이 많다. 금당에서 장례를 치를 때는 입관한 관을 발인 날 마 을 광장까지 모시고 나와서 꽃상여에 싣기 때문이다. 꽃상여에 싣기 위해 관을 모시고 나오면서부터 온 마을 사람이 함께 치르는 장례가 시작되는 게 관례였다. 예전은 물론이고 현재도 그러하다. 외지 장 례식장에서 온갖 절차를 다 치른 주검도 마을에는 관으로 들어와서 꽃상여를 얹고 마을을 한 바퀴 돈 후에 화장장으로 가거나 묘소로 갔다.

장희는 궤짝의 모서리를 잡는 동시에 덮개라 할 만한 판자에다 엄 지손톱을 박아 들어올린다. 정말 눈 감은 선섭이, 하얀 모시옷을 입 은 선섭이 누워 있다. 관자놀이와 턱에 포도알 같이 돋은 혹들은 모시 모자와 목수건에 가려 보이지 않는다. 발목이며 발가락 등에 주렁주렁 매달린 혹은 큼지막한 모시버선에 싸여 보이지 않는다. 혹이 보이지 않는, 감은 눈과 코와 입술만 드러난 선섭의 얼굴은 모시옷 빛깔처럼 말갛다. 서늘히 아름답다. 젊은 날의 연인이, 수의에 싸여서야 제 모습을 되찾은 남편이 아름다워 장희의 눈이 시리다. 가슴이 먹먹히 아프다. 시리고 아프니 울음이 치밀기 시작한다.

구암댁은 장희가 동굴 방에 도착한 지 두 시간 정도 만에 숨을 거뒀다. 동국 씨가 부른 읍내 금당 한의원의 한의사 유정명 원장이 경찰 둘을 대동하고 도착한 지 한 시간쯤 뒤였다. 유정명 원장의 조부는 계성재의 식구로서 평생을 살다 돌아간 인오 씨였다. 은현이 쓴 소설 『매구 할매』에 따르면 인오 씨는 여례당 마님의 유일한, 숨은 정인이었다.

금당 한의원은 역시나 한의사였던 유 원장의 부친이 개원했고 개원한 유 원장과 동국 씨는 평생 형제지간처럼 지냈다. 부친 유 원장이 돌아간 뒤 한의원을 물려받은 아들 유정명 원장은 동국 씨를 숙부처럼 여겼다. 유정명 원장이 와서 관 속에 누운 유선섭과 평상에 누운 구암댁 혜숙 씨의 사망을 선고했다. 동네 곳곳에 걸린 스피커들이 모자의 동반 사망을 부고했다. 구암댁은 이미 마련되어 있던 관 안에 눕혀졌고 모자의 관은 안방으로 옮겨졌다. 마을 사람들이 상청을 만들고 집 앞 뒷등 광장에다 천막을 쳐서 상객소를 만들었다. 눈은 내리지 않았다.

3일장을 치르는 사이 동네 사람들은 물론이고 인덕을 비롯한 운대학교 동창들 여럿이 문상을 왔다. 선섭이 병이 들어 오래 앓으면서 외양이 몹시 흉해졌으나 문상 온 동창들은 선섭의 어리고 젊을 때의 모습만 기억하고 있었다. 선섭의 잘난 모습만 기억하는 동창들 앞에서 장희는 울음을 삼키며 가만가만 미소를 짓곤 했다. 그러면서 아들의 괴물 같은 모습을 한사코 감추려 애썼던 구암댁의 맘을 이해했다. 아들을 앞세우면서 같이 떠나고자 한 그 맘도 짐작했다. 그 모자는 생에 미련 두지 않아도 될 만치, 할 수 있는 모든 것을 다하며 살았던 것이다.

사흘째 되던 아침에 꽃상여를 씌우고 발인했다. 네 살배기 봄이가 앙증맞은 소복을 입고 제 할머니와 아버지 영정에 절하고는 꽃상여 주변과 마을 사람들 사이를 뛰어다녔다. 넓적한 수레에 실린 두 기의 꽃상여가 마을 안길을 좁게 한 바퀴 돌았다. 그 사이 장의차가 들어왔다. 꽃상여를 벗긴 두 관이 장의차에 실려 화장장으로 향했다. 색색의 종이꽃으로 만들어진 꽃상여는 마을 광장 가운데서 대보름 달집처럼 타오르다 희부연 재로 주저앉았다. 화장장에 닿은 모자의 주검은 각기 한 단지씩의 뼛가루가 되어 나왔다.

구암댁이나 선섭은 자신들의 생애를 살만큼 살다 떠났으므로 장희는 구암댁의 유언을 따르지 않기로 했다. 구암댁과 선섭의 뼛가루가 담긴 두 단지를 선섭의 부친과 형들의 무덤이 있는 안소재 밭머리에다 묻었다. 건너편에 장흥과 보성 땅이 보이고 가운데는 바다가 훤히 내려다보이는 언덕바지였다. 구암댁의 단지는 남편 곁에, 선섭의 단지는 형들 아래에 묻고 나지막한 봉분을 만들고 걷어냈던 떼장을 다시 씌웠다. 아버지를 기억치 못할 봄과 샘에게 자신들의 근거를 알려 주기 위한 것이었다. 동국 씨가 석물가게에 주문한 자그맣고 네모난 비석이 왔다. 장례 치른 지 이레 만이다.

"어르신, 이 비석을 어디다 놓을까요?"

비석을 가져온 두 남자가 동국 씨에게 물었다. 동국 씨는 장희를 쳐다보며 눈빛으로 묻는다. 묘소 왼쪽 가장자리에 서 있던 장희는 몇 걸음 비켜서며 방금 딛고 있던 자리를 가리킨다. 살짝 비탈진 자리를 반반하게 다듬은 두 남자가 비석을 놓는다. 이쪽저쪽에서 바라보며 반듯하게 놓였는지 확인하고는 비석 양쪽에 무릎 꿇고 앉아 꾹꾹 눌러댄다. 한참을 눌러대다가 면장갑 낀 손으로 비석을 쓰다듬고는 일어나 말한다.

"잘 모셔진 것 같습니다. 고인들의 명복을 빕니다. 저희들은 이만 가보겠습니다."

동국 씨가 수고했다고 인사하자 고개를 숙인 두 남자가 묘소 아래쪽 길에 주차돼 있던 트럭을 타고 떠난다. 동국 씨가 비석을 한 차례 쓰다듬고는 장희에게 말한다.

"비석이 상석인 셈이니 상석에다 술 한 잔 올리고 절 두 자리 해라."

"그럴게요. 아부니, 먼저 가셔요. 저는 여기 조금 더 있다가 걸어서 갈게요."

"그러고 싶으면 그래라. 애들 기다리니 너무 오래 있지는 말고."

"예, 아부니. 근데 오늘 눈 내린다고 하지 않았어요?"

"저기 장흥 쪽에 내리고 있구나. 금세 이쪽으로 번져오겠다. 너는 애들 에민게 감기 안 걸리게 조심해라."

동국 씨가 차를 몰고 떠나는 걸 보고도 한참이나 눈이 내린다는 바다를 쳐다보던 장희는 비로소 일어난다. 무덤들 앞쪽에 놓아뒀던 석작을 비석 앞으로 가져다 연다. 한 홉들이 청주 한 병과 잔 하나, 제기 몇 개와 전적 몇 점, 대구포 하나, 귤과 사과와 배 한 개씩이 들어 있다. 성심 씨가 챙겨 준 약식 제례상이다. 성심 씨가 석작을 들려 주며 말했다.

"돌아간 사람들이야 뭘 알겄냐만 늬 맘을 다해 술 올리고 절해라. 절함서 이승에 미련두지 말고 잘 가시라고 빌어라. 늬는 울고 자프문 실컷 울어불고. 그람서 장희 늬도 그 사람들한테서 벗어나는 것이다. 알것지야?"

다섯 사람의 이름이 새겨진 비석 겸 상석 위에다 제기를 놓고 제기 위에다 제물을 올린다. 술을 따라 올리고 두 번 절하고 난 뒤에 상석 옆에 앉는다. 비석 세로 면에 유선섭의 처 유장희, 자녀 유봄, 유샘이라고 새겨져 있다. 선섭에게는 전처가 낳은 딸 둘이 더 있었다. 장례 치르기 전에 아비의 죽음을 알려야 할 것 같아 그들의 연락처를 찾아보았지만 발견하지 못했다. 장희는 비석에 새겨진 선섭의 이름에 손가락을 대 이름자를 그려보면서 시비를 건다.

"이제 안 아프고 편해?"

묻고 나서는 웃는다. 웃는데 볼에 눈물 같은 찬기가 느껴져 고개를 드니 눈발이 날린다. 드디어 첫눈이 바다를 건너온 모양이다. 어설픈 도둑처럼 지나갈 첫눈이다. 첫눈 내린다, 선섭아. 중얼거린 장희는 싸안은 무릎에다 눈물 쏟아지는 얼굴을 묻는다.

고운 도깨비와 천 년 여우가 손잡고

금년 이장에 환갑 맞은 영준이 뽑혔다. 영준은 작년 초에 농협에서 정년퇴직했다. 퇴직하고 1년 가량 마을 안팎을 어슬렁대며 뭘 하며 살까 궁리하던 중에 이장이 됐다. 되려고 애쓴 게 아니라 어쩌다 보니 떠밀리듯 뽑히고 말았다. 영준이 이장 되고 두 달째다. 지난 6년 동안 민성의 목소리에 길들었던 마을 사람들은 영준의 텁텁하고 뒤가 무른 듯한 목소리에 아직 적응하지 못한 상태였다.

정월 열나흘 날 아침. 마을 곳곳에 걸린 스피커에서는 영준이 아니라 대문안집 고명딸 은현의 낭랑한 목소리가 흘러나왔다.

"안녕하세요, 계성재의 막내 유은현입니다. 저희 할머님, 매구 할매께서 마을 분들께 전하고 싶은 말씀이 있다 하시기에 제가 받아 적었고요, 그 말씀을 들고 이렇게 나왔습니다. 마을 분들께서 다 아시다시피 우리 동네 뒷산인 구절산에 산신당이 있고 당호가 괴연재입니다. 괴연재는 도깨비 괴, 고울 연, 집 재 자를 써서 '고운 도깨비의 집'이라는 뜻임도 아실 겁니다.

할머님에 따르면 괴연재가 세워진 지 올해로 백 년째라고 합니다. 괴연재에 쌓인 세월이 오래 되어 몹시 낡은 데다 근자에는 찾는 사람이 없습니다. 집을 돌보기가 어려운 탓에 추레해져 갑니다. 지난 1년 간 할머님께서 여러 생각을 하신 끝에 결정하셨다는데요, 오늘 정오에 마지막 제를 올리고 괴연재를 닫겠다고 하십니다. 닫겠다는 말씀은 곧 철거하시겠다는 뜻이십니다.

산신도나 산신당 같은 성스러운 신물들을 철거할 때는 그 자리에서 그대로 태우는 게 가장 좋다고 하지요. 그러나, 산불이 염려되는 바 괴연재를 낱낱이 뜯어내려, 갯가 마당에서 대보름날 달집 태우듯, 훨훨 태워달라 하셨습니다. 제 아버님, 정산께서는 할머님의 말씀을 받들기로 하시고, 읍내 업체를 불러놓으신 상황입니다. 몇 시간 후 정오에, 제사를 지내고 나서 철거를 시작하게 될 것이고요, 갯가 마당에서 태우는 건 3시쯤 될 성싶습니다.

혹시 괴연재가 태워지는 게 서운하다 싶으신 분은 정오에 치루는 마지막 제에 참석하시어 향이라도 피우길 바라노라, 할머님께서 말씀하셨습니다. 괴연재에 오르고 싶으나 여의치 않으신 분들은 계시는 자리에서 괴연재 쪽으로 합장 절이라도 하시길 바라시고요. 그리고 저희 할머님께서는, 괴연재에서 신령님들께 마을 분들의 안녕과 다복을 기원해 오셨던 그 마음으로, 앞으로도 마을 분 모두, 복 많이 받으시고 건강하시길 빌겠노라, 하셨습니다. 이상입니다."

은현은 아나운서 같은 또랑또랑한 발음으로 똑같은 소리를 한 차레 더 했다. 마을 안에 있던 사람 누구든 귀를 기울이지 않을 수 없는 반복이었다. 앰프 스위치를 끈 은현이 마이크를 놓고 일어선다. 눈이 발갛다.

"고맙습니다, 영준 아저씨. 잘 썼습니다."

영준은 항렬로 따지면 은현의 아저씨뻘이다. 족질 격인 은현에게 마이크를 내 주고 나서 한숨을 내쉬고 있던 차다. 누구든 쓰겠다하면 쓰는 게 동각 마이크지만 은현이 스피커로 내보낸 내용에 놀랐다. 백 년 동안이나 곱게 두시던 집을 하필이면 내가 이장 맡은 지두 달 만에 치우시겠다니. 원망하는 마음도 들었다.

"느닷없이 어째서 이런 결정을 하셨다냐?"

"방금 두 번이나 말씀드렸잖아요. 찾는 사람 없고, 홀로 낡고 추해져가는데 돌볼 사람도 없어서라고요."

"그러면 돌보라고 말씀을 하실 것이제, 대번에 철거하겠다고 하신다냐?"

"그러게요. 어쨌든 할머님 뜻은 정해지셨습니다. 아버지도 그러라하셨고요."

"글지 말고 연이야! 내가 가서 말씀드리면 어떻겠냐? 이제부터 동네가 책임지고 돌보고 가꾸어 나가는 방향으로 의견을 모아보겠다고. 길도 닦고 지붕도 고치겠다고. 나라도 그렇게 하겠다고."

"저, 학창시절부터 지금까지 여행 다닐 때면, 우리 괴연재 때문에, 여행지 근방 마을 당집이나 산신당 같은 데 찾아가보곤 하거든요. 반쯤은 완전히 버려져 있고 반쯤은 마을에서 개보수해서 관광지로 내놓았대요. 버려진 곳은 슬프고, 개보수된 곳들을 조악하거나 추접하더군요. 왜 그렇게 보일까 생각하다가 어렴풋이 알게 됐어요."

"보수해논 곳이 조악할 수는 있겠제. 근디, 추접하기까지 해? 왜?"

"성스러운 신성, 신격의 신성. 어떻게 표현하든 신성이 없어서 그런 것 같더라고요. 사람들이 신성 대신 눈요기만 찾기 때문이랄까요."

50여 킬로 저쪽 나로도에서 우주선이 발사되는 세상이다. 요즘 세상에 누가 마을 뒷산의 낡아빠진 산신당에다 신성을 부여하며 신성성을 찾으랴.

"괴연재도 이제 그 둘 중 한 가지 모습으로 되어갈 거잖아요. 할머니는 그걸 아시는 거죠. 그래서 저도 찬성했어요. 도와 주세요, 아저씨."

"이미 결정해 버리셨담서, 뭘?"

"이따 괴연재로 와 주시고, 갯가마당으로도 와 주셔야죠."

"그야 당연히 할 것이다만 동민들이 뭐라고 나설지 그거부터 봐야 할 거 같다."

"그러셔요. 저는 내려가 보겠습니다. 간단하게나마 제의를 올릴 거라서. 그 준비를 하고 있거든요."

말을 마친 은현이 코트에 달린 모자를 덮어쓰면서 사무실을 나간다. 동각 대문 밖에서 차 소리가 나다가 사라진다. 영준은 안절부절

사무실을 서성이다가 뒤늦게 난로를 켠다. 난로가 지잉 소리를 내며 달아오를 준비를 하는데 전화벨이 울린다. 양사 유사인 풍종 씨다. 무슨 소리를 듣게 될지 뻔해 낯이 찌뿌려진다.

"예, 아재. 영준입니다,"

"아이, 영준아. 방금 그거시 뭔 소리였냐? 괴연재가 어짠다고?"

분명히 들었으면서 이렇게 물어올 사람이 몇 십 명일 것이다. 노인네들은 뻔히 듣고도 자신들이 이해하기 싫은 소리에는 귀머거리 흉내를 내기 일쑤였다. 그런 귀에 대고 일일이 설명하고 이해시키자면 하루해가 모자랄 터이다.

"이제부터 제가 그런 질문을 계속 받게 될 것 같은게요, 아재, 동각으로 오시씨요. 다른 분들도 궁금하시면 동각으로 오시라고 인자 제가 방송할랑게요. 동각으로 오십시오."

전화가 툭 끊긴다. 따로 설명해 주지 않는 게 괘씸하다는 표시다. 영준은 자연당으로 들어와 히터를 모조리 켜고 동각 본채로 옮겨와 세 방의 보일러를 다 가동시킨다. 사무실로 돌아와 앰프를 켜고는 마이크를 잡는다.

"이장입니다. 좀전에 매구 할매를 대신해 나온 계성재의 은현이 괴연재에 관해 동민 여러분께 말씀을 올렸는데요, 다 알아들으셨것지만 그래도 모지란 분들, 은현이 한 말의 내용이 궁금하신 분들이 있을 것 같아서 말입니다. 궁금하시고 의논이 필요하다 싶으신 분들은 지금 자연당으로 오셔 주시기 바랍니다. 아니, 아예 다 오십시오, 들. 다 함께 모인 자리에서 말씀 드릴랑게요."

마이크를 끈다. 사실 이미 결정돼 버린 일에 영준이 할 말은 없다. 할 말은 없으되 명색이 이장이라 할 일은 많을 것이다.

지난 6년 간 민성이 이장노릇 할 때 공것 같았다. 제 농사 다 짓고, 온갖 기계로 온 동네 농사도 다 짓고, 소까지 키우면서 거뜬히 해내는 이장노릇이 쉬워보였다. 정작 맡고 보니 상머슴이 따로 없었다. 하루에도 몇 번씩 여기저기 불려 다니기 일쑤였다. 이장 전화번호가 단축번호 1번으로 설정된 노인이 수두룩했다. 지난 새벽 다섯시에는 잿등 안쪽에 사는 여동 할매로부터 전화를 받았다.

"어야, 이장아, 얼렁 잔 와 봐라. 내 정지에서 수돗물이 달구비맹키 쏟아짐서 둠벙이 돼 부렀다."

혼자 사는 백세 살 노인이 그러는데 가보지 않고 배기겠는가. 오토바이를 타고 넘어갔더니 부엌 수도꼭지에서 분수가 솟구치고 있었다. 고무패킹이 닳은 것 같았다. 물바다 속에서 수도관 밸브를 찾아 잠그고 물을 퍼내고 부엌바닥을 닦아내느라 진땀을 흘렸다. 날 새자마자 철물점에 전화를 했더니 받지 않았다. 어째 받지 않는가 싶었더니 일요일이었다.

정월 열사흘인 오늘은 2월 17일이고 일요일이다. 평일보다 마을 안에 사람이 많았다. 평소 양사에 모이는 노인들과 동각에서 어쩌다 모일까 말까 하는 덜 늙은 사내들이 오토바이 부릉거리며 와서 동각 마당에다 줄지어 세워놓고 터덜터덜 들어온다. 춘근 씨네서는 생민과 유성을 아우른 삼대가 왔다. 동국 씨는 당연히 오지 않았고, 민성도 안 왔다. 민성은 아마 계성재에 가 있을 것이다.

안노인 중에서는 새벽에 물난리를 친 여동댁이 제일 먼저 도착했다. 안노인들은 보행기를 밀고 들어오고 사발이를 모는 아낙들은 그걸 부릉대며 왔다. 가까이 사는 사람들은 미적미적 들어온다. 올해 부인회장이 된 주선네를 비롯하여 평소 숭모당에서 점심을 해결하지 않는, 젊은 축의 아낙들도 서성서성 들어섰다. 새벽에 공장 간 아낙들과 심히 편찮아 집에서 나오지 못하는 이들을 제외하고 모두 들어온 것 같다.

열시가 된 것을 보고 영준이 마이크를 잡는다.

"오실 분은 다 오신 것 같응게 말씀드려 볼랍니다. 아까 은현이가 말씀드렸다시피 지금부터 두 시간 후인 정오에 괴연재에서 음, 제사를 지낸답니다. 산신제라고 해야 할란가요? 이제 괴연재를 없앨라니까 그리들 아시라고, 산천에 있는 도깨비들한테 올리는 제사겠지요. 그 제사 뒤에 읍내서 이미 오고 있을 일꾼들과 기계들이 괴연재를 철거할 거랍니다. 기왓장 떼내서 한쪽에다 쌓아놓고 기둥들 뽑아서 트럭에 싣고 갯가 마당으로 옮겨가서 거기서 태울 거라고요. 이미 결정된 사항이라고도 합니다. 제가 드릴 말씀은 여기까지고, 인제부터 서로 말씀들을 하십시오. 여기저기서 막 아무렇게나 말하지 마시고 무선 마이크 몇 개 돌릴 테니까요, 한 분 하시고 나면 다른 분 말씀 하시는 식으로 하십시오. 예, 지금부터요."

먼저 나온 말은 괴연재가 백 년이나 됐다는 사실이다. 마을 사람 누구에게나 괴연재는 자신이 태어났을 때, 혹은 시집왔을 때 이미 그 자리에 있었다. 괴연재가 매구 할매에 의해 지어졌다는 역사적 사실은 모두에게 처음부터 전설 같았다.

그런 괴연재를 아무리 당신께서 지었다고 해도 당신 맘대로 하루 만에 없애겠다는 게 옳은 처사이신가. 한참 전부터 예고해 주셨어야 하지 않는가. 백 년이면 이미 문화재급 아닌가. 보존하는 게 마땅하 지 않은가.

우리 마을에는 지방 문화재로 지정된 게 동각뿐이다. 계성재는 4 백 년이 넘고도 문화재로 지정되는 걸 한사코 거부하고 있다. 우리 가 괴연재를 돌보지 못한 것도 어찌 보면 계성재가 문화재 지정 받 는 걸 거부해 온 탓일 수 있다.

계성재는 영화까지 찍고도 관광객을 일절 받아들이지 않는다. 뿐 만 아니라 담장을 한 겹 더 둘렀다. 치매 앓는 홍림당의 안위 때문 이므로 이해하지 못할 바는 아니다. 그렇지만 계성제의 그런 처사로 인해 우리 동각이나 양사나 숭모당이나 괴연재가 마을 늙은이들과 함께 늙어가고 있는 것도 실상이다.

할매가 갑자기 이러시는 까닭이 뭔가. 이제라도 괴연재를 보살피 라는 뜻을 돌려 말씀하시는 건가. 할매가 이제 와서 노망이 나신 건 가. 아니면 마침내 할매가 북망산천으로 가시려는 건가. 온 동민이 몰려가서 괴연재를 그냥 두시라고 말씀드려야 하지 않나. 노인네께 선 아무 소리도 못 듣는 귀머거리신데 떼로 몰려가서 소리치면 뭐 하나. 대표로 이장이 계성재로 가서 동민의 뜻을 전하는 게 맞지 않 는가.

말이 영준에게 이르러 멈추면서 결론이 나고 만다. 이장이니 네가 가서 매구 할매한테 괴연재를 그냥 두시라고 청하라는 것이다. 명색이 이장이니 그래야 마땅하겠으나 영준은 참 난처하다.

영준이 맏이라 초산의 어머니가 출산할 때 난산이었던가 보았다. 매구 할매가 찾아와서 쑥 꺼내 주었다고 했다. 그렇게 듣기는 했지만 영준은 어렸을 때 매구 할매가 좀 무서웠다. 매구가 천 년 묵은 여우라는 뜻인 걸 알게 된 뒤부터였다. 천 년 여우라니. 분명히 여우 꼬리 열 개를 당신 치마폭 안에다 감추고 계실 것 같았다. 나이 들어서는 어려웠고 더 나이 들고는 할매의 존재를 잊어버렸다. 한 동네 살면서도 할매한테 인사드린 게 이십 년은 된 성싶다.

"나 혼자서는 못 가겠는데, 어이 생민이! 나랑 같이 좀 갈라나?"

영준의 청에 생민이 그 무슨 부당한 소리냐는 듯이 두 손 들어 손사래를 쳐댄다. 부인회장 주선네한테 함께 가자 하니 마찬가지로 마다하며 마이크를 잡는다.

"내가 스물세 살에 시집와서 46년을 사는 동안 매구 할매한테 복주머니를 두 개나 받았는디요. 할매한테 따로 맛난 것 한번 해다 드린 적이 없어라. 숭모당에서 뵌 게 다라. 무슨 염치로 얼굴 들고 뵈러 가겠소. 난 못 가겄응게, 가시고 자픈 분들이 가세라."

근 이삼십 년 사이에 괴연재를 한 번도 찾아가보지 않은 사람들이 다수였다. 오십 년 전쯤에나 괴연재에 들어가 촛불 켜고 기도해 본 사람도 있었다. 대개가 괴연재를 구절산 중턱에 박혀 눈에 띄지 않는 바위처럼이나 여겨왔다. 매구 할매가 괴연재를 삶아먹든 태워먹든 마을 사람들이 뭐라 할 수 있는 입장이 아니었다.

302

더구나 마을 뒤편을 감싸고 있는 구절산이 통째로 계성재 소유였다. 그 안에 세워진 괴연재는 당연히 계성재에 속했다. 태워먹든 볶아먹든 삶아먹든 주인 맘대로 할 노릇이었다.

북적북적 시끌시끌 와글와글 하는 사이에 한 시간이 후딱 지났다. 결론은 없는데 밖에서 들들들 땅을 울리는 소리가 난다. 굴삭기 쇠바퀴가 구르는 소리다. 계성재에서 청한 용역회사가 이미 동네로 들어와 동각 앞을 지나 잿등을 거쳐 뒷길을 통해 국새로 가고 있는 것이다. 다른 장비며 인부들은 벌써 가 있다는 뜻이다.

"우리가 여기서 설왕설래 하는 사이에 일은 시작돼버린 것 같습니다. 이제 괴연재로 가실 분들은 가시고, 숭모당으로 가실 분들, 양사로 가실 분들, 댁으로 가실 분들은 댁으로 가십시오."

영준은 차라리 잘됐다 싶어 서둘러 자리를 끝내고 만다.

정오가 가까웠다. 남녀를 불문하고 구절산 중턱까지 올라갈 만한 사람들은 움직였다. 모두 매구 할매를 뵌 지 몇 달, 몇 해씩 된 사람들이었다. 할매 얼굴이나 뵙자고 자그만 괴연재와 더 작은 헛간 주변에 모인 사람이 육십여 명은 됐다. 계성재의 세 아들 태현과 상현과 교현도 와 있다. 그리고 김 감독을 비롯한 영화장이 넷이 카메라를 대고 있다. 다큐멘터리 영화 〈매구 할매〉를 찍었던 그들이 괴연재를 철거할 거라는 소식을 듣고 기록하기 위해 달려온 것이었다.

문 열린 산신당 안에 두 기의 촛불을 켜놓고 문 앞 〈괴연재〉 현판 아래에다 제상을 차리고 향을 피워놓았다. 그 아래 좁장한 마당에다 돗자리를 깔아놓고 하얀 치마저고리를 입고 앉는 여인. 제주로 나선 이는 매구 할매가 아니라 증손녀인 은현이다.

흰 치마저고리에 검정 겉옷을 걸친 은현이 오라비들을 제치고 매구 할매를 대신하여 괴연재 산신들한테 마지막 제를 올리는데 흡사 무당이다. 똑같이 흰 치마저고리에 겨자빛 외투를 입은 장희가 부제주로 제주인 은현을 보조하고 있다. 향을 피우고 술을 올리고, 절을 하고, 또 술을 올리고 절하기를 거듭한다.

장희는 지난 초겨울 제 서방 선섭과 시어머니 구암댁의 쌍 초상을 치렀다. 이후 몇 달 간 장희 얼굴을 본 사람이 드물었는데 이곳에 나타났다. 감옥에서 나와 돌아온 뒤 미친년처럼, 천치처럼 동네 안팎을 갈고 다니던 그 장희가 맞나 싶게 의젓하고 어엿하다.

수없는 절과 술 올리기를 반복한 은현이 제문을 낭독하고는 그걸 말아 촛불을 당기더니 가만가만 태워 올린다. 소지하고 난 은현이 입을 연다.

"어르신들께서 잘 알고 계십니다만, 평생 매구 할매라고 불리셨던 제 증조모님의 함자는 진가, 녹두셨습니다. 할머님은 무당이 아니셨지요. 사람을 보살피시는 감각이 아주 예민하시고 사람을 사랑하시는 마음이 너르셨던 것뿐입니다. 이 자리에 진녹두 할머님의 축복을 받으며 태어난 사람이 저와 제 옆의 장희 언니뿐 만은 아닐 겁니다. 할머님께서는 평생 수천 여인들의 출산을 돕고 수천 아기들의 앞날을 축수하셨지요. 이제 당신께서 당신의 일이라 여기셨던 그 일을 끝맺는다고 하시면서 이 괴연재를 태워 달라 하신 겁니다. 그 말

씀에 따라 제가 서투르게나마 제를 올렸고요,

이제 철거를 시작할 건데요, 아쉬우신 분들께서는 나오셔서, 술을 올리시거나 향을 피우십시오. 정해진 형식은 없습니다. 하시고 싶은 대로 하시면 됩니다. 그게 매구 할매의 뜻이시기도 합니다.

덧붙여 드릴 말씀은 이 괴연재 자리가 언젠가 매구 할매의 묘소가 될 거라는 점입니다. 할머님 사후 유해를 화장하여 이곳으로 모신 뒤 할머님 모신 자리는 뗏장만 덮어 비워두려 합니다. 그 뗏장 위로 언젠가 나무들이 자라게 되겠지요."

백 년이나 있던 게 대번에 사라지랴. 긴가민가했던 마을 사람들 위로 정말 사라지리라는 선언이 떨어졌다. 사람들이 하나 둘씩 나서서 향을 사르거나 절을 하며 괴연재에 작별을 고한다. 겨우겨우 올라왔던 안노인들 사이에서 곡소리가 나기 시작했다.

소설 『매구 할매』를 보면 안노인들 젊은 시절에 산길이 반들반들 해지도록 괴연재를 오르내렸다. 시집살이, 서방살이가 힘들 때, 친정 부모형제가 그리울 때, 서방과 자식들이 잘 되기를 빌기 위해서 올라왔다. 그저 잠시 홀로 있고 싶을 때나 혼자 울고 싶을 때도 올라왔다. 돗자리 만한 방안에 앉아 촛불 켜고 절 한 번 올리거나, 헛간 마룻바닥에 누워 잠시 쉬었다. 마당 뗏장 사이에 돋은 풀을 뽑거나 마당가녘의 바위에 올라앉아 멀리 운대뜰과 운대학교와 읍내로 나가는 길과 더 너른 세상으로 통하는 길을 한참씩 건너다보곤 했다.

무상한 세월이 지나는 동안 몸이 늙고 마음은 더 늙어 고운 도깨비를 잊고, 고운 도깨비가 사는 집도 잊어먹었다. 마을 사람들이 모두 잊은 사이 고운 도깨비는 어디론가 가버린 것이고, 천 년 여우처럼 지혜롭고 다사로웠던 매구 할매는 빈 집을 치우라 한 것이다.

"인자 치우도록 하지요."

곡소리가 잦아든 뒤 민성이 그렇게 소리치곤 계성재의 삼형제한테 제상 위에 음식들을 나누어 주고 술을 돌리며 음복들을 하시게 하라 했다. 몇 해 간 이장노릇을 해온 데다가 계성재 농사의 태반을 짓는 민성은 모든 일에 임의롭다. 젯상이 비자 계성재 삼형제에게 제기를 챙기도록 시키는 것도 능숙하다. 영준도 제상 다리를 접어 멀찌감치 들어낸다.

그 사이 은현과 장희가 괴연재 안 벽에 붙어 있던 낡은 산신도를 떼어냈다. 두꺼운 광목천에 그려졌던 도깨비들 형상에 먼지가 끼고 빛바래 흐렸다. 떼어진 도깨비 그림을 은현과 장희가 맞잡아 돌돌 말았다.

사람들이 쉬 발길을 돌리지 못하고 둘이 하는 양을 쳐다보고 있는데 아래쪽에서부터 소란스러운 소리가 올라온다. 굴삭기가 산길을 열어젖히며 온 산을 갈아엎을 듯이 요란하게 올라오는 참이다.

보자기 만한 지붕에 방석 만한 마루를 가진 조그만 집이라고 여겼는데 헛간채까지 뜯고 보니 이런저런 목재가 5톤 트럭 한 대 분이나 됐다. 매구 할매의 유택이 될 거라는 빈터 주변에다 줄맞춰 쌓은 기왓장을 제외하고도 그랬다. 용역업체 인부들은 괴연재를 해체하여 갯가 마당에 부려주는 걸로 일을 마치고 돌아갔다. 남은 일은 마을

'젊은이들' 몫이다.

갯가 마당에서 주변 산까지 거리는 다 200미터가 넘는다. 그래도 혹시 몰라 영준은 생민을 비롯한 젊은 놈들한테 동각 등에 있는 소화기를 있는 대로 챙기게 했다. 그러고도 미심쩍어 119에다 갯가에서 집채에 쓰인 목재를 태울 것이라고 예고해 뒀다.

괴연재에서 나온 목재로 탑을 쌓으려다보니 기둥 목재가 길었다. 민성과 생민이 전기톱으로 잘라 얼기설기 쌓아올렸다. 목재탑 폭이 가로세로 1.5미터나 되고 높이가 4미터쯤 된다. 은현이 건네 준 괴연재 산신도를 사이에 끼워 넣었다. 탑처럼 쌓아올린 목재더미 옆에다 민성의 트럭을 대놓고 올라가 휘발유 한 말과 시너 한 말을 들이붓는다. 그 모든 과정을 영화쟁이들이 낱낱이 촬영하고 있다.

제주인 은현이 작가답게 멋들어지게 쓴 제문을 읽고 난 뒤 그 종이에 불을 붙여 목재탑 아래에 댔다. 불을 붙인 은현이 물러나며 다들 더 물러나시라 손짓했다. 다행히 바람은 거의 불지 않는다.

맨 아래에 붙은 불은 얼기설기한 목재들 사이를 훅훅, 입 바람 소리 내듯 뛰어다닌다. 자그만 불꽃들이 1분쯤, 아니 30초쯤 뛰어다녔을까. 불길이 폭발하듯 화아확, 치솟았다. 새빨갛고 새파란 불기둥이다. 하늘로 쏘아올린 폭죽 같다. 용틀임을 하며 솟구치는 용 같다. 용용 죽겠지, 약 올리며 달아나는 도깨비 같다.

노인네들은 뒤로 주저앉으며 울었다. 그보다 덜 늙은이들은 아, 벌린 입을 다물지 못한다. 필리핀에서 온 민성댁네나 태국에서 온 유성 어미 등, 젊은 아낙들은 놀라 소스라쳤다. 모두에게 이런 불기 등은 난생 처음이다. 족히 30미터는 될 성싶던 불기둥이 2,3분쯤 만에 목재탑으로 내려앉아 활활 타기 시작한다. 화려하고 장엄한 불의 탑이다. 눈물과 갈증을 이기지 못한 사람들이 술을 마셔댔다. 멀리 떨어져 쭈그려 앉아 마시고, 불탑 안으로 들어가고 싶은 듯 바싹 다가들어 마셨다. 울며 마시고 흥, 외면하며 마셨다. 꽹매기라도 쳐야 하는 거 아니냐며 사라져버린 풍물놀이를 아쉬워하며 마셨다.

목재탑이 말끔히 타서 재로 내려앉기까지 한 시간이 걸렸다. 그 다비식을 온 동네 사람이 지켜봤다. 아니, 온 동네 사람은 아니다. 매구 할매는 나오시지 못했다. 홍림당과 동국 씨도 나오지 않았다. 태현 형제들에 따르면 매구 할매가 몸져 누워 계신다고 했다.

마을 사람 누구도 할매가 어떠시냐고 묻지 못했다. 문안하러 찾아가지도 못할 것이다. 태현 형제들이 와 있지 않은가. 아침에 은현이 동각 마이크를 통해 말하기도 했다. 모두 복 많이 받으시고 건강하시라고. 그게 매구 할매의 작별인사였음을, 괴연재를 태운 것도 그 때문임을 모두 아는 것이다. 심상찮은 일이 일어나고 있음을. 매구 할매의 길고 길었던 생이 마침내 닫히고 있음을.

금년에 다섯 사람이 칠순을 맞았다. 한 달 뒤인 음력 이월 보름날 합동 잔치를 할 것이다. 정월 대보름날인 오늘 팔순 잔치를 치르는 사람은 아낙 다섯 명에, 남정이 두 명이다.

칠순이나 팔순이나 마을 합동 잔치를 벌이기 시작한 이래 잔치하는 모습은 흡사하다. 어쩌다 어떤 집 자식한테 좋은 일이 생겨 한 턱 크게 낼 때도 비슷하다. 출향한 마을 사람이 출세하거나 돈을 크게 벌었을 때, 그들의 자식이 고시를 통과하거나 출세했을 때 와서 잔치를 벌일 때도 마찬가지다. 외식업체를 불러들이게 된 후로는 아예 똑같아졌다.

외식업체 차량이 들어와 동각 앞에 멈춘다. 동각 대문 안으로 차는 들어오지 못하므로 짐을 일일이 옮겨야 한다. 외식업체 직원 두엇이 드나들며 너른 자연당 안에다 네모난 스테인리스 통에 얌전히 들어 있는 색깔 고운 음식을 줄줄이 차려놓는다. 그쯤 마을 안에 있던 사람이 거의 모이고, 마을에서 주문한 술이며 음료수 등도 도착한다. 행사내용에 따른 절차가 진행되고 자식들이 보내온 케이크에 불을 붙여 불고 박수를 친다.

음식을 먹기 시작하는 한쪽에서는 노래방 기계가 소리를 낸다. 해가 갈수록 사람이 줄고 술 마시는 사람은 더욱 줄어들지만 마시는 사람은 늘 마신다. 남정이든 아낙이든. 그들이 노래를 부르고 춤을 추며 흥을 돋운다. 그들의 흥은 대개 해질녘까지 이어지기 마련이다.

오늘은 노래방이 도무지 흥을 받지 못하고 있다. 술로도 분위기가 뜨지 않는다. 안노인들은 숭모당으로 일찌감치 몰려갔고 남정노인들도 양사로 옮겨갔다. 영준도 노래 한 곡 하고 말았다.

술 마시고 노래하고 춤을 춰 봐도 가슴에는 하나 가득 슬픔 뿐이네!

노래하고 있는 자신이 미친 놈 같았다. 그저께 갯가 마당에서 괴연재를 태워 없앤 여운이 남은 탓인지도 모른다. 계성재에서 일어나고 있을 그 어떤 일 때문일 수도 있다.

한 해에도 몇 차례씩 장례를 치른다. 두어 달 전에는 쌍 초상도 치렀다. 그런 마당에 나이도 못 셀 만치 늙은 노인네가 돌아가시는 게 대수인가. 노인네가 돌아가시면 그 유해를 살라다 괴연재 자리에 묻고 뗏장을 덮을 것이라 했다. 그 또한 예사로운 일이다. 모든 무덤에는 어떤 식으로든 뗏장이 덮인다.

그럼에도 노인네의 돌아가심이 심상찮게 느껴지는 이유가 뭔가. 이장 영준은 술잔을 앞에 놓고 자꾸 생각한다.

삼십 년 전쯤만 해도 정월 대보름날 마을에서는 매구치기라 불리던 사물놀이를 했다. 집집마다 찾아다니며 지신밟기를 했고 우물마다 찾아다니며 꽹과리와 북과 징을 치며 올해의 풍년을 기원했다. 청년들은 누구나 자신의 아버지로부터 매구치기라 부른 풍물놀이의 악기 다루는 법을 전수받았다. 대처에 나가 학교를 다니더라도 때가 되면 돌아와 배울 것을 배우고 익힐 것을 익혔다.

고등학교 시절부터 영준은 집에 올 때마다 아버지로부터 북치기를 배웠다. 대학시절에도 마찬가지였다. 앉아 치는 북이 아니라 북에다 광목을 끼워 목에 걸고 서서 춤추며 치는 선 북치기였다. 매구치기를 잘하라고 야단치는 사람이 없었다. 잘하지 않아도 됐다. 어울렁더울렁 어울려 신명을 내면 됐다. 신명 나는 일이었다.

어느 해인가 고개를 들어보니 매구치기가 없었다. 마을 사람들도 자꾸 떠났다. 마을에 남은 사람들은 점차 늙은이가 되어갔다. 와중에 떼 몰려 먹고 노는 일만 기승스러워졌다. 굶는 사람이 없어진 즈

310

음부터 오히려 오로지 먹고 노는 것만 신경 쓰게 됐다. 그렇게 더불어 먹고 놀던 사람이 병들고 혼자 움직일 수 없게 되면 요양원으로 가서 죽을 날을 기다리게 되는 것도 당연하게 여긴다. 근 이십여 년 동안 자신의 집에서 죽은 노인이 거의 없다.

선섭과 그 모친 구암댁은 특별한 경우였다. 고구마 잡숫다 돌아간 장희 어머니 별량댁도 특별했다. 그런 특별한 경우를 제외하면 대개 같다. 노인들은 죽을 때가 되면 병원으로 갔다. 병원에서 얼마간 지내다 죽은 뒤 장례식장을 거쳐 마을로 왔다가 묘지로 들어갔다. 그 과정을 당연히 여기게 됐다. 나는 남에게 폐 끼치지 않을 것이다, 남도 나한테 폐 끼치지 않아야 한다!

그거였다. 서로 멀쩡한 상태에서만 이웃으로 살자는 것. 멀쩡하지 않으면 사라져달라는 것. 멀쩡하지 않는 꼴은 보기 싫다는 것. 나도 부실해지면 당신들 눈앞에서 사라져 줄 테니 걱정 말라, 자학하는 것. 한 시대가 완전히 저물고 있다는 것. 저문 시대와 도래할 시대 사이에 징검다리가 없다는 것. 일방으로 뚫린 고속도로만 있다는 것.

품 속의 전화벨이 울린다. 민성이다. 어릴 때 민성과 가까이 지내지 않았고 학교 다닐 때는 거의 만나지도 못하고 살았다. 시골 농협에 취직하는 바람에 돌아와 살게 됐을 때 민성은 여전히 살고 있었지만 도무지 어울리지 않았다. 퇴직하기 전까지 민성과 변변한 술자리 한번 가진 적이 없다. 요즘도 친한 것 같지는 않다. 그저 한동네 사는 어릴 적 선후배로 서로 대한다. 영준이 이장을 맡으면서 전 이장인 민성에게 자문할 일이 많아 성가신 정도랄까.

"어, 왜?"

"성님, 어디요?"

"나야 자연당에서 군중 속의 고독을 즐기고 있지. 자넨 어디 있는데?"

"계성재에 있소. 방금 할머님께서 소천하셨소. 부고를 하시오."

괴연재를 태우고 난 그저께 저녁부터 내내 기다리고 있던 기별임에도 왈칵 눈물이 난다. 억지스런 생각도 난다.

"그 어른이 나한테 무슨 섭섭한 일이라도 계셨다냐? 대체 내가 뭘 잘못했다고 그저께는 괴연재를 태우시더니 오늘은 먼 길을 떠나신다는 거야? 하필이면 내가 이장 노릇할 때?"

"성님, 취하신 것 같은디. 정신 차리고 부고를 하쇼. 할머님 돌아가셨는데 춤추고 노래하는 사람이 있으면 안 되잖소."

"왜 안 돼? 모르는 상태로 좀 그러면 어떠냐? 장자는 자기 마누라 돌아갔을 때 꽹매기 두드리면서 춤췄다더라."

"우린 장자 같은 도인이 아니잖소. 한두 시간 뒤에는 어쨌든 온 마을에 알려질 건데, 그 사이 춤추며 놀고 난 사람들은 어떻겠소?"

"어떨 건데?"

"참내. 부끄럽지 않겠소? 괴연재 태운 충격에서도 아직 벗어나지 못한 상태인데, 할매 돌아가셨다는 소리를 나중에 듣는다고 생각해 보쇼. 그 사이에 자신이 난삽하게 놀았다고 치면 안 챙피하겠냐고요?"

"네 말에 백 프로 동의하는 건 아니지만 일단 건너가서 부고 먼저 할게. 근데 민성아, 나 좀 취한 것 같다. 눈물이 나거든."

"눈물이 날 수도 있지라. 눈물 나는 대로 가서 성님 할 일은 해요. 이장이잖소. 그리고 마을 밖으로는 부고하지 않고 댁에서 사흘장으로 치르실 거라니까 술 그만 마셔요. 이장잉게."

전화가 끊긴다. 염병할 놈의 이장노릇! 암만해도 괜히 시작했다. 고운 도깨비와 천 년 여우가 손잡고 저 어딘가로 훨훨 날아가 버리는 시점에, 쭉정이만 남은 동네의 이장 따위를 시작하다니. 아아, 멍청한 놈 같으니.

한탄한 영준은 잔에 남은 소주를 마저 마시고 일어난다. 자연당을 나와 동각 아래채의 사무실로 들어선다. 방송 기계의 전원을 살려놓고 술 마신 적 없는 듯 큼큼, 목소리를 다듬는다. 마이크를 켜기 전에 음음, 다시 목소리를 가다듬는다. 성이 차지 않아 연습 삼아 말을 해 본다.

이장입니다. 오늘, 그러니까 조금 전, 그러니까 5분 전쯤에 고운 도깨비하고 천 년 여우가 손을 잡고요, 음, 소천하셨답니다. 긍게 음, 이건 부고입니다. 매구 할머님이, 음 ……. 계속 말을 해야 하는데 울음이 난다. 암만해도 오늘 너무 마신 것 같다.

대꽃이 피는 마을까지 백년

초판 1쇄 인쇄일•2019년 5월 15일
초판 1쇄 발행일•2019년 5월 20일

지은이•송은일
펴낸이•임성규
펴낸곳•문이당

등록•1988. 11. 5. 제 1-832호
주소•서울시 성북구 동소문로 65-2 삼송빌딩 5층
전화•928-8741~3(영) 927-4990~2(편)
팩스•925-5406

ⓒ 송은일, 2019

전자우편 munidang88@naver.com

ISBN 978-89-7456-518-3   03810

값은 뒤표지에 표시되어 있습니다.